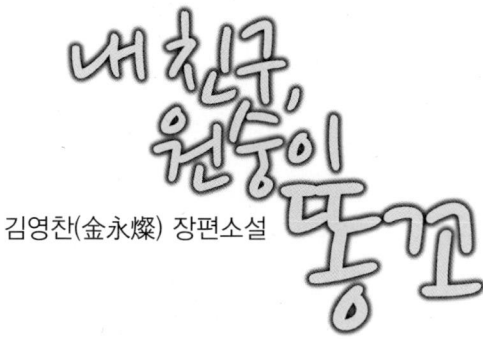

김영찬(金永燦) 장편소설

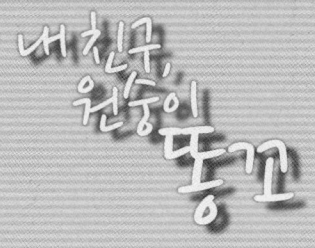

> 사람의 기억이란 불안정하여
>
> 세월이 지날수록 자신도 모르게 변질되어 간다.
>
> 대개 자신이 남에게 베푼 것에 대해서는
>
> 늘 과대평가하여 쉽게 잊지 않는 반면에
>
> 자신이 남으로부터 받은 것에 대해서는
>
> 늘 과소평가하고 쉽게 잊는 것이다.
>
> '은혜를 원수로 갚는다'란 말이
>
> 그래서 심심찮게 회자 膾炙되는 것이다.

'예삐', 요 녀석 표정은 늘 이렇습니다.
"뚱~" 하니, 마치 내가 안아주는 것이 별로 달갑지 않다는 표정.
그런 표정 때문에 나는 그녀를 더욱 사랑하지 않을 수 없다는…
'예삐'는 잉글리쉬 코카스페니엘(우)로 나랑 13년동안 동거동락해 온 녀석입죠.

내 친구, 원숭이 똥꼬

사람은 나이를 먹을수록 세월의 걷잡을 수 없는 속도를 의식하고 그에 대한 초조감이 절정에 이른다. 뿐만 아니라 나이가 들수록 비례하여 돈에 대한 의존도도 더욱 높아질 수밖에 없다.

사람의 삶이란 것이 자신이 원하든 원하지 않던 다른 이들과 얽히고 부대끼며 살아가게 마련이고, 그렇게 어울려 살아가야 하는 날이 많아질수록 결국 돈 때문에 이런 일 저런 일에 치이고 당하는 경우가 늘게 마련이다.

대개의 사람들은 하찮은 푼돈에는 꽤나 인심이 후한 듯 너그러움을 가장하지만 금액이 커질수록 게걸스러워지고 악착같아진다. 큰 돈을 쥐기 위해서라면 못할 짓이 없어 보인다. 거짓말도 예사로 지껄여대고 신의나 양심도 쉽게 저버리려 한다. 더 나아가 패륜까지 일삼고 타인의 생명까지 무참히 빼앗으려 든다.

결국 믿을게 못 되는 것이 인간이요, 수중에 쥔 돈보다 더 확실하게 믿을 수 있는 것이 이 세상엔 아무 것도 없는 것처럼 여기게 된다.

아. 그렇듯 돈에 아득바득하는 인간들이 존재하는 한, 인간세상이 얼마나 삭막하고 또 서글픈 것인가.

목차

Chapter 01　　*007*
Chapter 02　　*035*
Chapter 03　　*053*
Chapter 04　　*071*
Chapter 05　　*097*
Chapter 06　　*113*
Chapter 07　　*137*
Chapter 08　　*151*
Chapter 09　　*165*
Chapter 10　　*203*

Chapter 01

사람의 기억이란 불안정하여
세월이 지날수록 자신도 모르게 변질되어 간다.
대개 자신이 남에게 베푼 것에 대해서는
늘 과대평가하여 쉽게 잊지 않는 반면에
자신이 남으로부터 받은 것에 대해서는
늘 과소평가하고 쉽게 잊는 것이다.
'은혜를 원수로 갚는다'란 말이
그래서 심심찮게 회자膾炙되는 것이다.

"원숭이 똥꼬 빠알게…… 빨간 건 사과, 사과는 맛있어…… 맛있는 건 빠나나, 빠나나는 길어…… 긴 것은 기차, 기차는 빨라…… 빠른 것은 비행기, 비행기는 높아…… 높은 것은 백두산, 백두산 뻗어내려 반도 삼천리……."

당시에 우리는 그저 놀기에만 급급했고 콧물이나 찔찔 흘리고 다녔을 철부지였다. 우리는 초등학교에 입학하고부터 졸업할 때까지 6년, 중학교에 입학하고부터 졸업할 때까지 3년, 그렇게 9년간을 내리 같은 학교와 같은 학년 친구였음에도 불구하고 유독 한 녀석만을 집단으로 따돌렸고 괴롭혔다.

그 원숭이 상의 괴상망측한 생김새도 그렇지만, 더욱이 그 구질구질한 행색 때문에 녀석을 마치 썩은 짐승의 사체에 파고들며 꿈틀거리는 구더기만큼이나 혐오했고 그에 대한 까닭모를 증오심만 키워갔다.

우리는 서로에게 뒤질세라 경쟁적으로 녀석에게 심한 모멸侮蔑과 더불어 혹독한 구타도 마다하지 않았는데, 그 때문에 녀석의 기氣는 꺾일 만큼 꺾였고 온몸은 늘 퍼렇게 멍들어있거나 부르트고 찢긴 상처들로 그득했다.

녀석을 학대함으로써 얻어지는 쾌감은 그 어떤 놀이에서도 맛볼 수 없는, 즉 절대 권력자만이 누릴 수 있는 열락悅樂 그 자체였다.

그런 집단적 가학행위가 9년 동안 계속 지속되고 유지될 수 있었던 것은 그 누구도 나서서 말리려드는 사람도 없었겠지만 녀석이 워낙 잘 버텨내 주었기 때문이었다.

우리가 녀석을 괴롭힐 때마다 느꼈던 그 짜릿한 쾌감을 즐기기 위해 학교를 들락거렸다면, 녀석은 우리한테 괴롭힘을 당하기 위해서라도 일부러 학교에 다니는 듯했다.

보통 아이들의 경우 그 정도로 집단 괴롭힘을 당할 정도라면 대개 아프다고 꾀병을 부려서라도 결석을 밥 먹듯이 해댈 텐데 의외로 녀석은 초등학교 졸업할 땐 6년 개근상을, 그리고 중학교를 졸업할 때도 3년 개근상을 탈 정도로 9년간을 결석은커녕 단 한 번의 지각조차 한 적이 없었으니 말이다.

그리고 더욱 묘한 것은 녀석이야말로 또래의 아이들답지 않게 초인적 인내심을 지녔던지 우리가 아무리 지독하게 신체적인 고통을 가해도 그로인해 아프다거나 찡그리기는커녕 오히려 즐겁다는 표정을 지었다.

그럴수록 오히려 독이 오를 수밖에 없는 우리는 녀석의 입에서 신음이 터져 나오게 하려거나 비명을 지르게 하려고 온갖 악랄하다는 방법은 죄다 동원하길 마다하지 않았다.
비록 철딱서니 없는 철부지들이었다지만 그때부터 우리의 가슴 속에는 저보다 훨씬 못한 사람들을 대상으로 가학적 폭력을 휘두르면서 그로 인해 성적 흥분을 얻는 사디스트, 즉 악마적 근성이 자리하고 있었던 것이다.

내 이름은 배천석裵千奭이다. 어렸을 땐 낯을 별로 가리지 않던 개구쟁이요 제법 활달한 편이었으나 커서부터는 그리 사교적이라 할 수 없어 누군가에게 내 이름을 밝힐 일이 별로 없었다. 그래서 그런지 배천석이란 이름이 괜히 낯설기만 하여 내 입으로 내 이름을 말할라치면 꼭 남의 이름을 들먹이는 것 같다.
나이는 올해 오십 하나다. 나이를 얘기할 때도 마냥 서먹하기론 마찬가지다. 마흔 하나라면 모를까 오십 하나라니 도무지 실감이 나질 않는다. 다만 작년에 오십이었으니까 올해는 오십 하나 되었을 거라 여길 뿐이다.
아마 마흔 여섯까지는 나이를 먹는다는 것이 단순한 산술적 보태기로만 여겼고 그다지 신경 쓰질 않았다. 그런데 오십을 넘기면서 나이를 생각하면 딴엔 억울하다는 생각이 들어 괜한 노여움이 북받친다. 지금의 내 처지가 그렇다는 것이다.
남들은 지천명知天命이면 일가一家를 이루기 마련이라지만 일가는커녕 내 지나온 궤적軌跡이 내 뜻과는 달리 얼토당토않게 엇나갔기에 왠지 지금껏 헛살아왔다는 자괴감을 떨쳐버리지 못하고 산다.
아직 장가를 못 갔으니 처자식이 있을 리 없고, 그래 처자식이 없다는 건 지금의 내 처지로 보아 그나마 다행이라 할 수 있겠다. 다른 건 모두 내 아집我執과 내 선택으로 주어진 운명이려니 참을 수 있겠지만 괜한 여자들과의 스캔들로 말미암아 내가 치룬 대가가 지나치리만큼 혹독하여 결국 이 지경에 이르렀다는 생각이 들 땐 치밀어 오르는 분노를 참지 못해 진지러지고 누워있다가도 벌떡 솟구칠 지경이다.
 "에잇! 벼락 맞아 뒈지고, 지옥불에 떨어져야 마땅한 것들…….'

 내 인생에 무턱대고 끼어든 그 몰상식한 년들로 말미암아 지금의 내 꼬락서니가 이게 뭔가. 제법 지녔던 돈도 모두 빼앗겨 이젠 알거지나 다를 바 없고, 그 알량한 직장마저 잃었다.
 그뿐인가, 그 계집애의 삼촌인가 뭔가 하는 새파랗게 젊은 놈은 본디 직업이 사람 때려잡는 개망나니였는지는 몰라도 하여튼 나를 어찌나 무지막지하게 개 패듯이 패댔던지 몸도 제대로 가누지 못하는 병신 꼬락서니로 만들었다. 게다가 터무니없게도 아주 더러운 죄질의 전과자란 낙인까지 찍혔다.
 아주 사소한, 그것도 찰나의 실수로 불거진 일로서 그로인한 불운은 흡사 줄줄이 무너지는 도미노처럼 겹겹이 나를 덮쳤던 것이다. 이미 몇 년 전에 저질러졌던 일이고 또한 지난날의 일이라 치부하려해도 생각할수록 어이없기도 했지만 울화가 치밀어 견딜 수 없기론 마찬가지이다.
 '다른 놈들은 더 몹쓸 짓을 예사로 저지르고도 멀쩡하기만 한데, 하필 왜 나만 그런 혹독한 일들을 일방적으로 당해야만 했을까'
 내게 있어 아무리 골똘히 생각해봐도 영원히 풀리지 않을 수수께끼가 아닐 수 없다. 따질 수 있는 대상만 있다면 내가 뭘 잘못을 그리했기에 된통 당해야만 한 것인지 따져보겠다. 설혹 내게 잘못이 있었더라도 내 인생을 송두리째 망칠만큼 큰 잘못이었던가를 따져보겠다.
 그런데 더 억울할 수밖에 없고 더 복장이 터질 수밖에 없는 것은 이를 따질만한 만만한 대상이 없다는 것이다. 아무도 내 말에 귀를 기울여주려는 사람이 없다는 것이다.
 죄값을 치루기 전이었다면 몰라도 이 마당에 나는 일련의 도덕적 과오도 인정할 수 없겠거니와 양심의 가책 또한 느껴지지 않는다. 장담하건대 내가 지은 죄가 있다하더라도 솜털처럼 가벼운 죄에 불과하다. 그에 비해 태산같이 엄청난 댓가를 형벌로 받아들이기엔 도저히 용납이 되지 않아 이건 내 일이 아닌 남의 일처럼 여겨지기까지 했다.
 '생전의 부모님 말씀을 거역하고 그리도 불효막심했던……, 그 죄값이야 죄값…….'
내게 한꺼번에 들이닥친 불행들을 달리 표현할 수 없어 동화 속의 청개구리처럼 부모님 뜻을 부단히 꺾어드린 그 업보라 여기기도 했다. 그래도 시간이 지날수록 좀처럼 사그러들지 않을 것 같던 분노도 점차 희석되는 것 같더니 이젠 거의 체념으로 바뀌었다.
 '어쨌든 지난 일은 깡그리 잊고 어떻게든 살아야 한다'
헌데 아무리 머리를 감싸 쥐고 이런저런 궁리를 해본들 무슨 뾰족한 수가 있는 것도 아니고, 하루가 가고 또 하루가 가고 그렇게 시간이 지날수록 점점 더 살 길이 막막하게 여겨질 뿐이다. 오십 줄의 나이도 적잖은 나이지만 성치 않은 몸으로 뭘 어찌해 볼 것인가. 혹 길바닥에 납짝 엎디어 동정이나 구걸하는 비럭질이라면 모를까.
내 자신이 벌써 내 의지와는 달리 누가 보기에도 그저 별 볼일 없는 그 야말로 내가 가장 혐오해 왔던 그런 인간형, 즉 '야, 인간아, 왜 사니?'라는 빈정거림이나 당해도 쌀 그런 놈으로 전락한 것이다.
 '수중에 돈이라도 좀 있다면…… 아, 이렇게 무료하게 시간 죽이지 않고 얼마든지 재미있는 것들을 쫓아다니며 즐길 수 있을 텐데……'
돈이 있을 땐 그다지 느끼지 못했던 것들이 막상 돈이 없고 보면 하고 싶고 먹고 싶고 갖고 싶은 것들이 그리 많아지는 법이다. 그리고 그로인한 상실감에 자연스레 느는 것이 쓸 데 없는 궁리요 공상이다.
최근 들어 더욱 할 일이 없어져 바깥 출입을 일체 끊고 골방거사 신세가 될 수밖에 없는 내가 마지못해 오래도록 구들장과 벗하며 공상과 궁리에 골몰하길 어언 이골이 날 지경에 이르렀다.

사람은 나이를 먹을수록 세월의 걷잡을 수 없는 속도를 의식하고 그에 대한 초조감이 절정에 이른다. 뿐만 아니라 나이가 들수록 비례하여 돈에 대한 의존도도 더욱 높아질 수밖에 없다.
사람의 삶이란 것이 자신이 원하든 원하지 않던 다른 이들과 얽히고 부대끼며 살아가게 마련이고, 그렇게 어울려 살아가야 하는 날이 많아질수록 결국 돈 때문에 이런 일 저런 일에 치이고 당하는 경우가 늘게 마련이다.
대개의 사람들은 하찮은 푼돈에는 꽤나 인심이 후한 듯 너그러움을 가장하지만 금액이 커질수록 게걸스러워지고 악착같아진다. 큰 돈을 쥐기 위해서라면 못할 짓이 없어 보인다. 거짓말도 예사로 지껄여대고 신의나 양심도 쉽게 저버리려 한다. 더 나아가 패륜까지 일삼고 남의 생명까지 무참히 빼앗으려 든다.
결국 믿을게 못 되는 것이 인간이요, 수중에 쥔 돈보다 더 확실하게 믿을 수 있는 것이 이 세상엔 아무 것도 없는 것처럼 여기게 된다.
아, 그렇듯 돈에 아득바득하는 인간들이 존재하는 한 인간세상이 얼마나 삭막하고 또 서글픈 것인가.

자연계 수천억 종의 생명체 중에 가장 진화했다는 인간을 일컬어 고등동물이라 한다면, 인간이 약육강식의 동물세계와 다른 것은 의지력과 분별력이란 이성이 있기 때문일 것이다.

따라서 일용할 양식을 구한다는 이유로 약한 자의 것을 탐하려 들지 않고 오히려 없는 자를 위해 남아도는 것을 공평하게 나누어 쓸 줄 아는 지혜만큼은 당연히 지녀야 할 것이다. 그렇다면 분수에 넘쳐 주체치 못하는 사람도 없을 것이고 반대로 헐벗고 굶주리는 사람도 또한 없을 것이다.

만약에 인간들이 다른 짐승과 같아 욕심 없이 하루하루 일용할 양식에만 만족할 수 있다면, 인간 세상이야 말로 지금과 같이 서로 못 잡아먹어서 아등바등하는 지옥이 아니라 천국과 다를 바 없지 않겠는가.

이러한 생각은 내가 뭐 심오한 철학자나 잘난 척하는 사상가 흉내를 내고자 함이 아니요, 뭘 어찌해 보려 해도 어찌해 볼 수 없는 무기력함에서 나오는 세상을 향한 내 나름의 핏대 올리기나 다를 바 없다.

즉, 나 같은 사람은 늘 라면으로 때우는 하루 세 끼니조차 감지덕지해야 하는 반면에 돈은 얼마든지 있어도 입맛에 맞는 음식을 찾기 힘들다고 엄살떨며 '오늘은 뭘 먹는다지?' 따위의 행복한 고민을 하는 부류들이 우리 사회에 함께 공존하고 있다는 현실에 대한 불만에서 나온, 그렇다 하여 새로울 게 전혀 없는 지극히 평범한 논리인 것이다.

세상을 달리 바꿀 수 있는 능력이라도 갖췄다면 모를까, 이런 유토피아적 세계를 궁리한다는 것 자체만으로도 유치할뿐더러 전혀 가당찮은 과대망상에 속하리라.

돈도 없고 그렇다고 딱히 할 일마저 없다보니 벼라별 생각들이 자꾸 떠오른다. 생각에 몰입하다 보면 때론 기발하다 여겨지는 생각들도 떠오르고 당장 행동으로 옮기고픈 충동도 솟구쳤다.

그렇지만 섬뜩하리만큼 냉엄하다 할 현실로 되돌아오면 기발하다 여겨졌던 온갖 생각들이 이런저런 이유들로 실현 불가능한 망상에 불과하다는 것을 깨닫게 마련이다. 특히 돈이 없는 것만큼 더한 불편함이 없다는 것을 새삼 실감하게 되더란 것이다. 뭘 하고 싶어도 돈이 없다는 이유만으로 할 수 없다면 그것 또한 자유를 결박 당한 것과 다를 바 없으리라. 인간이 만물의 영장이라느니 과학 문명이 최고의 번성기를 구가하고 있다느니 인간 사회체계가 허점이 없이 완벽하다느니 하는 것들이 결국엔 아무 쓸모없는 것들이란 생각이 들었다.

인간이란 제 아무리 잘난 존재라 할지라도 거인의 발가락 사이 공간을 우주라 여기고 은밀히 기생하는 박테리아일 뿐이다. 거인이 가렵다 여겨져 박박 긁어대면 그 잘난 존재들은 그대로 흔적 없이 소멸하고 말 것이다.

'땅을 소유한 자들이 모두 단합하여 어느 날 갑자기 제 땅이라며 울타리를 쳐서 남들의 통행을 가로막는다면, 우리나라처럼 땅이 비좁은 나라는 어찌될까?'

도대체 어린아이들 땅 따먹기 놀이도 아니고 애초부터 누구의 소유도 아니었던 자연을 놓고 제멋대로 금을 그어서 제 것이라 우겨대는 짓거리들이 이해가 되질 않는다. 이젠 지구뿐만 아니라 아직 개척하지도 못한 우주를 놓고도 그 짓을 벌이고 있으니, 인간의 탐욕이란 것이 밑 빠진 독에 물 붓기 식으로 한도 끝도 없는 모양이다.

'남북 간에 무력 전쟁이 터진다면, 남한의 소위 돈 깨나 쥐고 있다는 재벌들이나 부자들은 있는 돈 모두 긁어가지고 남의 나라로 튈까?'

터무니없는 생각이랄 수 있겠지만 필시 그런 상황이 도래한다면 무턱대고 터무니없다 할 수는 없을 것이다. 그 빤한 것들이 우리 주변에서도 나라 안에서도 버젓이 벌어지고 있는 것이다.

자칭 애국자가 그리도 많은 나라에 웬 도적들이 그리도 많더란 말인가. 오로지 저만 잘 먹고 제 식구들만 잘 먹으면 나라 따윈 어찌되든 안중에도 없다는 식으로 도둑질을 일삼는 인간들이 그리 많다는 것이다.
좀도둑들이야 먹고살기 힘들어서 조그맣게 하는 짓거리요 그 규모도 따지고 보면 하찮을 수밖에 없다. 그러나 잘난 놈들에 의해 저질러지는 합법적인 도둑질이야말로 전 국민들에게 미치는 그 폐해도 엄청나지만 그 규모 또한 상상을 초월할 정도로 엄청난 규모인 것이다.

현실은 어떻든 간에 궁리하는 것 자체만으로도 더 이상 무기력해 질 수 없는 내겐 더러 큰 위안이 될 수 있다. 궁리는 어디까지나 궁리로서 끝나겠지만 이것 또한 내게 있어 내 생각을 정리한 엄연한 이론의 정립이다. 상당한 자유를 단지 돈이 없다는 이유만으로 속박당한 나로서는 자유를 속박하는 것들에 대해 골몰하지 않을 수 없는 것이다.
다수의 인간을 더욱 옴짝달싹 못하게 속박하는 것은 인간 스스로가 만든 사회체제에서 기인한다. 사회체제는 종교주의 체제나 왕권주의 체제를 거쳐 사상 이데올로기가 싹 튼 이래 대개 소수보다 다수의 번영을 구가한다는 명목으로 발달하고 진화해 왔다.
그런데 가장 발달하고 진화한 체제, 즉 돈만 있으면 최고라는 무한경쟁주의 체제인 자본주의 경제체제가 걸핏하면 빨갱이로 몰릴까봐 전전긍긍했던 과거 군사독재 시절의 사상 이데올로기보다 절대 다수의 못 사는 서민들에겐 더 무서운 구속력과 살상력을 지니게 된 것이다.
결국 많이 가진 자일수록 지배 계급의 상층부에 오르고 못 가진 절대다수의 사람들은 그들에 의해 행동의 속박은 물론 생사 여탈권마저 볼모로 잡힌 채 노예나 다를 바 없는 하층민으로 전락하는 세상, 다시 말해 가진 돈의 액수만큼만 자유를 누릴 수 있는 세상이 된 것이다. 그것이 요즘과 같은 금권만능 시대의 현실이다.
여태까지의 모든 체제들이 다수의 인권과 생존권을 보호한다는 구실로 강화되어 왔다지만, 따지고 보면 극소수의 기득권층을 보호하고 더 나아가 그들만의 번영을 위해 구축되어 왔음이 분명했다.

그러니 힘 있는 소수의 기득권층과 비교하여 노예나 축생만도 못한 다수의 힘없는 민중들은 신분 상승의 기회마저 잃은 채 손에 쥔 몇 푼의 적고 많음으로 울고 웃을 수밖에 없는 것이다. 서로를 불신해 가면서 말이다. 세상이 그러하니 당연히 애 어른 할 것 없이 당장 믿는 구석이 있어야 비로소 세상 살맛을 느낄 수 있는 속물로 변했다. 그것이 돈이든 직업이든 든든한 백그라운드든 말이다. 그래야 마음이 느긋해져 누구를 대하든 떳떳해지고 주변을 둘러볼 여유조차 갖게 되는 것이다.

반대로 늙고 골병들어 쇠약한 데다 모아둔 돈도 없고 또 당장 벌이도 시원찮고 의지할 데도 마땅찮다면, 그런 상황이라면 누구나 예외 없이 죽지 못해 억지로 살아가야 하는 진짜 고약한 심정을 맛보게 되는 것이다.

한동안은 여기저기 돌아다니며 부지런히 취직 자리도 알아보았다. 하다 못해 안면이 좀 있다 여겨지는 사람들을 찾아다니며 일자리를 부탁도 해보았다. 그러나 취직은커녕 어떤 일자리도 구해지지 않았.

나 딴엔 대학원까지 마쳤으니 배울 만큼 배웠다 여겼고 미술이나 사진에 대해서도 남다른 재능을 지녔다 여겨왔는데 실제 그런 것들이 아무 의미가 없는 것이다. 나이도 적지 않은데다 몸까지 성치 않은 사람을 싼값으로도 쓰려들지 않는 것이다.

이제 더 이상 뭘 어찌해보려 해도 어찌해 볼 수 없는 상황이 되자 비로소 느끼게 된 것은 세상 일이란 게 참으로 불공평하여 특별한 재능을 지니고서도 제대로 된 대우를 받지 못해 헐벗는 인간들이 있는가 하면, 별다른 재능 없이도 수월하게 잘 먹고 잘 사는 인간들이 너무 많더라는 것이다. 그리고 어디든 끼일 자리가 없게끔 잘 짜여진 사회체제가 맨손으로 거대한 공룡을 마주 대하듯 두렵게 느껴졌다.
"우그라질 놈의 세상, 참 불공평해도 너무 불공평해!"
한동안은 절대 공정치 못한 세상에 대해 막연한 저주를 퍼붓거나 간악하기 그지없는 인류의 멸종을 기원함으로서 그나마 솟구치려는 울분을 삭혔다.
먹고사는데 전혀 걱정 없었던 때야 지지리 궁상들을 보면 '왜 저리 사나?' 싶었는데, 내 자신이 당장의 끼니부터 걱정해야 할 처지고 보니 '돈 되는 짓이라면 도둑질이든 강도짓이든 뭐든 가리지 않고 해야겠다' 라는 심보마저 절로 생기는 것이다.
그런데 막상 돈 되는 짓거리들을 떠올려 실행에 옮기려 해도 마땅한 게 없었다. 현실은 어떻든 티브이에서 보면 '억!' 소리가 나게 잘만 해먹던데 그건 들켜서 티브이에 난 얘기일터, 들키지 않고 잘해 먹었을 그 많은 놈들의 수법은 도통 알 방법이 없는 것이다.

이왕에 죄를 짓고 저지를 바엔 좀도둑질보다는 좀 더 규모가 큰 강도짓이 나을 법했다. 모든 범죄에서 형평성을 반드시 지녀야할 실정법實定法이란 것도 죄질의 규모가 작다 하여 봐주거나 죄질의 규모가 크다 하여 꼭 가중 처벌하는 것은 아니더란 생각 때문이다.
때문에 머리만 잘 쓰면 비교적 손쉬운 짓이리라 여기고 은행을 털어야겠다는 구상도 여러 번 해봤다. 어디까지나 상상만으로 즐길 일이지 그렇다고 그 삼중 사중 겹겹이 쳐진 방어막을 어찌 단신으로 뚫을 수 있겠는가. 커녕 남의 집을 월담하여 이 구석 저 구석 뒤져가며 도둑질하는 짓거리조차 뱃장이 좋지 않고서는 할 수 없는 짓거리이니 전혀 가당찮다. 생면부지의 사람 목에 칼을 들이대고 하는 강도짓 또한 마찬가지다. 그런 짓은 범법이란 자각에 앞서 간이 떨려서 아무나 할 수 없는 짓이다.

만약에 그런 짓을 하고 잡혀도 아무 뒤탈이 없다면 돈이 필요할 때마다 힘 좀 쓸줄 아는 인간들은 너도나도 얼마든지 뛰어들 수 있을 만큼 쉬운 짓이라 할 수 있겠다. 그러나 잡히면 그런 망신은 차치하고라도 감옥에 가야 한다는데 떨려서 어찌 그런 짓을 함부로 할 수 있겠는가.

머리를 아무리 굴려본들 그간 떠올린 수많은 나쁜 짓들 가운데 그 어느 한 가지라도 저지를만한 뱃장조차 지니지 못한 내 자신에게 '피식!' 콧방귀만 나왔다.

그런데 분명히 크나큰 범죄행위로서 준엄한 법의 심판을 받아야 함에도 불구하고 오히려 법에 의해 철저히 보호받는 합법적 도둑질이나 강도짓도 얼마든지 볼 수 있다.

대개 권력기관의 비호를 받는 인간들이 흔히 공적기금을 제 돈처럼 스스럼없이 꺼내 쓰고 공적자금을 아무 거리낌 없이 탕진하거나 온갖 특혜나 이권개입으로 한몫 단단히 챙기는 범죄행각이 그것이다.

흔히 그런 자금이나 기금 등을 '눈먼 돈'이라 하여 오히려 그런 돈을 갖다 쓰지 못하는 인간들을 얼간이라 비웃기까지 한다니 간이 배 밖으로 튀어나오지 않고서는 저지를 수 없는 행위인 것이다. 아마 한탕주의가 그런 못된 짓을 예사로이 저지르는 사람들로부터 나온 것이리라.

사기꾼들로서는 그 짓도 아무나 할 수 있는 짓이 아니라며 우쭐댈는지 모르겠지만 그처럼 믿음과 신뢰를 저버리는 사기행각이야 말로 신용사회를 붕괴시키는 가장 악질적 범죄라 할 수 있다. 그동안 우리사회에 사기꾼들이 얼마나 넘쳐났고 설쳐댔기에 사람이 사람을 믿으려 하지 않고 심지어 처자식까지 믿으려 하지 않겠는가.

그렇듯 허구한 날 두 평 남짓 골방에만 틀어박혀 하는 짓이라곤 헛된 망상이나 하거나 쉽게 돈 벌 수 있는 궁리나 하고 유선방송 채널을 이리저리 돌려가며 영화나 다큐 등을 들여다보거나 아무 때고 졸음 오면 늘어지게 잠만 자고 시장기를 느끼면 그때마다 라면 끓여 허겁지겁 먹는 게 내가 지난 2년 가까이 살아온 생활패턴이자 무료한 시간을 죽이는 일에 속했다.

"응, 왔어? 어여 온나."
오후 서너 시쯤 되면 미술 배운답시고 하나 둘씩 찾아오는 애들 말고는 근래 나를 찾아오는 사람은 하나도 없었다. 물론 찾아 올 사람도 없겠지만 찾아와도 그다지 반가울 리 없었다. 내 사는 꼬락서니가 어디 사람 사는 꼬락서니인가. 길바닥에 나앉기 직전의 비렁뱅이나 다를 바 없지. 그저 생목숨 끊을 용기마저 없어 죽지 못하고 억지로 사는 것이지.
"엊그젠 뭘 그렸지?"
미술 공부한답시고 찾아오는 애들마저 열의 없기론 마찬가지였다. 억지로 부모가 시키는 대로 억지로 시간만 때우는 것처럼 느껴졌고 실상 그런 애들한테 미술 공부 가르쳐 봤자 신통한 재능을 지녔을 리도 없다. 그렇다고 돈 받고 가르치는데 진도를 물어보는 정도의 조그만 성의는 보여야 했다.
마지못해 물어보면 애들은 스케치북을 펼쳐 그리다만 그림을 가리킨다. 그러면 '마저 완성하라'고 지시한다. 혹 '이제부터는 뭘 그리면 되겠냐?'고 물어오면 대충 '이것을 그려보라, 저것을 그려보라' 이르기만 하면 된다. 미술을 배우겠다는 애들만 많다면 이 짓도 돈벌이치곤 제법 수월하기는 했다.
그래도 특별히 하는 일 없이 굶주리지 않고 이렇게라도 목숨을 부지하고 있을 수 있는 것은 미술지도를 받으러 오는 동네 코흘리개 꼬마 녀석들 덕분이다. 그런데 이 짓도 계속할 수 없게 된 것이다. 정식학원도 아니요 야매로 조그만 방구석에 이젤 몇 개와 간단한 화구가 시설의 전부이니 어느 학부모인들 이런 허름한 방구석 하나 달랑인 곳을 교습소랍시고 애를 보내려 하겠는가.
그나마도 내가 어엿한 홍익미대 출신이요 비록 전문대학이지만 대학교수 출신이었기에……, 실은 부교수까지 하다 쫓겨났지만 학부모들 대부분은 강사니 조교수니 부교수니 교수니 하는 직위까지는 잘 모르는 눈치였고 그저 대학 강단에 서왔었노라 하면 대번에 교수님인 줄 알아 모시더라……, 그런 경력과 비교적 싼 맛에 애들을 보내왔던 것이다.
사실 하루도 예외 없이 되풀이되는 이 짓이 지겨워 웬만하면 밖으로 싸돌아다니고 싶을 때도 많았지만 특별히 오갈 데도 없다. 그렇다고 나잇살 처먹었음직한 인간이 할 짓 없이 이리저리 배회하는 걸 누가 보기라도 한다면 영락없이 쫄딱 망했거나 명퇴로 쫓겨나 더 이상 오갈 데 없는 구제불능의 무능력한 인간이라 광고하며 다니는 것 같아 문밖 출입이 별로 내키지 않았다.

"아니, 여긴 어쩐 일이야?"
"죽었나, 살았나 궁금해서 찾아왔지."
"전화라도 하고선 찾아오지 그랬어."
"전화하면 뭘 하니? 받지도 않더구먼……."
한번은 별로 친하지도 않았거니와 내게 있어 아무런 도움도 되지 않던 껑충한 친구 녀석 하나가 내 있는 구석진 곳을 어찌 알고 찾아왔다. 전혀 예기치 않았던 것이다.
"아따, 뭔 놈의 동네가 이리도 산꼭대기에 붙어있냐? 이것도 사람 사는 동네 맞어?"
"……."

"산동네, 산동네 하는 소린 들어봤지만, 이런 산동넨 처음이구먼."
녀석이 전혀 반가울 리 없었지만 그래도 처음 맞는 방문객이고 또한 뭔가 좋은 일이 있을 줄 알고 기대를 했는데, 녀석은 그것도 살림이라고 방구석을 찬찬히 살펴보더니 내 사는 꼴이 같잖다는 듯 혀를 끌끌 찼다.
"그러게 돈 있을 때 옆구리에 얼만가는 꽉 움켜쥐고 있었어야지."
잘 먹어서 얼굴에 번지르르한 개기름까지 배어나던 녀석은 남의 일이라고 말은 쉽게 내뱉었다. 한동안 내 궁핍한 살림을 눈여겨보며 은근히 즐거워하던 녀석은 무턱대고 근처 포장마차로 끌고 가 돼지족발과 소주 한잔 사서 안기더니, 그렇게 어렵사리 찾아왔다는 이유를 밝히기는커녕 뻔한 헛소리만 지껄여대며 속만 잔뜩 긁어놓고 갔다.
"뭔 일로 이런 산동네까지 물어물어 나를 찾아오셨나?"
"그냥 얼굴 한번 볼까 싶어서……."
"그냥?"
"……."
"그래도 찾아온 이유가 있을 거 아냐."
"아니……."
"언제부터 날 그리 챙겨줬다고 그러냐? 할 말 있음 해 봐."
"아니라니께."
"희한한 놈이네."
"……."
"그건 그렇고……. 니 말이다."
"응, 뭘?"
"나 좀 취직 시켜도고."
어차피 녀석에게는 드러내놓고 싶지 않던 내 궁한 처지를 홀라당 까 보인 격이니 창피할 건덕지도 없었다. 해서 녀석에게 취직 자리라도 부탁해 본 것이다.
 "아이고, 뭔 소리야? 잘난 니가 알아서 취직해야지……."
 "얌마, 중이 제 머리 우찌 깎노? 몇 군데 이력서 내 봤지만……, 나이 때문인지, 아님…… 하여튼 애들 미술만 가르쳐선 먹고살기 힘들거 같애."
 "그러니까 와 이상한 짓을 저질러서 학교에서 쫓겨났노 말이다."
 "야 임마, 그건…… 아니다. 관둬라 관둬."
녀석은 뭔 말인지 할 듯 할 듯하다가는 끝내 찾아온 이유를 밝히질 않았다. 그냥 한가하여 찾아올 놈이 아니었기에 뭔가 특별한 이유를 가지고 찾아왔음이 분명한데 그 이유를 듣지 못했고, 나 역시 평소 녀석의 쫀쫀하고 얄팍한 기질을 알고 있어 들어도 별로 신통하진 않으리라 여기고 더 이상 묻지도 않았다.
 '원래 쪼매 가진 놈이 그나마 쥐뿔도 없는 놈을 대하면 기고만장해 진다'라는 말이 하나도 그른 게 없다.
녀석이 다녀 간 뒤로 한동안 마음이 심란했다. 지지리 궁상을 목격하고 갔으니 가뜩이나 말 많은 녀석은 필요 이상으로 떠버리고 다닐 것이다.

근래 들어 더욱 심화된 불경기 탓도 있지만 이곳 산동네가 워낙 없이 사는 동네라 눈치만은 그 어디보다 빠삭하다.
처음에는 내가 '홍익미대를 나왔네, 대학교수였었네' 하는 것들이 제법 먹혀들어 '우리 아, 잘 부탁합니다'라며 황송스레 머리를 조아리던 학부모들도 내 사는 꼬락서니에다 애들 지도에 전혀 열의를 보이지 않는 것에 분통을 터뜨리기 시작했다.
 "엄마가요, 이제부턴 미술 공부 고만하고요, 대신 영어 공부하라 캤어요."

"응, 그래? 그럼 할 수 없지 뭐."
"우리 집 딴 데로 이사 가요. 그래서 낼부텀 못 나올 거예요."
"……!"
비록 애들을 통해 듣기 좋은 말로 내게 전한다지만 실제론 그런 학부모들이 애들을 하나 둘 빼내어 정식 미술학원에 보낼 것은 뻔하다.
결국 내게서 배우겠다는 애들의 숫자가 날이 갈수록 줄어들었고 수입도 그만큼 비례하여 줄어들었다. 이젠 생계에 대한 막막함이 절정에 이르자 태산같은 납덩이가 가슴을 짓누르는 듯 가슴이 답답하고 벼라별 걱정거리들이 끊이질 않았다.
그렇다고 애들을 악착스레 붙잡으려 한다거나 당장 미술 교습을 때려치우지도 못한다. 학원 강사만도 못한 대접을 받아가며 맘에 내키지 않는 아르바이트를 계속할 마음도 없지만 달리 취직이 된다거나 돈 벌이가 될 만한 기술이 있는 것도 아니기에 미적미적 마지못해 오는 애들 상대로 푼돈이나마 벌어야 호구지책으로 삼을 수 있기 때문이다.

난 원래부터 숫자 개념이나 계산 능력이 웬만한 사람들보다 턱없이 뒤져 있다. 그렇지만 남들과의 이해 득실에 크게 연연하지 않고도 잘만 살아왔던 것이다. 돈 역시 있어도 그만 없어도 그만이란 식으로 살아왔던 것인데, 그것도 수중에 돈이 어느 정도 있을 때의 일이다.
그렇듯 돈 계산이라면 으레 골머리를 앓던 내가 딴엔 진지하게 계산해 본 바로는 돈을 아무리 절약해서 쓰려해도 한 달을 버티려면 최소한 70만원은 있어야 한다는 것을 밝혀냈다. 생존과 관계된 것이라 메모지를 늘어놓고 계산기를 뚜드려가며 도출해 낸 것이다. 큰 돈이라 할 수 없지만 지금의 내 처지론 결코 적은 금액도 아니다.
한번 따져 보자. 제일 먼저 1순위로 지불해야 할 것이 방값이다. 집주인이란 할망구가 어찌나 변덕스럽고 지랄 같은 성깔을 지녔던지 월 10만 원씩인 방값을 하루라도 늦게 내면 그런 난리가 없다.

평소엔 '교수님, 교수님'이라며 간 쓸개마저 다 빼 줄듯이 곰살궂게 대하다가도 방값이 늦어지는 순간부터는 언제 그랬느냐는 듯 태도가 돌변하길 눈깔에 쌍심지를 켜고는 '당장 방 빼!'라며 종일 입에 담지 못할 악다구니를 퍼붓는 것이다. 심한 경우엔 내 인격이 의심스럽다고까지 막말을 해댔다.

"배 교수 많이 배웠다카길래 그리 안 봤는디 말이여. 고매헌 인격인줄 알았는디 고매는커녕 깨불라서 신용이 없디야. 어디 막노동혀서라도 방값은 해야할 거 아녀?"

"아니 방값하고 인격하고 뭔 상관이래?"

"사람이 그러는 거 아녀. 도둑넘 근성이랄까…….'

"도둑놈이라니…… 내 참 더러워서……."

그러니 더러워서라도 방값은 제때 맞춰줘야 하는 것이다.

참, 할망구는 2년 계약기간 만료되는 3개월 후엔 보증금을 백만 원 더 얹어주던가 아님 월세를 5만원이나 더 올려줘야 할 거란 다짐을 벌써부터 하고 난리다. 요새 같은 불경기에도 때가 되면 방값을 올리는 것이 집 가진 주인만의 특권처럼 보인다.

전기료와 수도료 그리고 가스료는 2순위다. 그중 하나라도 끊기면 생활 자체가 엉망이 되니 제때 내야 한다. 아껴 써도 10만원 돈이다. 그리고 전화료니 유선방송 수신료니 신문 구독료니 해서 대략 5만원 돈이 들고, 아무리 라면 값이 싸다 하여 또 즐긴다 하여 라면만 줄곧 먹어대는 것도 역시 작게 잡아 15만원 돈이다.

뿐만 아니라 애당초 끊을 마음이 없어 계속 피워대는 담뱃값도 하루 세 갑씩 해서 15만원 돈이요, 아무리 아껴 먹는다지만 하루 소주 한 병과

안주 몇 쪽 삼키다 보면 그것 역시 15만 원 돈이다.
그러니 70만원이란 금액은 옷값이며 이발료며 목욕료며 등등의 언필칭 고급문화 향유 비용까지는 포함되지 않더라도 매달 그 정도의 수입이 보장되어야 남한테 구걸하지 않고 최소한의 호구지책을 유지할 수 있는 금액이라 할 것이다.
"정말 내 처지도 드럽게 구질구질해졌구만……. 꼬작 70만원 때문에 부질없는 걱정이나 하고 있으니……."

2001년 11월 17일, 학장교도소를 갓 출소하여 바깥세상의 문턱을 막 디뎠을 때 유난스레 혹독한 겨울 한파가 때 이르게 몰아쳤다. 그러니 세상이 더 매몰차고 더 몰인정하게 느껴진 것이다.
먼저 눈길을 끈 거리의 가로수들은 무성했을 잎사귀들을 모두 떨쳐내고 앙상한 가지를 세찬 바람에 담금질하고 있었고, 오가는 사람들 또한 두터운 옷깃을 바짝 여미고 바삐 제 갈 길만 재촉하고 있었다.
마치 세상 것들 모두가 의도적으로 내게 등을 돌리고 있는 듯 느껴졌고 그로인해 어찔하여 남의 집 담벼락에 몸을 기대고 쓰디쓴 배신감을 꾸역꾸역 게워내듯 헛구역질만 토해냈다.
그런 한랭한 기운 못잖게 당장 갈 데조차 마뜩찮던 내가 느낀 것은 썰렁하게 움츠러드는 삶의 욕구였다. 어쩌면 교도소 안이 바깥세상보다 나에 대한 일련의 온정이라도 남아있어 더 아늑하게 여겨졌고, 따라서 다시 교도소로 되돌아가고 싶은 충동도 부지중 솟구쳤다. 그토록 들어가기 싫었던 교도소인데도 말이다.
그때 문득 교도소 안에서 네 번인가 대면한 적이 있던 오중 스님의 설법이 떠올랐다. 처음엔 짜리몽땅한 것이 게다가 얼굴까지 옴팡 얽은 사람이 중이라기 보단 무슨 돌팔이 땡중처럼 여겨졌던 스님이다. 입담도 좋고 비위도 여간 좋은 스님이 아닌 것이다. 하긴 온갖 잡범들을 상대로 지루한 설법 따위나 논하려면 너무 곱게 생겨서도 먹혀들지 않을 것이다.
"세상 일은 반드시 인과응보에 의해 굴러가고 유지되는 게야. 원인 없는 결과가 어디에 있겠나. 그런데 중생들은 자신에게 일어난 허물들을 모두 다 남의 탓으로만 돌리려는 게야. 우선 마음을 비워야 돼. 욕망도 증오도 그 어떠한 세속적 감정도 비워내야 하는 게야. 바닷가에 숱하게 널려있는 몽돌을 봐. 오랜 세월 파도에 깎이고 저거들끼리 부딪혀가면서 닳고 닳아 둥글고 뺀질뺀질해졌잖아. 자연에 순응하고 저거들끼리 어울려 다툼 없이 살고, 얼마나 이뻐. 그런 몽돌이 되어야지."
오중 스님의 설법은 몇 번 들어도 그 내용은 한결 똑같았다. 아마 골백 번 더 들을 기회가 있었더라도 그 내용은 여전했을 것이다.
오중 스님의 성정이나 기질로 보아 승복을 걸치고도 태연히 술이나 고기를 즐겨먹고 더 나아가 오입질에도 꽤 능숙할는지 모른다. 그렇지만 그 입에서 주절주절 나온 설법들은 그런대로 들을만하다 여겼다. 그가 즐겨 읊어댔던 몽돌 얘기도 따지고 보면 지극히 지당하고 평범한 훈계다. 그래서 문득 닳고 닳은 몽돌이나 당할 만큼 당해 온 나나 어쩜 비슷한 처지이니 세상에 나가 본들 무서울 게 뭐가 있겠는가. 그런 생각에 출옥을 손꼽아 기다려 왔는지도 모를 일이다.

처음 방 한 칸 얻을 돈도 없어 무조건 싼 데만 찾아 부산 영도구 동삼동의 외진 산동네로 쫓겨 들어오다시피 들어올 때만 해도 어찌 알음으로 미술 배우겠노라 찾던 애들이 많을 땐 스무 명도 넘었다.
그런데 차츰 떨어져나가고 일주일에 2일, 하루 두 시간씩 가르쳐서 월 10만원 받던 것을 8만원으로 깎아줘도 이젠 미술 배우겠다는 애들이 고작 대여섯을 넘지 않는다. 그러니 앞으로 뭘 해서 먹고 살아야 할지 여간 걱정스러운 게 아니다.
나이나 적고 힘이라도 쓸 수 있다면 그까짓 노가다인들 마다하겠냐만 나이 오십이 넘은 놈을, 그것도 척추를 다쳐 허리까지 꾸부정한 놈을 써 주겠다는 놈이 하나도 없으니 아직까지 왕성한 동물적 욕구와 소화력을 지닌 나로서는 앞으로 살아 갈 일이 까마득히 여겨졌다.
그렇게 아무런 대책도 없이 하루하루를 가슴 조리며 지내고 있는데 참으로 뜻밖의 장면이 눈에 띄었다.
낮 12시 20분쯤이던가, 평소 습관대로 라면 한 개를 끓여 쟁반에 받쳐 놓고 먹으면서 무심코 돌린 뉴스 전문채널에서 어디선가 본 듯한 낮익은 얼굴이 언뜻 보이는 것이다. 이건 또 뭔가 싶어 자세히 들여다봤더니…… 아, 그 옛날…… 봉달이란 놈이 아닌가. 맞아, 원숭이! 바로 그 원숭이똥꼬였다.
"똥꼬가 어쩐 일로 텔레비전 뉴스에 다 나오고……?"
순간, 채널은 다른 뉴스로 바뀌면서 화면 가득히 대규모 아파트 신축공사현장이 채워지며 여성 아나운서 멘트가 흘러나왔다.
"이번 정부가 아파트 분양가 공개 원칙을 철회함으로서 정부는 일방적으로 건설업자 편을 든다는 시민단체들의 강한 반발에 부딪혀……."

문득 똥꼬녀석을 한번 만나봐야겠다는 생각이 들었다. 녀석이 그래도 제법 먹고 살만 할 것이란 확신이 들었다. 녀석 같으면 좀 도와 달라하여도 그리 큰 흉은 되지 않을 것이다.
'고향에서 고물상을 한다고 했었는데……'
그러고 보니 녀석을 마지막으로 본 것이 어머니 상을 당했을 때였으니 햇수로도 족히 십삼 년이 지난 듯했다.

Chapter 01 | Epilogue

아버지는 내가 자신이 원하던 동국대학교 한의과대학에 지원하지 않고 내 멋대로 홍익대학 서양화과를 지원한 것에 대해 크게 진노했으며 그 이후 아예 부자지간의 정을 끊고 살자 하셨다. 그 때문에 난 어머니를 통해 조금씩 보내오는 돈과 미술대학 지망생들을 가르치며 받는 아르바이트 수입으로 겨우겨우 홍익미대를 어렵게 졸업할 수 있었다.

남들은 비록 함양이란 시골구석이지만 한의원을 하는 부잣집 외아들인 내가 뭐가 아쉬울 게 있어 아르바이트까지 해가며 궁상을 떨었을까 의아해 하겠지만, 아버지의 뜻이 워낙 완고하고 나 역시 내 뜻을 절대 굽히려들지 않았기에 부자지간의 알력은 남의 시선으로 느끼기엔 상상을 초월할 정도였다. 그러니 중간에 끼인 어머니의 마음고생 또한 여간만한 것이 아니었을 것이다.

내가 대학을 졸업하고 계속 서울에 눌러앉아 그림 그리기에 열중하고 있을 때였다. 아버지가 오래전부터 앓아 오던 신부전증의 악화로 자리에 눕게 되어 결국 할아버지에 이어 아버지까지 2대째 50년 넘게 운영해 오던 한의원의 문을 닫을 수밖에 없었다는 소식을 어머니를 통해 전해 들었다.

"너거 아부지가 많이 아픈가 보드라. 요즘 부쩍 수척해지셨어."

"······."

"하긴 혈압도 많이 높아지고······. 거 머시기냐 혈액 투석도 이틀 걸러한 번씩 받아야 되니 오죽 하것냐."
"……."
"그러니 니도 한번은 집에 다녀가야 안 되것냐."
"……."
"아부지가 아무리 모질게 대했기로 니까지 아부지한테 마구잡이 그리 냉담해서야 쓰것냐."
"엄마도 참…… 아부지한테 얼굴 디민다 캐서 뭐 별반 달라질게 있어야지. 오히려 아부지 화만 돋구는 셈이여. 그러니 엄만 날 아부지 앞에 억지로 꿇어 앉히려 하덜 마러."

나는 대학 졸업 후에도 계속 아틀리에에 처박혀 오로지 돈도 안 되는 그림만 죽어라 그려댔다. 그 짓만이 결국 내 장래를 보장해 주리라 굳게 믿어왔던 것이다.
한동안 머리며 양손이며 이고 들 수 있는 양껏 밑반찬과 옷가지를 부지런히 장만하여 나르던 어머니도 조금씩 지쳐가는 기색을 보였다.
"그림 그리는 것뚜 좋기야 하것지만, 이게 어디 사람 사는 꼬락서니여."
"……."
어디고 취직해서 일 할 생각은 않고 돼지우리보다 못한 지저분한 골방에 틀어박혀 밤낮이 뒤바뀐 채 전혀 쓸 데 없는 그림 나부랭이를 붙들고 씨름하는 내가 도무지 이해할 수 없다며 내게 적잖이 실망감을 드러내었다.
"보래이, 니 말이다. 백날 그림만 잔뜩 그리고 있음 그게 밥벌이가 되겠나, 그렇다고 살림 밑천이 되겠나 말이다. 그러지 말고 지금부텀이라도 한의사 공부하는 게 어떻겠노?"

"엄마, 한의사 되는 게 말처럼 쉬운 줄 알아? 그리고 난 한의사 죽어도 되기 싫어. 그러니 그딴 소리 할려거든 푸딱 내려가서 다신 나타나지 마소."

"참 모질구마. 니 성질머리하곤…… 부자가 어찌 그리 똑 닮았냐?"

"쪼매만 참아요."

나는 국전대한민국 미술대전에 입상하여 화가로서 인정을 받기 전까지는 이 아틀리에에서 한 발짝도 뗄 수 없다며 국전에만 입상하면 그땐 얼마든지 큰돈을 벌 수 있다고 아무리 설득하려 해도 어머니의 눈엔 영 철딱서니 없는 짓으로 비쳐졌던 것이다.

"아이고! 이게 뭐여? 이 냄시……. 문이라도 활짝 열어놓지 몬하고……. 이게 사람 사는 집구석이냐? 돼지우리도 이보다는 낫것다."

"……."

문을 열고 내 아틀리에를 들어설 때마다 어머니는 매번 똑같은 잔소리를 늘어놓았다.

말이 좋아 아틀리에지 실은 서너 평 남짓한 반 지하 골방이 아니던가. 어둡고 습한 골방은 장마철뿐만 아니라 한겨울에도 천정 곳곳에서 똥물처럼 걸쭉한 탁액濁液이 계속 스며나왔다. 따라서 장판 밑은 물론 천정 일부와 한쪽 벽면은 곰팡이가 겹겹이 눌러붙어있어 곰팡이 냄새만으로도 코를 움켜쥘 지경이었다.

게다가 먹다 남은 음식 찌꺼기의 부패한 냄새와 구석마다 쌓여있는 묵은 옷가지에서도 특유의 노린내가 물씬 풍겨 그 모든 냄새가 뒤섞여 마치 송장 썩는 냄새와 다를 바 없었다. 그뿐인가, 방안 풍경은 쓰레기장을 방불케 할 정도로 생전 치우지 않아 오히려 쓰레기 아닌 것을 찾기가 더 힘들 것처럼 보였다.

"하이고 께불러 빠져 갖곤……. 아예 큼지막한 다라이 하나 놔둘 테니 쪼매 귀찮더라도 쓰레기덜을 다라이에 모아두던가."

"다 쓰레기처럼 보이지만 쓰레기 아닌 것두 많수. 그라고 아무렇게나 놔둔 거 같아도 다 내 필요에 의해 제자리에 놔둔 거여."

제멋대로 굴러다니는 화구와 물감, 팔레트들……. 빈 소주병들과 라면봉지, 몇 개씩이나 되는 재떨이는 물론 빈 그릇마다 수북하게 쌓인 담배꽁초들……. 그러니 어머니의 '돼지우리보다 못하다'란 표현은 당연하다 할 것이다.

처음엔 어머니의 극성스런 성화에 못 이겨 두 번인가 새로 도배하면서 대청소란 것도 해봤지만 두어 달만 지나면 매 한가지였다.

그렇게 그림 그리기에만 몰두해 오길 내가 서른 둘 되던 1984년 2월 초 구정을 불과 일주일 남겨둔 어느 날인가, 오랜 신장투석과 장기간의 투병으로 쇠약해 질대로 쇠약해진 아버지는 안방 한쪽 벽면에 붉은 색 매직으로 내게 유서란 것을 남기고는 기어이 허망하게 돌아가셨다.

遺書
내 唯一한 血肉 裵千燮 보아라
내 뜻을 네가 따르지 않았다 하여
내 너를 子息으로 여기지 않았다만
父母의 本心이 어디 子息을 싸워 이길 수 있다더냐
그러나 내 아비로서 마지막으로 네게 請하건대

부디 홀로 있을 네 母親에겐
　　不孝를 걷어라

아버지의 벽면 유서는 내게 적잖은 충격으로 다가왔다. 검붉은 매직으로 정서하듯 또박또박 써내려간 유서 한 자 한 자마다 아버지의 원망이 잔뜩 서려있는 섬뜩한 칼날이 되어 가슴을 후벼 팠다.
십년 넘도록 아버지와 담을 쌓고 살아온 것에 대한 죄책감은 물론 그동안 대체 뭘 하고 지냈던가, 생각할수록 내 자신이 한심스럽고 후회가 막심했다.

Chapter 02

똥꼬녀석이 무슨 연유로 텔레비전 뉴스에 나왔는지는 알 수 없으나 언뜻 보기에도 말쑥하게 빼어 입고 점잖게 인터뷰에 임하는 모습으로 보아 꽤나 사회 저명인사라도 된 듯 비쳐졌겠다.
특이하다 할 만큼 괴상망측한 인상은 여전할지라도 예전과는 판이하게 꾀죄죄한 촌티를 말끔히 벗은 중후한 모습이었다. 역시 돈이란 사람의 인상이나 분위기마저 완전히, 어쩜 백팔십도까지 탈바꿈시킬 수 있는 영물임엔 분명하다고 느껴졌다.
"똥꼬녀석, 돈을 좀 벌기는 벌었나보지? 뭔가 있어 뵈는 티를 내는 걸로 봐선……."
옛적의 빌빌했던 녀석의 모습을 떠올리며 나도 모르게 내 입에서 신음소리에 가까운 주절거림이 새어나왔다. 뒤틀린 심사로 꼴이 영 같잖다는 생각에서다. 나와는 주객이 완전히 전도顚倒된 기분이었다.

함양초등학교 동기모임에서 잠깐 봤던 녀석의 모습을 떠올렸다. 그 자리에 모인 친구들로부터 흘려주운 동냥 말이긴 해도 고물상을 하면서 제법 많은 돈을 벌었을 것이란 소리를 들었다.
하긴 그때 그가 자가용처럼 끌고나온 4톤 트럭이 아무리 낡아빠진 중고차라지만 웬만한 집 한 채 값보다 더 비쌌을테니, 그때도 이미 그의 과거 형편과 비교하면 대단한 신분상승이라 할 수 있었다.
어떤 모임에서든 주머니 사정이 제일 나아 보이는 놈이 예외 없이 모임의 분위기를 이끌어 가게 마련이다. 다시 말해 돈이 많은 놈일수록 더불어 말 빨이란 게 더 쎄진다는 것이다. 그에 반해 겨우 먹고사는 놈일수록 구석진 곳에 숨은 듯이 웅크리고 있다가 어찌 한마디 내뱉더라도 공연히 좌중의 눈치부터 살피게 되더라는 것이다.
어쨌든 그때의 모임에서 녀석은 이미 예전의 녀석이 아니었음을 직감했다. 당당했고 큰소리도 마구 쳤고 아무 말이나 거침없이 해대었다. 예전 같으면 어림 반 푼어치도 없는 짓이었다.
"난 말야……, 임마. 비록 너거들 보담 몬 배웠는지 모르것지만 말야, 임마. 나두 이젠 묵고 사는 데 아무 지장 엄써, 알아? 그리고 말야……, 임마. 난 엄씨 살아도 말야, 임마. 돈만 벌 수 있다면 말야, 임마. 내가 그간 얼매나 독하게 벌었는 줄 알아, 임마?"
똥꼬녀석은 동기모임의 술자리에서 끝내 대취하여 횡설수설했다. 말끝마다 '임마' 소리를 내뱉었고 이놈 저놈 얼굴에다 삿대질까지 해댔다. 그런데도 녀석의 그런 안하무인격 행동을 저지하고 나서는 놈이 하나도 없었다. 오히려 몇몇은 그런 녀석의 비위까지 맞춰주려고 애를 쓰는 듯했다.

예전엔 구질구질한 꼬락서니에 잔뜩 주눅이 든 채 남의 눈치만 살피기에 급급했던 녀석이 동기모임에서는 제법 거들먹거리며 호기까지 부리는 것을 당시엔 대수롭지 않게 여겼지만, 녀석이라면 그때보다 형편이 나아졌으면 나아졌지 더 못하지는 않을 것이란 생각이 들었다.
그런데 그런 녀석을 왜 여태껏 떠올리지 못했을까. 빨리 녀석을 만나봐야겠다는 생각에 초조해지기 시작했다.
'박봉달, 네 이놈! 잠시만 기다렸거라. 이 형님이 널 함 만나러 갈 것이야'
최형철이라면 얼마 전까지 동기회 회장도 했고, 또 아직까지 동기회 연락처 역할을 도맡아 오고 있으니 아마 똥꼬녀석의 연락처 정도는 알고 있으리란 생각에 수첩에 적어 놓았던 전화번호를 뒤적여 형철이 전화번호를 어렵사리 찾아냈다.
몇 번의 심호흡으로 괜한 긴장을 가라앉히고 형철이한테 전화를 걸었다. 신호음이 여러 차례 울리고서야 녀석은 전화를 받았다.
"나다. 배천석이……."
"어 배천석이가? 아이고 배 교수, 니 참말로 올 만이다. 니 요즘 어찌 지내냐? 통 모임엔 나오지도 않고 말야."
"응, 그동안 좀 바빴어. 그래 요즘 애들은 자주 모이나?"
"어, 그저 그래. 모두들 먹고살기 바쁜지 어쩌다 얼굴 내밀곤 그래. 그건 그렇고…… 니 아직도 대학 교수질하고 있나?"
동기녀석들은 교수가 뭐 아무나 하는 짓거리로 알았던지 걸핏하면 '교수질 어쩌구……' 운운했다. 첨엔 그런 말을 주절대는 놈들을 같잖게 여겼으나 왠지 그 말이 고깝게 들리기는커녕 은근히 듣기 좋게 들려왔다.
"그럼 교수질 말고 딴 거 뭐 할 게 있나? 맨 그렇지 뭐."
"어, 그래도 요즘 같은 불경기에 하루하루 먹고 살기가 얼매나 어려운데 교수가 어디고, 교수만한 직업이 어딧노 말이다."
"그건 그렇고……. 니 혹시 박봉달이 연락처 알고 있나?"
"어, 봉달이? 아, 똥꼬 그놈 말이가?"
"그래, 원숭이똥꼬……."
"글쎄, 그놈 몬 본 지도 꽤 됐는데. 가만 있어 봐라……. 금마 이곳 뜬지 꽤 오래됐어. 아마 10년도 더 됐을 걸? 어, 그래 여깃다. 적어봐라. 금마 전화번호 불러줄 테니."
"응, 불러봐라."
"에, 공이…… 이건 서울 지역번호고……. 에 공이에…… 사일칠에…… 구구둘둘…… 적었나? 에, 공이에 사칠일…… 공이에…… 사일칠에…… 구구둘둘……."
"공이에…… 사일칠에…… 구구둘둘…… 맞나?"
"응, 맞다."

"똥꼬 금마…… 지금 뭐하는데? 쫌 전에 티비에 나왔드라."
 "어, 그래? 티브이에 나왔다고? 유명인사 됐나 부지. 하긴 나도 금마 뭐하는지 잘 모르것다. 잠깐만! 아, 맞다. 일성해운이라는 선박회사를 한다 카드라."
 "일성해운? 하여튼 고맙다. 한번 지나는 길에 들러 볼께. 그럼 담에 보자."
 "어, 그래 이제부턴 연락 좀 자주하며 살그라. 이제 살아봐야 얼마나 더 살것노?"
 "옹냐, 알았다. 그럼 담에 보자."
 통화를 끝내자마자 똥꼬녀석의 전화번호라고 알려준 번호로 전화를 걸었다. 두 번째 신호음이 울리자마자 곧 수화기를 통해 맑고 부드러운 여자 음성이 들려왔다.
 "안녕하세요, 반갑습니다. 저는 일성해운그룹 회장비서실의 최현주입니다."
 "……!"
 녀석의 음성이, 아니 하다못해 남자 직원의 음성이 들려오리라 예상했었는데 전혀 뜻밖이었다.
 '일성해운그룹 회장비서실?'
 마른침이 목울대를 타고 내리면서 절로 긴장되었다.
 "여보세요?"
 "예, 수고 많고요. 혹 박봉달 씨라고…… 계시면 좀 바꿔주실 수 있을까요?"
 "실렙니다만, 무슨 일로 찾으시는데요?"
 "계시면…… 바꿔주세요. 할 얘기가 있으니까."
 "회장님 지금 손님과 면담 중이시라 바쁘시고요. 대신 용건을 말씀해

주시면 전해드리겠습니다."
 "나……, 박봉달 씨 친구 되는 사람입니다. 직접 통화하고 싶어서요."
 "네, 그러세요. 존함이 어찌되시는데요?"
 "배천석……. 배 짜 천 짜 석 짜…… 배천석이라고……, 고향 친구라카면 잘 알겁니다."
 "그럼 잠시만 기다려주세요."
 "……."
 '똥꼬녀석이 뭐? 일성해운그룹 회장님이시란다. 그리고 비서실까지 갖춘, 고운 음성을 지닌 아가씨를 비서로 둔 회장님이라니? 짜식, 그새 많이 컸구나'
 텔레비전에서 언뜻 봤던 녀석의 모습을 떠올렸다. 땟물을 벗겨내고 좋은 옷을 입었다 하여 일성해운그룹인가 뭔가 회장님으로 둔갑했다지만 녀석은 달라진 데가 없을 듯싶었다.
 "여보세요?"
 "예……, 말씀하시지요."
 "저, 회장님께서 내일 오후 두 시에 시간이 있으시다며, 그때 한번 찾아 주십사 합니다."
 "저…… 잠깐만! 그곳 위치가……?"
 "여긴, 송파구 방이동 일성해운빌딩 8층에 있는 회장실로 오시면 됩니다."
 "예, 알았어요. 그럼 낼 뵙지요."

 회사 규모야 어떻든 간에 소위 해운회사 회장이란 직책이 아무나 선뜻 만나주는 자리가 아니라면 의외로 간단히 녀석과 만날 약속이 정해졌겠다. 일부러 여비 들여 서울까지 찾아가야 한다는 부담이야 있겠지만 지굿지굿한 부산을 탈출하여 서울에서 새롭게 시작하는 것도 의미가 있으리라 여겼다.
 '녀석, 고물상해서 언제 그리 큰 돈을 벌었다고……'
은근히 배알이 꼴려오는 것을 느끼면서도 일견 녀석이 대견스럽기까지 했다.
 '길을 걷다 사장님 하고 살짝 불렀더니 열에 열 사람 모두가 돌아보데요. 어쩌구……'
나도 모르게 들뜬 기분이 들어 오래전에 공전의 히트를 쳤다던 모 여가수의 노랫가사를 흥얼거렸다. 하긴 사장이니 회장이니 하는 것들이 지천에 깔린 세상이고 보니 녀석도 그중 하나려니 하는 생각이 들었다. 그래도 회장 소리 듣는 것으로 보아 제법 출세하긴 했나보다.

내가 하필 녀석의 도움을 받아야겠다는 생각을 갖는 것부터가 웃기는 짓이다. 비록 소싯적 얘기라 하겠지만 녀석과 나는 엄연히 상반된 다른 세계에서 살았다.
내가 부잣집 외동아들로 떠받들리어 자랐다면 녀석은 비렁뱅이나 다를 바 없는 헐벗은 집에서 무지렁이로 천하게 자랐다. 내가 귀한 집 도령처럼 부터 나게 생겼다면 녀석은 애들한테 무자비하게 따돌림을 당할 만큼 지지리도 못 생겼다.
뿐인가, 내가 전교에서 1,2등을 할 때 녀석은 꼴찌를 도맡았고, 내가 인기가 좋아 애들한테 둘러싸여 있었을 때 녀석은 또래에 어울리지 못하고 멀찍이 떨어져 헤벌린 입가로 침을 질질 흘리며 부러운 듯 구경만하고 있었다.
그런 똥꼬녀석이 회장 소리 들을 만큼 출세했다는 것이 도무지 실감나지 않았다.

Chapter 02 | Epilogue

아버지 상을 치룬 이래로 한동안은 아버지에 대한 죄스러움을 떨쳐내지 못하고, 나 자신도 이리 살아서는 안 되겠다는 자각이 들었다. 그리고 대학 4년, 그림 그린답시고 8년 해서 12년 넘게 뭉개고 지냈던 그 돼지우리 같은 아틀리에에서 벗어나기로 작정했다.

그때부터 직장을 잡겠다고 여기저기 이력서를 들고 쫓아다녀 봤지만 적잖은 나이라 하여 취직이 그리 호락할 리 없었다. 미술정교사 자격증을 따놓은 것도 아니고 해서 학교 같은 곳은 아예 기웃거리지도 못했다. 더 이상 명목 없이 서울에만 머뭇거릴 수가 없었다. 어머니의 성화도 그렇지만 서울 생활에도 식상이 날만큼 났었다. 그래서 서울 생활을 청산하고 고향 함양으로 내려갔던 것이다. 화가로 대성하여 어쩌다 들르는 고향 사람들을 깜짝 놀라게 해줄 만큼 금의환향이란 것을 해보고 싶었는데 결국 화가의 꿈을 접을 수밖에 없었다.

마냥 놀고 지내기도 눈치 보여 함양 시내에 미술학원을 차려놓고 그렇게 2년여를 고향에서 지냈는데, 어느 날인가 멀쑥하게 차려입은 중년신사 하나가 집으로 찾아왔다.

그는 아버지가 아직 살아있을 거라 믿었고 고향에만 오면 언제든지 찾아뵐 수 있을 거란 생각에 진작 찾아뵙지 못한 것을 크게 후회한다며 울먹이는 목소리로 말했다.
"하이고 선상님, 이게 뭔 일이라요? 지가 진작에 찾아 뵈얄텐데 그놈에 묵구 사는 게 머라꼬, 하이고…… 선상님이요."
그는 아버지 때문에 두 번씩이나 생명을 건졌노라며, 마음 속에 늘 아버지를 생명의 은인으로 여기고 그 은혜를 갚을 수 있는 날만 학수고대하며 살아왔노라 했다.
"지도 함양 사람이라요. 지가 이만큼 묵고 살 수 있는 것두 다 선상님 은공 때문이라요. 거시기……."
그는 멀건 대머리에 맺힌 땀방울을 연신 손수건으로 닦아내며 한참동안 '월월' 짖어대듯이 자신의 파란만장했던 고생담을 늘어놓았다. 결론은 혈혈단신 맨몸으로 부산에 정착, 자수성가하여 이젠 제법 규모가 큰 사업체를 경영하고 있노라는 것이다. 보기엔 순박해 보였으나 사업가로 대성했다고는 믿어지지 않으리만큼 어설퍼 보이는 사람이었다.
그는 내게 그 좋은 미술대학 나와 시골에서 썩고 있으니 대학 강단에 서 보는 것이 어떻겠냐고 물어왔다. 뜻밖이었다.
"배 선생, 대학 강단에 함 서보시려오?"
"대학요? 뭐…… 그런 자리가 있을까요?"
"있다마다요."
"지야…… 뭐, 그리만 해주신다면야……."
"배 선생이 오케이하면 교수 자리는 내가 당장이라도 알아보리다."
"……!"
그는 다소 의아한 눈초리를 보이는 내게 부산의 부일여자대학 재단이사장과 두터운 친분이 있다며 나를 그 학교에 적극 추천해 주겠노라 굳게 약속을 하고 떠났다.

별로 기대하지 않았음에도 그는 약속을 저버리지 않고 며칠 후에 내게 연락을 해왔다. 이사장과의 면담 일정이 잡혔으니 아예 이력서와 자기소개서며 대학 졸업증명서며 성적증명서며 주민등록등본이니 호적등본이니 증명사진 등 인사 서류를 챙기고, 또 직접 그린 작품도 몇 점 준비해 가지고 부산으로 오라 하였다.

그렇게 해서 부산 양정에 있는 2년제 부일여자전문대학에 응용미술과 시간강사로 취직이 되어 1987년도 새 학기부터 정식으로 출강하기 시작했다. 그때 내 나이는 이미 서른다섯으로 적잖은 나이였다.

비록 내 힘으로 대학에 취직한 것은 아니지만 중고등학교도 아닌 대학에 강의를 나간다는 것만으로도 여간 떳떳한 게 아니었다. 친구들과 만난 자리에서도 '대학에 강의 나간다'란 말 한마디로 우쭐해졌고, 만나는 사람들마다 '교수님 어쩌구……' 존경을 표하는 눈빛을 보이더란 것이다.

그러나 말이 강사지 일주일에 고작 두 시간만 강의가 있을 뿐 그 이외의 시간은 할 일이 없어 무료할 수밖에 없었고, 강사 수입이라는 것이 생활비는커녕 보름치 밥값도 해결되지 않는 형편없는 금액이었다. 그러나 앳되어 보이는 여학생들로부터 교수님이란 호칭으로 불리는 것도 과히 나쁘지는 않았다.

그해 가을이 한창 무르익어 갈 무렵, 학생과 주임으로부터 내게 이번 졸업생 졸업앨범 편집을 맡아줄 수 있겠느냐는 제안이 들어왔다.

"아무래도 배 선생이 그림을 전공한 분이고 해서, 부탁 드리는 것이요."

"예, 잘됐습니다. 지가 맡겠습니다. 마침 지도 시간이 좀 남아돌아 뭘 할까 싶기도 해서요."

무료한 나머지 할 일을 찾게 되어 기뻤고, 또 은근히 편집 수당이라도 떨어질까 하여 선뜻 응했다. 그렇게 해서 응용미술과 학생 몇몇과 졸업앨범 편집위원회란 걸 구성하고 학교앨범 편집 작업에 들어갔다.

당시 학교 내의 사진촬영은 물론 앨범제작까지 학교 길목에 위치한 보림사진관에서 도맡았다. 학교와는 연간 계약이 되어있을 뿐만 아니라 학교 설립 이래 단 한 번의 예외도 없이 늘 보림사진관 하말종 사장이 독점해 왔던 것이다.

"이거 얼마 되진 않지만 애들 요기하는데 좀 보태 쓰시라고······. 헐헐헐······."

한창 앨범 편집한다고 정신이 없는데 캔 맥주와 캔 음료를 각기 한 박스씩 앞세우고 들어온 하 사장이 눈치껏 슬그머니 쥐어주는 흰 봉투 속엔 두툼한 감촉으로 보아 백만 원은 너끈히 들어있음직 했다.

"아니, 이건 뭡니까? 이러면······ 지가 곤란한데요."

"마, 받아 두이소. 헐······ 애들 고생하는데······."

촌지인지 뇌물인진 몰라도 두툼한 돈 봉투를 받고 보니 괜히 우쭐한 기분이 들었다. 뭔가 아쉬운 게 있으니까 그런 봉투를 애들 밥 사주라는 핑계로 내게 쥐어준 것이 아니겠는가.

하 사장이 돌아가고 나서 화장실에 들러 확인해 본 바로는 십만 원짜리 자기앞수표 10매를 비롯해 2백만 원이란 결코 적잖은 금액이 들어있었다.

하 사장이 그간의 학교 행사는 물론 사계절마다 변화되어 가는 대학캠퍼스 곳곳을 미리 찍어놨기에 졸업생들을 학과별로 일정을 잡아 캠퍼스를 배경으로 한 스냅 사진과 학사모와 학사 가운을 입힌 독사진을 찍게 하고, 또 한편으론 앨범에 삽입할 삽화 등도 그렸다.

그렇게 졸업생들 졸업사진 촬영과 졸업앨범을 편집하는 동안 보림사진관에 수시로 들락거렸다. 사진관에 별 볼 일이 없어도 사진에 관심이 많았기에 더욱 자주 들렀던 것이다.

하 사장은 일반 사진관과는 달리 촬영 기자재만큼은 굉장한 것들로 갖추고 있었다.

"내가 장비 욕심은 좀 유별나거든요. 헐……. 아마 나보담 장비를 더 잘 갖춘 데가 서울에 몇 군데 있을려나? 헐……. 암튼 부산에서는 나 따라올 사진관이 없을 겝니다. 헐헐헐……."

하 사장은 말하는 습관부터가 좀 독특한 사람이었다. 어쩌면 스스로 독특해지려고 자못 노력하는 지도 모를 일이었다.

말을 끝낼 즈음 걸핏하면 '헐헐헐……' 거리는 소리를 냈는데, 첨엔 그게 웃는 소린지 나름 감탄사인지 언뜻 구별이 되지 않았다. 어찌 들으면 숨을 헐떡이거나 목에 가래가 끼었을 때 나는 소리처럼 귀에 거슬렸다. 말하는 중간 중간에도 '헐……'이란 아무 의미도 없는 말을 추임새처럼 끼워 넣는 것이 제 딴엔 그것도 멋으로 여겼나 보다.

작달막한 키에 볼록하니 똥배까지 튀어나오고 커다란 두상에 보통 사람 코보다 두 배는 족히 되어 보일 주먹코가 하 사장을 조금은 어설퍼 보이게 했으나 인간성만큼은 더할 나위 없이 좋았다.

중학교 때부터 카메라와 인연을 맺어온 탓인지 하 사장의 그 엄청난 촬영 장비들은 내 눈을 홀리기에 충분했다.

"이게 린호프Linhof란 카메란데요. 헐…… 아마 부산엔 이거 한 대밖엔 없을걸요. 헐…… 에이바이텐8×10″ 슬라이드까지 찍을 수 있는 거지요. 어때요? 굉장하지요?"

하 사장은 육중해 뵈는 린호프의 자바라Jabara를 한껏 늘리면서 연신 린호프의 장점을 늘어놓았다.

"린호프의 좋은 점은 이 자바라의 유연성에 있는 거 같아요. 헐…… 일반 카메라로 삘딩 아래에서 삘딩 전체가 나오도록 사진을 찍다 보면 삘딩 윗부분이 사다리처럼 좁아지잖아요. 헐…… 그걸 뭐라카더라? 아, 아오리라 카든가? 이 네 귀퉁이에 붙어있는 자바라 조절나사를 조정하다 보면 삘딩이 수직으로 선 것처럼 찍힌다니까요. 아오리를 잡을 수 있는 카메란 이 린호프밖엔 없을걸요. 헐헐헐…….

두 손으로 받쳐 들어도 묵직하게 느껴지는 소위 대형카메라의 제왕이라는 독일제 린호프를 그때 처음 구경하였다. 당시 그 카메라는 본체만 웬만한 아파트 한 채 값에 해당하리만큼 상당히 비쌌다.

그는 그 외에도 일제 롤라이Rollei나 독일제 핫셀블라드Hasselblad 등 값비싼 명품 중형카메라를 비롯, 수십 대의 각종 카메라와 그에 걸맞은 수십 종의 렌즈와 필터, 그리고 여러 개의 코메트Comet와 스트로브Strobe 등을 보유하고 있어 그의 스튜디오는 마치 촬영기자재 박물관을 연상케 했다.

앨범 편집이 끝난 이후에도 그의 사진관을 계속 드나들며 사진과 관련된 많은 의견을 나누었다. 나로서는 오금이 짜릿하기도 하고 때론 감칠맛 나는 숱한 사진 정보를 그로부터 얻을 수 있었다. 그리고 사진과 촬영 기법에 나도 모르는 가운데 빠져들기 시작했다.

"이 카메라 음청 비싸기도 하거니와 증말 귀한 거시여. 입학을 축하 하는 의미루다 주는 선물잉께 대신 공부 잘혀야 한다."

내가 함양중학교에 막 입학했을 때, 아버지는 자신이 오래도록 소중히 지녀왔던 독일제 카메라 라이카를 내게 선물로 주었다.

당시 그 라이카 카메라는 상당히 진귀한 것으로 그 비싼 가격으로 인해 기계라기보다는 골동품에 가까웠다. 아버지는 그 카메라를 내게 건네면서 잃어버리거나 고장이 나지 않도록 특별히 신경 써서 간직하라 일렀다.

그러나 그 카메라는 불과 두 달 만인 학교 봄 소풍 때 잠깐 한눈 판 사이에 도난당했고 그 때문에 아버지로부터 호되게 야단맞기도 했다.

"그게 어떤 카메란데 그리 쉽게 잃어버리냐?"

"몰라여. 그저…… 잠깐사이에…….”

소풍지엔 타지에서 소풍 온 애들도 많았고 그 외 가족놀이 나온 사람들도 많았기에 도난신고를 해봤자 찾을 길이 없었다.

그리고 이후로 카메라 사달라고 계속 떼를 쓰는 바람에 아버지는 마지못해 일제 캐논이란 카메라를 사주었다. 허나 그 카메라도 2년 반 가까이 사진을 찍어오다가 중학교 졸업기념 수학여행을 남해로 갔을 때 고장을 냈다.

"어이, 배천석이! 여기도 좀 찍어주라."

"옹냐."

"천석아! 나 좀 찍어줄래?"

"알았어."

"얌마! 지발 순서를 지키그라. 아까부텀 우리 순서 기다렸다 아이가."

그땐 카메라가 참 귀하디귀했고 또 우리 일행 이백사십여 명 중에 카메라라곤 오로지 나만 갖고 있었기 때문에 사진 찍어달라는 성화에 잠시 쉴 틈조차 없었다. 어쩜 그 때문에 내 인기가 더 폭발적이었는지도 모른다.

바다를 처음 본 촌놈들인지라 하나같이 바닷물이 위태롭게 닿을만한 자리에 비집고 서서 저 먼 바다를 배경으로 포즈를 잡았다. 따라서 해안의 들쭉날쭉한 바위 위를 이리저리 분주하게 뛰어다니며 애들 스냅사진을 찍어주다가 웬걸? 뾰족하게 튀어나온 바위 턱에 어쩌다 바지부리가 걸려 넘어졌는데, 하마터면 바닷물 속에 거꾸로 곤두박질칠 뻔했다. 가까스로 위기는 모면했지만 그 바람에 카메라를 놓쳐 바닷물에 '첨벙' 빠뜨렸던 것이고 그 즉시 건져 올려 말린다고 애를 썼으나 이미 카메라 본체 안에 바닷물이 스며들어간 터라 결국 못 쓰게 된 것이다.
"맹물이라면 드라이로 말리면 된다카지만, 바닷물은 염분 때매 닦아내 봐야 소용움따카더라."
카메라를 고치기 위해 일부러 부산까지 다녀왔다던 아버지가 들려준 말이었다.
그 뒤 내가 서울 경복고등학교 입학시험에 합격했을 때 입학 기념선물이라며 아버지가 세 번째로 사준 카메라는 보다 싸구려인 일제 페트리란 카메라였다.
그렇게 카메라는 성장기의 내게 있어서 가장 중요한 필수도구로 자리 잡게 되었다.

중학교 다닐 당시엔 카메라가 원체 귀하던 때라 소풍이나 운동회 또는 기념식 등 학교 행사가 있을 때마다 촬영은 내가 도맡아 했다. 이는 중학교에 입학하고 얼마 후부터 줄곧 학교 미술부에 소속된 이래 여러 미술 경시대회를 휩쓸면서 내 예술적 재능을 인정 받기도 했지만, 실제 함양 일대 사진관의 사진사들보다 더 멋지게 사진구도를 잡는 것이 한 몫했다.
당시 사진은 카메라가 귀한만큼 아무나 취미삼아 할 수 있는 성질의 것이 아니었다. 처음엔 아버지가 내 손에 카메라를 쥐어줬기 때문에 사진에 관심을 갖게 되었지만 그보다 나의 사진에 대한 집착이 더 컸기에 사진 세계에 점차 매료되었던 것이다. 그리고 학교 행사 때마다 내가 마치 그 행사의 주인공인양 대접 받는 것도 우쭐할만했다.
엄숙하다 할 큰 행사 식장에서도 대열에서 마음 놓고 이탈할 수 있었음은 물론, 높디높은 단상 위나 쥐 죽은 듯이 도열해 있는 학생들과 선생들 사이를 자유롭게 왔다 갔다 할 수 있는 것도 큰 특권이라면 특권이었다.
그리고 무엇보다 사진은 내겐 큰 수입원이었다. 꽤 잘 산다는 집 외동아들이기에 여느 애들처럼 용돈이 궁할 리는 없지만, 내 기술만으로 내 재능만으로 학생 신분으로서는 결코 적은 금액이라 할 수 없는 돈을 그것도 큰소리 쳐가며 벌 수 있다는 것은 온 몸이 짜릿하리만치 감칠맛 나는 일이었다.
어쨌든 카메라 셔터를 누르면 누를수록 그것은 점점 더 큰 돈이 되어 내 주머니 속에 쌓여갔다. 나중엔 계산이 더 밝아져 독사진이나 몇몇이 모인 사진은 아예 찍을 염두를 않고 적어도 열 명 이상 모아놓고 사진을 찍었다.
 "혼자서 뭔 멋으로 사진을 찍는다냐? 다 함께 찍어야 나중에 기념이 되지."
사진 찍히는 순서를 기다리려고 주변에서 쭈뼛거리는 애들까지 앵글 속에 강제로 쑤셔넣으며 그럴듯한 핑계를 대지만 내 얄팍한 속내까지 알 까닭이 없는 애들은 그 말에 깜빡 속아 넘어가기 마련이었다.
그만큼 필름을 아낄 수 있고 사진에 찍혀있는 머릿수대로 인화지를 뽑을 수 있다는 계산인데 그것은 바로 수입의 극대화를 꾀한 것이었다.
 "이건 좀 심한데?"
 "뭐가 어때서?"
 "야! 이것도 나라카며 사진 값을 달라카나?"
 "주기 싫음 관두고……."
머릿수대로 사진을 뽑아 사진 값을 받으려다 보면 간혹 누군가는 볼멘

소리로 따지기도 했다.
여러 얼굴사이에 가려 제 얼굴은 반쪽밖에 나오지 않았다든가 옆 모습이 멀찍이 찍힌 사진인데도 제 돈 다 줘야 한다는 것이 억울하다는 것이다. 그럴 때마다 내 대답은 한결같았다.
"싫음 관둬."
어쩜 적반하장賊反荷杖격인 이 한 마디면 대개 따지려들던 애들조차 '괜히 밉보이면 그나마 사진 찍힐 기회가 영영 사라질지도 모른다'라는 우려 때문인지 주눅이 들어 구겨진 얼굴을 펴게 마련이었다.
"아니……, 뭐…… 그렇다는 거지 뭐……."
그때까지만 해도 똥꼬녀석은 사진 한 장 박으려하질 않았다. 물론 사진을 찍어줘도 사진값을 부담할 경제적 능력이 없던 놈이라 굳이 사진을 찍어주려 하지도 않았다.
그리고 보면 녀석의 사진이라곤 초등학교와 중학교 졸업앨범에 조그맣게 나온 사진이 전부라 할 수 있었을 것이다.

Chapter 03

똥꼬녀석과 만날 약속이 정해진 뒤로는 마음이 심란하여 아무 일도 손에 잡히지 않았다. 뿐만 아니라 지난밤을 거의 뜬 눈으로 지새웠다.
 '녀석이 그래도 거창하게 들리는 일…… 성…… 해운그룹……, 그래 일성해운그룹 회장이라는데, 설마 직원 기십 명도 못 거느린 핫바지 회장은 아니겠지? 하긴 실속 없는 사장이나 회장들이 얼마나 많은가. 직원 하나 없는 구멍가게 주인도 사장이요 쥐뿔 가진 것 없어도 뭐 동네 친목계 회장이라고 회장님, 회장님 하면서 떠받들리는 놈들도 좀 많은가. 근데 녀석은 그런 실속 없는 회장은 아닐 거야. 녀석이 옛날 그 비실비실했던 놈이 아니더라고……'
십삼 년 전쯤인가, 초등학교 동기모임에서 제법 거들먹거리던 녀석의 모습을 떠올렸다.
 '그 빌빌했던 녀석이 당시 그처럼 거들먹거릴 정도였다면, 하다못해 돈이라도 제법 벌었다는 증거가 아니겠어? 지금은 티비에도 나오고, 또 그룹 회장님 소리도 듣는 놈이…… 더 나아졌음 나아졌지 더 못해졌을 리도 없고 말여'
뭔가 술술 잘 풀릴 것 같은 예감이 들었다. 잠시라도 눈을 붙이려 했으나 앞으로 내 앞에 전개될 새로운 여정과 온갖 황홀한 공상이 연이어 떠오르면서 어찌나 흥분되던지 도무지 잠을 이룰 수가 없었다.
먼저 똥꼬녀석을 만나면 어떤 말부터 어떻게 꺼내야 할지 궁리했다. 목청을 가다듬고 나서 엄숙하게 내뱉었다.
 "어이, 똥꼬! 니 많이 컸더라."
 '이건 아니다. 괜히 시비 거는 것도 아니고……. 지나 나나 나이도 있고, 게다가 녀석에게도 자존심이란 게 있을 터. 녀석이 날 아무리 어려워해도 자존심에 상처 줄 말은 삼가야 할 것이다'
이번엔 입을 크게 벌렸다 닫았다 하며 입 근육부터 풀고 조금은 부드럽게 발음했다.
 "이봐, 박봉달! 우에 돈을 그리 많이 벌었노?"
 '돈을 많이 벌었노?'
 '이 말은 내가 지놈 돈 번 것을 꽤나 부러워하는 것처럼 들릴 수도 있고, 또 어쩜 녀석에겐 기분 나쁜 소리로 들릴지도 모른다. 녀석이라고 돈을 많이 벌지 말란 법이 없잖은가'
이번엔 가볍고 활달한 목소리를 내봤다.
 "어, 박봉달이 자네, 그동안 신수가 훤해졌구먼."
 '신수가 훤해졌다? 원래부터 괴상망측하게 생긴 놈이 신수가 훤해지면 얼마나 훤해지겄노? 이 말은 입에 침을 바르고 해야 하는 거짓말이다. 괜히 녀석의 비위를 맞추려고 없는 말 지어낼 필요까진 없잖은가'
한참을 어떤 멘트를 날려야 녀석이 감격해 하고 또 내 위신이 고조될지를 고심했다.
십삼 년 동안 단 한 차례의 연락조차 없다가 갑자기 부탁할 일이 생겨 불쑥 찾아갔다는 인상을 주기보다는 전날 텔레비전에서 녀석이 인터뷰하는 모습을 우연히 보게 된 것이 결정적 동기였음을 반영키로 했다.
 "여보게, 박봉달이…… 이렇게 만나니 정말 반갑네, 반가워! 어제 티비에서 자네를 보니 너무 감회가 새롭더구먼."
목소리가 굵직하니 그러면서도 매끄럽게 잘 굴러 나온 듯했다.
 '그래, 이 정도는 되야, 지 체면도 살고 내 체면도 살지'
난 목소리만큼은 자신 있다. 가늘지도 굵지도 높지도 낮지도 않은 정상 톤에 발음도 정확하고 음량도 풍부한 편이라 '성우 해도 되겠다'란 말을 심심찮게 들어왔다. 학교에서 강의할 땐 하필 내 목소리에 반했다는 여학생들도 더러 있었다.

잠자리를 뒤척이며 온갖 공상을 되새김질했어도 시간은 황소걸음처럼 무척 더디게 흘러갔다. 시계를 들여다 보고 또 보고 하기를 새벽 3시 40분되어 자리를 털고 일어났다.

커피부터 마실까, 잠시 망설이다가 시장기가 부쩍 돌아 요기부터 해야 겠다는 생각에 석유 곤로 위에 적당량의 물을 담은 양은냄비를 올려놓고 불을 붙였다.

먹을 것이라곤 당장 라면밖에 없기에 취사 선택의 여지가 없겠지만, 실상 라면 끓이는 것 외엔 내가 할 줄 아는 요리도 없었다. 물론 '파 송송, 계란 탁'은 기본이고 라면만 먹기엔 좀 지겹다 싶으면 전기밥솥에 쌀을 얹고 적당량의 물을 부으면 저절로 되는 밥을 라면 국물에 말아먹는 정도는 늘 해 온 짓이다.

새벽부터 몸단장하랴 입고 갈 양복을 손질하랴 괜스레 부산을 떨었다. 몸단장이라 해봐야 비좁은 화장실 틈새에서 대충 샤워하며 머리감고 턱수염을 말끔히 밀어내는 정도지만 입고 갈 옷은 영 마뜩찮았다.

때가 꼬질꼬질하게 절어있는 와이셔츠 깃은 칫솔에 치약을 묻혀 박박 긁어대고 물로 씻어 드라이로 말리고 나니 아쉬운 대로 입을만했으나 몇 벌 되지 않는 양복은 아직 더위가 채 가시지 않은 때라 입고 가기엔 좀 뭣한 추동복 일색이었다.

그래도 그중 제일 멀쩡해 보이는 춘추복 한 벌을 끄집어내어 포개놓을 때 생긴 주름들을 펴느라 한 시간여 생고생을 했다. 다리미가 없으니 얇은 천을 주름 위에 펴놓고 펄펄 끓는 물이 담긴 양은냄비 바닥으로 문지르는 수밖에 없었는데 이게 생각처럼 주름이 잘 펴지지 않는 것이다. 단벌 구두도 구두약을 듬뿍 먹이고 번쩍 거릴 만큼 정성들여 광을 내었다.

문득 문밖을 내다보니 날은 훤히 밝아왔고 출근을 서두르는 듯 골목길을 누비는 발걸음 소리가 왁자하게 들려오는 것이 무척이나 낯설게 느겨졌다. 늦게 자고 늦게 일어나는 것이 어느덧 일상이 된 터라 이른 시간에 깨어있다는 것이 괜히 쑥스럽기까지 했다.

마지막 비상금으로 갈무리하여 비닐 장판 밑에 감춰놓았던 시퍼런 만 원권 30매를 꺼내들었다. 원래 이 돈만큼은 내가 산송장이 되어 드러눕는 한이 있더라도 절대 손을 대지 않으리라 작정했던 것이다.

내게 갑자기 죽음이 찾아올지라도 '배천석 교수란 사람, 어쩜 그리도 불쌍할꼬. 글쎄 땡전 한 푼 남기지 않고 죽었다지 뭔가' 란 얄망궂은 구설수만큼은 면해 보자는 알량한 의도이기도 하지만, 행여 내 시신이 푸대접을 당하지 않으려면 저승길 노자도 얼마간은 지녀야 한다기에 그리 했던 것이다.

몇 번의 망설임 끝에 그중 10만원을 별도로 챙겨 장판 밑에 도로 숨겨놓았다. 만에 하나 일이 뜻대로 잘 풀리지 않았을 때를 대비하고자 함이다.

장판 밑에서 끄집어 낸 20만원과 평소 생활비로 쓰려고 찬장 속에 보관해뒀던 7만6천8백 원, 그리고 집안 구석구석 샅샅이 뒤져 찾아낸 동전까지 모두 27만8천4백6십5원이 책상 위에 가지런히 정리되었다.

"이십칠만팔천사백육십오 원이라……. 충분하진 않지만 뭐 어때?"

이 정도의 금액이면 아쉬운 대로 서울까지의 왕복 여비에 택시비며 식사비며 똥꼬녀석과의 포장마차 술값 정도는 맞춰지려니 안심했다.

커피 한잔을 느긋하게 마시며 시계의 초침을 재촉하다 보니 집을 나서야 할 시각이 되었다. 오전 8시10분, 혹시 이 시간에 출근을 했을까 싶기도 했지만 똥꼬녀석이 혹 일방적인 스케줄 변경이라도 하지 않을까 염려되어 녀석에게 다시 전화를 걸었다.

서울까지 열나게 찾아갔더니 '갑자기 급한 일이 생겨 지방으로 출타했다. 다음에 다시 찾아왔으면 좋겠다' 등등의 변고라도 듣고 되돌아올 수밖에 없다면 그런 낭패도 없을 것이다.
 굳이 드러내어 내색할 수는 없지만 지금의 이런 심정은 낭떠러지 밑으로 추락하지 않기 위해 실낱에 매달려 버티려는 심정과 다를 바 없다. 최후의 보루라 여기고 아껴뒀던 비상금까지 바닥내고 되돌아올 수밖에 없다면 그것은 곧 나더러 죽으라는 소리와 같기 때문이다.
 역시 아가씨의 고운 음성이 수화기를 통해 들려왔다.
 "안녕하세요, 반갑습니다. 저는 일성해운그룹 회장비서실의 최현주입니다."
 수화기 속에서 울려오는 멘트는 마치 녹음된 기계음처럼 어제와 똑같았다. 부드럽게 포장된 여성의 목소리였으나 일견 거부감이 느껴졌다. 정확한 발음과 세련된 화술이 똑같은 내용의 멘트를 담고 있기에 더욱 그러하리라.
 "어제 전화 드렸던 박봉달 회장의 고향 친구 되는 사람입니다. 오늘 오후 2시에 만나기로 약속되어 있는데, 그 시간에 찾아가면 만나 뵐 수 있는지 다시 한번 확인할까 해서 전화 드렸는데요."
 나 역시 그런 세련된 멘트에 대응코자 딴엔 세련된 화술로 또박또박 피력, 전화를 건 의도를 분명히 했다.
 "네, 잠시만 기다리세요."
 "……."
 "여보세요?"
 "예."
 "네, 그 시각에 맞춰 오시면 만나 뵐 수 있답니다."
 "예, 그럼 그 시간에 맞춰 갈 테니, 꼭 기다려 달라더라고 전해주십시오."
 "네, 그렇게 전해 드리겠습니다."

비로소 한결 마음이 놓였고 나도 모르게 '휴!' 안도의 한숨까지 내뱉었다. 이로써 녀석과의 만날 약속이 확정된 것이나 다를 바 없으니 분명 헛걸음은 면하리라.

보아하니 제법 큰 회사의 회장이라 하니 은근한 기대감과 설렘으로 가슴이 벅차오르는 것이다.
"지깟 놈, 그 촌구석에서 빌빌거릴 때 나만큼 지놈 뒤를 봐줬던 놈이 있기라도 했다면 나와 보라지."
당시 녀석을 친구라고 여긴 애들은 나 외엔 아마 하나도 없었을 것이고, 녀석의 아버지 또한 내게 얼마나 잘해줬던가를 생각하면 설마 녀석이 날 함부로 대하지는 않을 것이란 확신이 생겼다.
녀석은 나를 보면 꽤 반가워 할 것이다. 13년 전 동기모임에서도 녀석은 애들 앞에서 나를 꽤나 공공연히 추켜올리고는 말끝마다 '우리의 배천석 교수님', '우리 교수님'이라며 유별나게 친근감을 표시하지 않았던가.
나야 녀석이 고물상을 해서 돈을 얼마 벌었던 간에 관심도 없었지만 말이다. 하여튼 녀석이 그때의 지극한 친근감을 여태껏 유지하고 있다면 설마 내 살 궁리 하나쯤은 데꺽 마련해주지 않겠는가 싶었다.
녀석을 만나면 무슨 말부터 해야 할지 궁리하기 시작했다. 무식한 녀석이라 말 상대로는 수월할 것 같지만 너무나 오랜 세월 녀석과 만나보지 못했으니 둘 사이에 관심이 될 만한 것은 역시 옛날 얘기밖엔 없을 것 같기도 했다.
그리고 보니 녀석과의 애틋하게 여겨지는 추억거리들이 하나하나 떠올랐다. 녀석에 대한 기억을 더듬어가자 아득하게 느껴졌던 옛일들이 마치 어제 일처럼 생생하게 그려졌다.

한의원 겸 한약방을 하던 우리 집에서는 언제나 쓰디쓴 탕약 냄새와 온갖 약초 냄새들이 무당집 제상에 피워놓은 향냄새처럼 코끝을 자극했다.
어머니는 늘 학교를 파하면 나돌아 다닐 생각 말고 집에서 공부하라 일렀으며 평소 친하게 어울려 다니던 또래의 경찰서장 아들 양덕만이와 양조장집 작은 아들 곽칠수, 과수원집 데릴사위 김수이 등 몇몇이 집에 놀러오는 것을 반겼다.
그들 모두는 시골에서는 살만하다는 집안 자식들로 재능도 많고 공부 또한 잘했다.
한번은 똥꼬녀석을 집에 데려온 적이 있었는데, 어머니는 나를 따로 불러내어 녀석에 대해 꼬치꼬치 캐물은 적이 있었다. 녀석에 대한 불쾌한 감정을 내게 그대로 드러내 보였던 것이다.
"쟤는 뭐 하러 데려 왔누? 생긴 것부터가 디게 얄궂네. 저런 애랑 담부턴 절대루 어울리지 말어, 알긋냐? 사람이란 끼리끼리 어울려야지 원……."
옛날 생각들을 더듬어 나갈수록 문득 녀석에 대해 궁금해지는 것들이 많았다. 사실 녀석에 대해서 알고 있는 것은 소싯적 있었던 일들 말고는 전혀 새로운 것이 없음을 깨달았다.
고등학교 진학한다고 서울로 떠난 뒤론 녀석을 대면할 기회가 전혀 없었고, 녀석에 대한 관심도 없어 녀석을 까마득하게 잊고 지냈던 것이다. 그러다 우연찮게 참석한 동기모임에서 잠깐 대면했던 게 녀석에 대한 기억의 전부였다.

함양 읍내에서도 10여리 떨어진 외딴 산비탈 기슭, 흙벽돌로 지은 다 무너져가는 옹색한 집에서 녀석네 일곱 식구가 자갈밭을 일구며 궁색하게 살던 모습이 떠올랐다.

"너거 집에 함 놀라가면 안 되것나?"

"우리집엔 와?"

"그냥……."

녀석이 하도 괴상망측하게 생겨서 녀석에겐 뭔가 특별한 게 있는가 싶었으며 녀석이 어떻게 사는지 궁금하기도 하여 안 된다는 녀석을 겁박해 가며 녀석의 집엘 가봤다.

녀석은 제 아버지에게 읍내 한의원집 아들이라고 나를 소개하였는데, 녀석의 아버지는 내가 마치 귀한 손님이라도 되는 양 당황하여 어쩔 줄 몰라 하며 어쩜 비굴하게 느껴지리만큼 무척이나 공손하게 대해주었다. 지금까지 살아 있으려나 모르겠다. 살아있다면 아마 팔순이 되었을 것이다.

녀석의 아버지 모습이 어렴풋이 떠올랐다. 뼈만 남은 듯 버썩 마른 몸집에도 왠지 강단은 있어 보였고 검붉게 그슬린 피부에 양 팔뚝이며 종아리며 굵고 퍼런 핏줄이 도드라져 지렁이처럼 꿈틀거렸다. 그리고 다 떨어진 밀짚모자를 눌러쓰고 자갈밭의 돌을 삼태기에 주워 담으면서도 연신 내 눈치만 살피는 듯했다.

녀석에겐 고만고만하고도 꾀죄죄한 여동생이 넷이나 있었다. 예외 없이 임산부 배처럼 배가 볼록하니 튀어나온 녀석의 여동생들 모습이 떠올랐다. 그땐 그 볼록 나온 배가 그리 신기할 수가 없었고 또한 만져보고 싶었다. 그래서 만져 볼 기회를 엿보려고 녀석의 집에 몇 번인가 더 녀석을 앞세우고 갔었다.

특히 다섯 살 남짓 된 막내 여동생의 배는 둥근 바가지를 배 위에 얹어 놓은 듯 마냥 부풀어 오른 배였는데, 어찌나 만져보고 싶었던지 녀석에게 다마 스무 개를 주겠다며 살살 꼬여 막내를 멀리 떨어진 냇가로 데려오게 했다. 그리고 그토록 간절히 원했던 바대로 막내의 배를 실컷 만져볼 기회를 얻었다.
단단하리라 생각했던 예상과는 달리 그리 몰랑몰랑할 수가 없었다. 마치 물 풍선을 만지고 쓰다듬는 기분이었다.
'이 몰랑한 뱃속에는 뭐가 들었을까?'
부쩍 궁금증이 일었다.
"이 안에 뭐가 들었제?"
"몰러, 물이나 뭐 그런 거 들었것제."
그렇다고 톡톡 두드려 보거나 흔들어 봐도 물소리는 전혀 들리지 않았다.
"흠……, 물은 아닌갑다."
"그람…… 뭐 똥이것제."
녀석도 제 여동생 뱃속에 뭐가 들었는지 몰랐다.
"똥? 이히히히……, 쪼맨한 것이 엄청 먹어대는 갑다."
굳이 한여름이 아니라도 녀석의 여동생들 옷차림은 거의 벗은 거나 다름없었는데 막내야 이제 겨우 걸음마를 뗀 나이라 홀라당 벗었다한들 뭐 그리 흉이라 할 수 없겠지만, 열 살 된 계집애까지 아랫도리를 훤히 드러내놓고 있는데다 나이에 걸맞지 않게 유난히 길게 째진 외음부에 자꾸 손가락을 그 속에 후벼 넣고 있어 유난히 시선이 끌렸었다.
녀석의 여동생들 또한 나이들만큼 들었을 테니 살아있다면 지금쯤 모두가 마흔은 넘었을 것이다.
'그렇게 지지리 못 살던 원숭이똥꼬같은 녀석이 뭐 회장님이시라고? 웃기는 세상이로군'

Chapter 03 | Epilogue

보림사진관의 하 사장은 나이로 따진다면 나보다 열 살가량 연상이다. 성격도 나와는 전혀 닮은 데라곤 없는데, 나하고는 그런대로 의기투합이 되어 곧잘 어울렸다.

작고 땅땅한 체격과 친밀감을 느끼게 하는 둥근 동안의 얼굴에 주먹코를 지닌 하 사장은 사진관 일보다는 일본에서 수입한 입 냄새제거제의 국내시장 개척에 더 큰 관심을 갖고 있었으며, 마침 그 제품의 외관과 포장디자인을 내게 의뢰해 왔다.

"지가 요즘 이거 개발한다꼬 엄청 바쁜데요. 배 교수께서 좀 도와주소. 사례는 섭하지 않게 할낀게."

보아하니 사탕처럼 생긴 물건으로 씹어 먹으면 입 안의 구취가 말짱하게 사라진다 했다. 원액은 일본에서 들여오고 가공은 사탕공장에 의뢰하여 만든다 했다.

"이걸 씹어 먹으면 담배 냄새도 없어지고 술 냄새도 없어진다요. 연애할 땐 이게 최고지요."

"탈취제도 아니고…… 이게 뭐라요?"

"글쎄요. 듣기론 미생물이라 캅디다. 냄새를 분해하는 무슨 효손가 지니고 있다는……."

"원액 자체가요?"

"그렇다네요."

"희한하네요. 술 먹고 음주위반 단속할 때 요긴하겠네요."

"그래서 나이트클럽이나 룸쌀롱같은 데가 주요 고객이랄 수 있겠지요."
낱개들이용 비닐 팩부터 열 개들이, 백 개들이 팩케이지는 물론 레이블, 스티커를 비롯한 인쇄물들이 종류별로 제법 많았다. 뿐만 아니라 잡지광고와 포스터, 팸플릿 등 그 작업에 매달리는 데만 서너 달은 족히 걸렸다.

그런 이유들로 더욱 친해진 하 사장의 소개를 통해 중앙동 일대에 즐비하게 들어선 안스튜디오나 큐스튜디오 등 몇몇 스튜디오를 알게 되었고, 또 수시로 그들 스튜디오를 들락거리면서 상업사진에 대한 전반적 지식을 넓혀 나갔다.
대부분 그들 스튜디오들은 하 사장과는 비교가 되지 않을 만큼 장비 면에서 열세였다. 10평 남짓 스튜디오 공간에 허름한 촬영 장비 몇 대 갖춘 소규모 스튜디오로 극히 영세하여 인쇄소나 사진제판실 등 인쇄관련 업체의 주문에 따라 인쇄물에 삽입하기 위한 사진들을 찍는 일로 연명해 나가는 듯했다.
듣기론 사진에 대해 전공한 사람도 없고, 대부분 남의 밑에서 5년이고 10년이고 어깨 너머로 익힌 기술이라 했다. 그래서 그런지 사진에 대한 기초적인 이론까지 갖추지 못하고 있을뿐더러, 어쩌면 인물사진 위주의 사진을 전문으로 찍는 길가에 위치한 일반 사진관들보다 장비들이 허름했고 기술력 또한 취약해 보였다.
어쨌든 그런 쪽으로 관심이 자꾸 쏠리고, 한편 상업사진의 수요가 날로 늘어나는 추세라 시장성도 있겠다 싶어 마침내 상업사진을 전문으로 촬영하는 발카라는 스튜디오를 차리게 된 것이다.
서른 평 남짓 사무실을 얻어 스튜디오 스테이지를 설치하고 코메트와 스트로브, 카메라 기자재도 일본까지 직접 가서 구입하는 등 당시 부산지역의 내로라하는 스튜디오보다 월등하게 갖추기까지 적잖은 돈이 들어갔으며, 그 때문에 고향의 논밭 대부분을 처분할 수밖에 없었다.
처음엔 어머니도 설마 했었나 보다. 스튜디오란 걸 차려보겠노라며 돈을 내놓으라했을 때 난색을 표했다.
"적은 돈도 아이고…… 그 많은 돈이 내게 어딧다고……."
"좀 빌릴 데 없수?"
"요즘 시골엔 돈이 귀하다야."
"그럼 땅 팔지 뭐……."
"야 좀 보그레이. 땅은 와 팔라카노?"
"땅 판 돈으로 사업 좀 할려고 그러오."
"야 좀 보소. 땅 팔아 밥 빌어 묵는다고 그게 할 짓이여?"
"빌어먹긴 와 빌어 먹노? 돈 벌려고 그카지."
"돈이란 게 말처럼 그리 쉽기 벌리냐? 그라고…… 그게 뭔 지랄이냐?"
"논밭에서 그럼 뭘 기대할 수 있것소?"
"그래도 논밭이 있어야 믿는 구석이라도 있제."
"엄만 늘 생각하는 게 그 모양이요? 요즘 젊은 사람들이 농사란 걸 짓겠다 하남?"
어머니는 사업 경험도 없이 무턱대고 저지르는 일이라며 처음부터 두 손 걷어붙이고 만류하였으나 이미 굳힌 내 결심을 어쩌지는 못했다.
"니는 장가 갈 생각은 않고 와 자꾸 사단을 벌리려 든다냐? 내 몬 산다 몬 살어. 땅이란 것은 가만 놔둬야 밥벌이를 해준다 카든디, 땅 팔아 밥 사먹는 일을 머하러 저지른단 말이가. 아무튼 니 땅 니 맴대로 한다는 데야 내 앞뒷발 다 들었다."

그렇게 해서 논밭 대부분을 처분하여 비싼 장비들을 사들이고 스튜디오란 걸 운영해 봤지만, 어머니 말대로 사업이란 게 그리 쉽지 않다는 것을 깨닫지 않을 수 없었다.
대학 강사의 수입이란 것도 뻔하고 또 스튜디오 일이란 것도 당시 기업체 카탈로그나 홍보용 전단을 주문 받아 제작, 납품하는 수준의 영세한 기획실을 상대로 제품이나 공장 전경 따위를 촬영하여 슬라이드 필름으로 뽑아 주는 것이었으니, 당시 스튜디오 차린답시고 6천만 원 넘게 투자된 금액에 비해 수입이라고는 변변찮아 스튜디오를 근근이 유지할 수 있을 정도였다.
그리고 그 다음해엔 서른일곱의 나이로 부산대학교 대학원에 진학하여 본격적으로 산업디자인을 전공하기 시작했다.
전문대학이라 해도 교수는 물론 강사들 대부분이 석사학위를 지녔고 더러는 박사학위까지 소지하고 있었다. 따라서 학위로 인한 차별을 의식하지 않으려 해도 공공연한 차별을 두는 데에는 여간 기분 상하는 게 아니었다. 그래서 이참에 아예 박사학위까지 따놓으려 결심했던 것이다.

그렇게 1년여 내가 정신없이 학교를 오가는 사이에 세월만 자꾸 흘러가는 것을 보고 어머니는 마음이 꽤나 초조해졌던 것이다.
"천석아, 니 나이도 함 생각혀 봐라. 노상 청춘인줄 아나? 낼 모래면 니 나이도 마흔을 바라보는디. 웬만큼 니 하고 싶은 대로 살았으이, 이제 에미 말대로 결혼혀라. 마땅한 여자가 없음 내가 함 알아볼까?"
"아직 공부도 마저 마치려면 시간이 더 필요하겠고, 쪼매만 좀 더 기달려봐요."
"니 전에 함양농협장하던 최만달 씨 기억나남? 그 있잖여. 키 좀 작고 똥똥한…… 그 사람 여식이 은행엘 다닌다카던디…… 애비랑 전혀 딴

판이라 키도 훌쩍 크고 이쁘게 생겼다카던디…….”

"그 사람이야 알지요. 그리고 그 딸…… 그땐 중학생일 때 본 듯했는데…… 맞어! 영자라 캤던가?"

"그 색시가 그래도 사근사근하고…… 또 여상까지는 나왔다카드라."

"애는 괜찮아 보이던디…….”

"그럼 내가 날 잡아볼까?"

"아녀, 그러덜 마요. 난 관심 없으니께…….”

어머니의 성화는 성가실 정도로 집요하게 되풀이되었다. 그러나 마땅히 마음에 드는 여자도 없었지만 결혼을 하여 가정을 꾸리고 자식 낳아 기른다는 그 지극히 평범하고 의례적인 절차가 별로 내키지도 않고, 오히려 혼자 자유롭게 사는 게 편할 것 같아 결혼이란 걸 마냥 미루어 왔다. 더군다나 대학 재단이사장 큰 딸과의 관계를 생각해서라도 결혼은 물론 딴 여자에게 한눈 팔 계제도 못되었다.

"니 이번만큼은 에미한테 양보하그라."

"뭘요?"

"있잖여. 저 금실네라고…….”

"금실네요? 아…… 그 집?"

"응, 금실네 둘째 딸네미가 쪼매 괴얀아 보이던디…… 선 함 볼까나?"

"또 그 얘기요?"

"하모. 나두 손주새끼 함 안아볼란다."

"엄마, 쪼매만 참아요. 이제 쪼매만 있으면 나도 자리를 잡을 수 있을 것이구먼. 그땐 결혼도 하고 또 엄마도 모시고 함께 살 테니, 나만 믿고 쪼매만 기다려 봐요."

"싫다야, 마른 나무에서 물이 나것냐? 마음에 없는 염불 고만 씨불여

라. 더 이상 얼매나 기다려야 쓰것니? 니 나이도 이젠 서른여덟 아이가? 늙은 에미가 니랑 떨어져서 뭔 재미로 살것냐? 그러니 웬만하면 니 고집만 부리지 말고 내 시키는 대로 혀라."

"참말로 싫다니깐 그러네. 와 자꾸 귀찮게 구능교? 바쁜 사람 괜히 붙잡아놓고……."

"참말로 못되게 구는구만……."

결국 어머니의 그 작은 소망마저 저버리고 나 몰라라 한 죄 값을 단단히 치르게 됐나 보다. 어머니는 어이없게도 읍내로 향하는 비좁은 농로를 걷다가 젊은 놈이 탄 오토바이에 치여 머리를 크게 다치고 병원에 도착하기 전에 유명을 달리했다.

그때가 1990년 6월로 궂은비가 질척거리며 내리던 날이었다.

어머니의 죽음은 아버지의 죽음보다 내겐 더 큰 충격적이었다. 실제로 정정하기만 하여 천년만년 살 것만 같던 어머니였다. 마치 우화 속의 말 안 듣는 청개구리처럼 부모의 속만 잔뜩 태우기만 하고 결국엔 부모를 모두 죽게 만들었다는 처참한 심정이 들었다.

어머니 상을 치루고 이것저것 정리할 게 있어 함양에 며칠 머물게 되었는데 마침 함양초등학교 동기회 모임이 있다며 얼굴만이라도 비추고 가라는 성화에 못 이겨 그 모임에 갔다가 똥꼬녀석을 오랜만에 재회할 수 있었다.

그 자리에는 행정고시에 합격하고 사천경찰서 조사과장으로 있다던 정달현과 진주의 협동금속이란 회사 상무인 지철우, 함양단위농협에 계장으로 근무한다는 양덕만, 산청에서 목장을 크게 한다는 서상민이도 있었지만 곽칠수나 김수이, 오덕팔 등 나머지 대부분은 함양 근교에서 농사나 짓는 무지렁이뿐이었다.

박봉달, 그 똥꼬녀석은 그때 마을 어귀에서 고물상을 운영하며 돈을 제법 벌었던지 당시 4톤짜리 대형 트럭을 몰고 모임에 나타났다.
"밥값 술값 내가 다 부담하꾸마. 2차도 내가 다 부담할 테니 어디든 가자."
"얼씨구……."
녀석은 자리에 앉기 무섭게 큰 소리부터 빵빵 치고 호기롭게 굴더니 벤츠 한 대 사서 굴리고 다녀야겠다는 둥 진주의 모 호텔인가 백화점인가를 인수해야겠다는 둥 좌중을 전혀 의식하지 않고 기고만장하여 떠들어 댔다. 녀석의 돌변한 모습에 처음엔 내 눈을 의심했다.
"점마……, 똥꼬 맞나?"
생김새로 봐서는 똥꼬가 확실했지만, 너무 의외인지라 옆자리에 앉아있던 동기 녀석에게 슬그머니 물어봤다.
"하모 똥꼬…… 맞지. 점마…… 생긴 꼴은 저래도 아마도…… 함양일대에선 돈을 젤 많이 갖고 있을끼다."
"뭐해서 그렇게 벌었대?"
"고물상해서 벌었다 아이가."
"고물상이 그렇게 잘 되나?"
"점마는 리아카로 고물 주워다 파는 그런 쫴만한 규모가 아니여. 쇠철을 아예 차떼기루다 사고파는 갑데."
"짜슥, 많이 컸구먼."
"……?"
지가 벤츠를 굴리든, 아님 호텔을 사거나 백화점을 사거나 내 알 바 아니라서 한쪽 귀로 듣고 한쪽 귀로 흘려버렸지만, 하여튼 모임의 좌장이라도 된 양 혼자 술에 취해 마구 지껄여 대는 녀석을 지켜보노라니 정말 가관이었다.

Chapter 04

비서 아가씨를 통해 '기다리고 있을 테니, 오후 2시까지 회사로 오라'는 똥꼬녀석의 기별을 전해 듣자마자 나는 비로소 용수철 튀듯 성급하게 외출을 서둘렀다.

녀석을 만나러 그 먼 서울까지 차비 들여 찾아간다는 것이 영 찜찜하고 기분 좋을 리 없지만, 그래도 은근히 기대되는 바가 있어 마음은 날아갈듯 가벼웠다.

오전 9시 정각에 출발하는 새마을호를 타면 서울역엔 오후 1시쯤 도착하게 될 것이고, 서울역 주변에서 간단히 점심을 먹고 나서 택시를 타더라도 그 시간에 맞춰 녀석을 만날 수 있을 것이라는 계산이 머릿속에서 정리되었다. 내친김에 부산역까지 택시를 탔다.

'얼마만이던가?'

집구석에 처박혀 도무지 나다니질 않아 버스조차 타 보지 못한 지 제법 오래됐는데 오랜만에 택시를 타고 보니 그렇게 상쾌, 아니 통쾌할 수가 없었다. 버스 요금이 얼만지 택시 기본요금이 얼만지 알 수 없지만 '부산역까지 기껏 나와 봐야 기본요금에서 조금 더 나오겠지'라는 생각에서였다.

어쩜 비탈길을 조금만 걸어 내려가면 마을버스가 있을 텐데, 집 앞 골목길을 벗어나자 빈 택시가 마침 눈에 띄어 얼른 올라 탄 것이다. 모처럼의 여행길에 버스를 두 번씩 갈아타기도 귀찮거니와 2천원만 더 쓰면 택시는 지가 알아서 부산역 바로 코 앞에서 내려 줄 것이다.

어린애 소풍 가는 기분이 바로 이런 기분일 것이다. 괜히 들뜨고 입이 근질거려 택시기사에게 쓸 데 없는 농까지 걸었다.

"어때요? 택시 손님 많지요?"

"별 말씀을……, 경기가 요 모양인데 뭔 손님이 있을라구요."

"아니……, 손님이 없단 말입니까?"

"손님이 있을 턱이 있남요. 참말 지겨워서 이 짓도 몬해 먹겠씸다."
"얼마나 벌어야 양에 차는 데요?"
"아, 몬 벌어도 백만 원은 벌어야 먹고살께 아니요."
"그럼, 백만 원도 몬 번다 그 말예요?"
"백만 원은 뭔……."
속마음으론 한 달에 백만 원씩만이라도 안정적으로 벌 수만 있다면 뭔 걱정이랴 싶었다.
"그럼, 한 달에 평균 얼마나 버는데요?"
"그게 그렇게도 궁금해요?"
"예, 궁금해요."
"별난 양반 다 보겠네. 그게 궁금하다니…… 쩝……. 글쎄…… 한 팔십?"
부산역까지 택시요금이 3천8백 원이 나왔다. 생각보다 더 나온 듯했지만 2백 원 거슬러 주려고 꿈지럭거리는 택시기사에게 큰 인심 쓰듯 '잔돈은 그냥 가지라'고 했다. 그래도 라면이 몇 갠 데 싶어 돈이 아깝다는 생각이 들지 않을 수 없었다.
 '아따, 택시비가 디게 나왔구만? 그깟 거리가 얼마나 된다고……. 2천5백 원이면 충분하리라 생각했었는데……'
머리를 크게 내저었다. 이제 큰 일을 해야 할 사람이 돈 몇 푼 가지고 신경 쓸게 아니라 여겼다.

새마을호 보통 실을 끊고 좌석번호를 확인하니 7호차 42번 통로 쪽 좌석이었다. 통로는 자리를 찾아 앉으려는 사람들로 혼잡을 이뤘다. 6호차 뒤쪽에 위치한 승강구를 통해 7호차로 들어서서 42번 좌석을 찾아 두리번거리며 다가갔다.

이미 창가 쪽 자리에는 스물대여섯쯤 되어 보이는 아가씨가 자리 잡고 있었다. 창밖으로 시선을 두고 있는 아가씨의 옆 모습을 흘끗 훔쳐보았다. 갸름한 얼굴형에 오똑한 코, 긴 속눈썹을 지니고 있어 보기 드문 미인임을 직감할 수 있었다.

"오메……!"

나도 모르게 감탄사가 절로 흘러나왔다.

여태껏 기차여행을 할 때나 고속버스 여행을 할 때나 '내 옆자리엔 어떤 사람이 앉을까? 이왕이면 예쁜 처녀가 앉았으면……' 하는 바람을 갖게 마련인데, 대개는 실망스럽게도 냄새나는 영감탱이나 염치없는 할망구, 또는 시종일관 잠만 늘어지게 쳐 자는 중년남자들이 차지했다.

그런데 이번엔 뜻밖에도 예쁜 아가씨가 옆자리를 차지하고 있으니 참으로 묘한 기분이 들었다. 흔히들 이런 기분을 '땡잡았다'라는 말로 표현할 것이다.

호기롭게 옆자리를 가리키며 '여기가 내 자리인데 함께 앉읍시다'라고 말을 건넨 다음 문득 내가 가르쳤던 제자가 아닌가 하여 그녀의 얼굴부터 살폈다.

굼벵이도 낯짝이 있다고 괜히 켕겼던 것이다. 다행히 처음 보는 아가씨로 제법 이목구비가 또렷하고 이지적으로 보이는 여자였다.

제자가 아닌 것이 다행스럽다 여기고 때마침 옆을 지나던 홍익회 손수레를 가로막으며 레미콘 탱크처럼 생긴 바나나 우유 두 개를 샀다. 갈증이 났고 또 옆자리 아가씨에게 자연스럽게 말을 건네고 싶은 욕심에서였다.

"아가씨, 이 빠나나 우유…… 드실래요?"

"감사히 잘 먹겠습니다."

그녀는 망설임 없이 내가 건네 준 바나나 우유를 받아들었다.

"날씨가 덥지요?"
"예, 조금은 덥네요."
"어디까지 가시는지……?"
"서울역까지요."
"아, 그래요? 나도 서울역까지 갑니다."
"……!"
"그런데 무슨 일로……?"
"집이 서울에 있어요."
"서울? 집이 어디신데요?"
"저……, 태능… 태능 선수촌 쪽에…….."
"아……, 그러세요?"
"……!"
"그럼 부산엔 뭔 일로……?"
"원래…… 부산 살았거든요."
"나도 부산에 삽니다. 고향은 함양이지만 부산에서 살기 시작한지 한 10여년 됐나?"
"……?"
"부산에 일이 있었던 모양이지요?"
"잠시…… 친구 집에 놀러왔다가…….."
"그래요? 친구라……? 역시 친구란 좋은 거지요."
"……?"
"그럼…… 하시는 일이 뭔지?"
"그냥…… 집에서…… 놀아요."
"그래요?"

그녀는 자꾸 질문하는 것이 귀찮다는 듯 얼굴을 찡그렸다. 그리고 조금은 당돌하게 말을 꺼냈다.
 "저…… 할아버지, 제가 지금 좀 피곤하거든요. 간밤에 잠을 설쳐서……, 그러니 미안하지만…… 저 좀 내버려둘 수 없나요? 저 졸려서 잠 좀 자야겠네요."
 '뭐? 할아버지?'
갑자기 할 말을 잃어……, 아니 할 말을 잃었다기보다는 너무 기가 막히다 못해 억울하기도 하고 무엇보다도 자존심이 '와르르르……' 일거에 무너져 내린 비참한 기분에 말문이 닫혔다.
 '할아버지라니? 이런 어처구니없는 소리까지 듣게 될 줄이야! 아직 내 나이가 오십하고도 겨우 한 살 더 먹었을 뿐인데 벌써 할아버지란 소리를 들어야 하다니……. 내가 그리도 늙어 뵈나?'
기분이 몹시 언짢았지만 졸려서 자겠다는데야 할말이 없을 수밖에……. 그렇지만 모처럼 막중한 사명감을 띄고 감행하는 서울 나들이 길에서 초장부터 철딱서니 없는 계집애 하나 때문에 잡쳐서야 되겠는가. 서둘러 감정을 수습했다.
 "하이고…… 그런 줄도 모르고……."
 "……?"
 "그럼…… 편안히 주무세요. 암 말도 않을 테니……."
 "죄송해요."
 "……!"
좋은 일만 생기리라는 예감이 조금은 빗나간듯 했다.
 '그러나 뭐 어떠랴. 똥꼬녀석과의 일만 잘 성사되면……, 돈 앞에서 맥을 못 추는 것들이 여자들이라던데……. 까짓, 지천에 깔려있는 것이 예쁜 여자들이 아니던가'
아가씨는 몸을 몇 번 뒤척이더니 창 쪽으로 머리를 기대고 눈을 감았다.

그녀로부터 당했던 무안도 잠깐, 참으로 오랜만에 타 보는 기차요 오랜만의 여행으로 마치 소풍 나온 어린애처럼 괜히 마음이 들뜨고 뭔가 곧 좋은 일이 있을 것 같은 기대감에 젖어들면서 다시 가슴이 설레기 시작했다.

차창 밖으로 빠르게 스쳐가는 농촌 풍경이 한창 짙푸른 8월의 녹음과 어우러져 마냥 싱그럽게 보였다. 거의 변하지 않고 늘 같을 수밖에 없는 농촌 풍경마저도 그새 왁자하게 변한 듯 새롭게 보였다.

차창 밖의 풍경을 바라보랴 눈을 꼭 감고 꼼짝도 않는 아가씨의 옆 얼굴을 훔쳐보랴 한동안은 별 지겨움을 못 느꼈다.

그녀는 진짜 잠에 곯아떨어진 것인지 아님 나랑 더 이상 말을 섞고 싶지 않아 일부러 냉담한 것인지는 모르겠으나 분명한 것은 내가 저를 빤히 쳐다보고 있어도 그 예민해 보이는 속눈썹의 떨림조차 보이지 않고 마냥 초연하다는 것이다. 때문에 난 노골적으로 그녀의 얼굴 요모조모를 훑어나가기 시작했다.

아, 뜯어볼수록 그녀가 제법 예쁘장하게 생겼다는 생각이 들었고 어느덧 그녀를 발가벗겨 끌어안고 있는 자신의 모습이 저절로 떠올려졌다. 참 묘한 것이 그 계집애들 때문에 신세 조지기 전까지만 해도 마음만 먹는다면 손 닿는 여자마다 손쉽게 함락시킬 수 있어 그랬는지는 몰라도 여자와 성관계를 맺는 장면의 상상은 거의 하지를 않았다. 그런데 언감생심이라고 근래 들어 예쁘다 싶은 젊은 여자들만 보면 그런 해괴한 생각이 자꾸 떠오르며 아랫도리가 불끈불끈 요동을 치려드는 것이다. 그게 주책인지 망녕인지 모르겠으나 하여튼 나로서도 어쩔 수 없는 현상이다.

그런 헛된 생각들을 자꾸 지우려고 애를 쓰는 한편, 의자를 뒤로 한껏 젖히고 비스듬히 누워 잠을 청했다.

'일성해운그룹이라…… 일성해운그룹이라…… 해운회사라…… 해운회사라면……, 배를 소유하고 화물을 수송해 주는 용역을 하는 회사인데…….'
부산 컨테이너부두운영공사로부터 카탈로그 제작을 의뢰 받아 몇 번인가 촬영 때문에 컨테이너부두를 들락거린 적이 있어 대충은 무슨 회사란 게 짐작은 간다.
집채만 한 40피트짜리 컨테이너들을 수백 개씩 실은 화물선들은 보통 몇 십만 톤급 되는 규모다. 따라서 배 한 척 가격만 해도 몇 백억, 몇 천억 원 할 것이다.
'하긴 어떤 해운회사는 배 한 척 없이 용역대행만 하면서도 무슨무슨 해운회사라 하긴 하더라만……, 어쨌든 녀석의 사업 규모야 잠시 후면 밝혀지겠지'

꿈 속에서 난 똥꼬녀석에게 호통을 치고 있었다.
"무슨 일들을 그 따위로 처리하나?"
"……!"
"불쌍하게 여겨 걷어주었더니 사람이 무능하다, 무능하다 해도 그리 무능할 수가 있냔 말이야."
"……!"
녀석은 내게 한마디 대거리도 못하고 그저 벌벌 떨면서 고개를 연신 주억거렸다. 분명히 내가 회장이고 녀석은 내 밑의 일개 사장이다.
나는 녀석이 잽싸게 열어주는 마이바흐 57인지, 아님 벤틀리인지 하여튼 최신형 최고급 외제승용차 뒷좌석 문을 통해 자리 잡고 앉았는데, 먼저 옆 자리를 차지하고 있던 웬 아가씨가 내 품에 와락 안기는 것이다.
"어서와, 자기야!"

"응, 자기구나?"
내 오른손은 자연스럽게 그녀의 허벅지 위에 놓여 졌고 다른 왼손은 그녀의 허리를 지나 탄력 있는 엉덩이를 감싸 안았다. 동글동글한 그러면서도 매끄러운 감촉이 기분 좋은 느낌으로 와 닿았다.
그녀는 아무 거리낌 없이 내 사타구니 깊숙한 곳에 손을 갖다 대더니 살살 문질러대기 시작했다. 그러자 내 그것이 서서히 고개를 치켜드는 것이다.
어느덧 나는 그녀와 함께 벌거벗은 채로 두 팔을 '쫘악' 펼쳐가며 하늘을 자유롭게 유영하고 있었다. 아래로 드리워진 내 남근은 요동치는 맥박처럼 불끈불끈 힘이 주어질 때마다 커지고 또 커지는 것이다.
마침내 초가지붕처럼 둥근 귀두가 활짝 펼쳐지고 거대한 오벨리스크 닮은 기둥이 미끌미끌한 애액愛液으로 번들거렸다.
아래로 내려다보이는 지상에는 수많은 사람들이 개미떼처럼 모여들어 우리를 올려다보며 고함을 질러댔다.
그들이 질러대는 소리에 가만히 귀를 기울였다. 욕설이 아니라 칭송의 소리뿐이었다.
"위대하시다!"
"거룩하시다!"
개미떼들은 아우성을 쳤다. 우리를 우러러 보며 뭔가를 요구했다.
"제발, 우리에게 영험의 꿀물을……!"
"사랑의 엑기스를 주옵소서!"
그녀는 둘로 넷으로 여덟로 열여섯으로…… 분열을 거듭하여 어느새 헤아릴 수 없는 수효로 복제되더니 오벨리스크 기둥에 새까맣게 매달려 애무하기 시작했다.
기둥은 용트림하듯 크게 꿈틀거렸다. 그리고 개미떼처럼 바글거리는 무리들 위로 걸쭉한 우윳빛 액체를 쏟아 붓기 시작했다.
그때 누군가가 옆에서 낑낑 거리며 자꾸 흔들어대는 것을 느끼고 꿈결에서 벗어났다. 바로 옆자리 아가씨였다.
하필 한창 황홀지경에 이른 순간 방해 받은 것에 대해 울컥 짜증이 일었지만 그녀는 큰 트렁크 하나를 내려놓고 내가 길게 뻗어놓은 다리 때문에 나가지 못하고 오도카니 서있는 것이다.
꿈 속에서 품에 안고 한참이나 더듬었던 여자의 얼굴이 그러고 보니 그녀 얼굴과 닮은 게 분명했다. 음흉한 꿈을 꾼 것이 들킬세라 그녀의 얼굴을 똑바로 마주 대하기가 멋쩍어졌다.
"저, 서울역인데요. 몇 번 깨웠는데 반응이 없어서……."
"어……?"
벌떡 일어서서 주위를 살펴보니 어느덧 열차 안은 대부분의 승객들이 빠져나가 텅 빈 듯 보였다. 그리고 축축한 느낌에 아래를 내려다보니 뻣뻣하게 발기한 내 남근이 바지 지퍼 부위를 강건하게 받쳐 들고 있고 주변으로 오줌을 지린 듯 검푸른 물 자국이 흥건하게 배어있었다.
당혹감에 그녀의 눈치부터 살피려는데 그녀도 눈치 채고 꽤나 당황했던지 얼른 외면하고 허겁지겁 내 앞을 빠져나가려는 낌새였다.
"아이고 벌써 서울역이야? 미안해서……."
기차는 정확하게 오후 1시 정각에 서울역 플랫폼에 도착하였다. 승객이 모두 빠져나간 빈 열차 세면대에 잠시 머물며 손수건에 물을 적셔 겉으로 번져 나온 정액을 대충 닦아내고 주책없이 아무 때나 껄떡거리는 남근도 간신히 진정시켰다.

뒤늦게 서울역 개찰구를 빠져나오려는데 갑자기 다리가 휘청거렸다. 서울역 광장으로 나서자 이번엔 눈부신 대낮의 햇살이 시야를 뽀얗게 잠식

하더니 '핑그르르르……' 어찔한 현기증을 느꼈다. 그리고 한 순간 다리에 힘이 풀리면서 주저앉고 말았다. 곧 이어 술렁거리는 사람들의 인기척 소리가 꿈결같이 들려왔다.

"아니, 이 사람…… 어디 아픈가 봐."

"이보세요? 괜찮아요?"

그리고 누군가는 나를 부축한답시고 한쪽 팔을 자신의 어깨 쪽에 걸치려했다.

"괜찮습니다. 잠시 현기증이…… 곧 나아지겠지요."

"어르신, 제가 저기 그늘 쪽으로 모셔다 드릴께요."

"아, 글쎄 괜찮다니까요."

"……!"

또 그놈의 '어르신' 소리에 정신이 번쩍 들어 소리의 진원지를 올려다보았다. 40대 중반으로 보이는 덩치 큰 사내가 무척 걱정스럽다는 표정으로 내려다보고 있었다.

'도대체 이 친구가 날 어찌 보고? 지도 나이를 처먹을 만큼 처먹었으면서……'

부아가 치밀어 사내의 부축하려는 손길을 뿌리치고 나무 그늘 밑 벤치로 옮겨 앉았다. 어찔하던 현기증이 감쪽같이 사라졌기에 화장지를 꺼내들고 이마에 송송 맺혀있던 식은땀을 닦아냈다.

사내는 내 행동을 유심히 지켜보다가 영문을 모르겠다는 듯 고개를 갸웃거리더니 잠시 후 그제야 뭔가를 깨달았다는 듯 빙그레 웃고는 제 갈 길로 총총히 사라졌다.

"참, 별 해괴한 놈 다보겠네."

주위 사람들에게 들으란 듯이 큰 소리로 외쳤다.

'한 년은 날더러 할아버지라 카더니 이번엔 또 뭐야? 나잇살 잔뜩 처

먹은 놈까지 날더러 어르신이라고? 골고루네. 저거들 눈엔 내가 파싹 늙은 영감탱이로 뵌단 말이지?'
깜빡 엉뚱한 데에 정신을 쏟다보니 그새 20여 분이 훌쩍 지났다. 서둘러 역 근처 식당에서 갈비탕 한 그릇을 비우고 나서 택시를 잡아타고 녀석이 있다는 방이동 일성해운빌딩을 찾았다.
"손님, 다 왔습니다."
"……."
"손님, 다 왔는데요."
"음……."
"손님……, 손님 주무십니까?"
"응……, 여기가…… 어데요?"
"방이동 일성해운빌딩 앞인데요."
"그래요? 아…… 흠……!"
택시 안에서 어찌나 졸았던지 택시기사가 깨웠어도 축 쳐진 몸이 선뜻 추슬러지지 않았다.
"쩝……, 몹씨 피곤해 뵈네요."
택시기사가 입맛을 다시며 말을 건넸다.
"예, 간밤에 잠을 설쳤더니만……."
"연세가 있으신 분 같은데 너무 무리하진 마십시오."
또, 또 연세란다. 내 보기엔 택시기사 나이도 오십은 넘어보였다.
"연세라니요? 기사양반! 내가 몇으로 보이슈?"
택시기사는 백미러를 통해 내 얼굴을 유심히 살펴보는듯 했다.
"글쎄요? 제가 뵙기엔 예순 다섯? 아님, 예순 둘쯤 보이려나?"
"뗏끼 여보슈! 내가 그리 늙어 보여요? 나 올해 오십인데요."
"그래요? 그리 안 뵈는데……."

"니미랄, 어쨌든 수고 많았씀다."
기분 나쁘다는 듯 쏘아붙이고는 택시에서 내려 택시 뒷좌석 문도 일부러 '쾅!' 닫았다. 그렇다고 한껏 언짢아진 감정이 쉬 누그러질 것도 아니다.
화강암으로 잘 짜 맞혀진 너른 보도를 딛고 선 두 다리가 후둘거리면서 어찔한 현기증이 또 일었다.
도대체 내가 얼마나 겉늙어 뵈기에 만나는 이들마다 늙은이 취급을 하는가. 어이없기도 했지만 그런 대접을 받을 만큼 늙어 뵌다는 것이 서럽다기보다는 짜증스럽고 은근히 두렵기까지 했다.
택시기사가 일러준 일성해운빌딩을 올려다봤다.

일성해운빌딩은 뜻밖에 웅장한 모습으로 다가왔다. 빌딩 한 면 전체를 하나의 통거울처럼 장식한 시커먼 대형 유리들이 은빛 고강도 알루미늄 몰딩으로 처리되어 한낮의 강렬한 햇볕을 쨍쨍하니 맞받아치고 있었다. 그 위풍은 마치 주위 고층빌딩들을 시녀처럼 거느리고 버텨선 형국이었다. 눈살을 찌푸려가며 대충 세어 봐도 60층이 넘는 매머드급 빌딩이었다.
'야! 진짜 장난이 아니구나!'
고개가 아파서라도 더 이상 올려다 볼 수 없을 지경이었다. 빌딩 입구로 보이는 현관 바로 위쪽엔 높이가 5~6미터는 족히 되고 길이 또한 70~80미터는 족히 될 검정대리석 면에 '一星빌딩'이란 힘이 한껏 들어간 상태에서 반쯤 흘려 쓴 굵은 붓글씨체가 황금빛 나는 입체 돌출 조각 글씨로 표현되어 선명하게 드러나 있었다.
대체 누가 쓴 붓글씨인지는 몰라도 글자 한자 한자마다 금빛 찬란한 용이 꿈틀거리며 금방이라도 검정대리석을 박차고 승천하려는 듯한 착각을 불러일으키기에 족하여 과연 예서체의 진수라 할 만한 명필이었다.
그 바로 위엔 세 개의 대형 깃발이 삭풍, 즉 빌딩 풍에 휘날리고 있었다.
그 왼쪽 깃봉엔 태극기가 오른쪽 깃봉엔 새마을기가 그리고 중앙에 위치한 깃봉엔 회사 사기로 여겨지는 깃발이 걸려있었다.
회사 사기는 옅은 스카이블루가 전체 바탕을 이루고 있으며 그 한 가운데엔 샛노란 별이 선명하게 박혀있는 다크블루의 다이아몬드 형태가 박혀있고 그 바로 밑에 일성해운그룹이란 붓글씨가 검정색으로 새겨진 깃발이었다.
더 이상 머뭇거릴 여유가 없을 거란 생각에 시계를 들여다 보니 1시 55분을 가리켰다. 다행히 제 시간에 맞춰 도착한 것이다.
현관의 회전문을 통해 로비로 들어서니 눈 앞에 거울처럼 반질거리는 연갈색 대리석 바닥이 광장처럼 드넓게 펼쳐졌다. 갑자기 홀로 광야 한 가운데 내팽개쳐진 기분이었다.
  '도대체 이게 로비야 아님 광장이야? 아마 천 평도 더 되겠다'
감탄과 동시에 불거진 '황금싸라기 땅을 이렇듯 펑펑 놀려서야 쓰것냐'란 의문도 잠깐, 머뭇거리며 눈에 띄는 안내 데스크로 다가가 일성해운 회장실을 찾는다 했다.
칼날같이 날이 곧추선 감색 제복에 금빛 휘장까지 멋들어지게 두른 경비원과 마주 대하자 제기랄, 괜히 주눅부터 드는 것이다.
  "회장실을 방문하는 용건이 뭡니까?"
정승집 문지기처럼 조금은 위압적으로 느껴지는 경비원의 말투로 인해 눈살이 절로 찌푸려졌다.
  "오후…… 2시……, 2시 정각에…… 회장님과 만날 약속이 되어있습니다."
경비 따위한테 검문 당하는 기분이라 울컥해지기도 했지만, 괜한 주눅이 들어 말투부터 떨려나왔다.
 "그래요? 그럼, 신분증을 제출해 주시지요."
 "여기…… 있습니다."
마치 면접관 앞에 선 수험생처럼 아연(啞然) 긴장이 되면서 얼굴이 화끈거렸다.
 '내가 이래봬도 명색이 대학교수인데 기껏 경비 앞에서 쫄다니……'
이만한 것으로 위축되다니 스스로가 어처구니없게 여겨졌다.
경비원은 신분증을 받아 쥐고 나를 위아래로 훑어보더니 인터폰을 통해 비서실과 잠시 통화하는듯 했다. 그리곤 금빛 도금으로 고급스럽게 꾸며진 명함보다 조금 클 듯 싶은 플라스틱 카드를 건네주었다.
 "네, 이 방문증은 왼쪽 상의 포켓에 이 집개를 이용하여 달아주시면 고맙겠고요, 나가실 땐 신분증과 교환하시면 됩니다. 그리고 이쪽 엘리베이터를 이용하여 8층에서 내리시면 바로 비서실이 나타날 겁니다. 그럼 좋은 하루가 되십시오."
그러더니 좀 전의 그 거만하던 모습과는 달리 거수경례를 힘차게 올려붙이는 것이다. 얼떨결에 나 또한 허리를 깊숙이 숙여 절을 하지 않을 수 없었다.

엘리베이터는 초고속으로 붕붕 날아올랐다. 엘리베이터 안의 벽면은 온통 흑경이었다. 아니 흑경이 아니라 자세히 살펴보니 거울처럼 정교하게 연마된 검정색 고강도 스테인리스 강판이었다. 그래서 내 얼굴이며 차림새며 여과 없이 한 눈에 들어왔다.
 "아니 이게 뭐야?"
여태껏 살아오면서 내 자신이 못났다고 생각해 본 적이 없었는데, 흑경에 비친 내 얼굴이며 옷차림이 영 마음에 들지 않는 것이다. 이건 아침

저녁으로 세수하거나 샤워하면서 늘 거울에 비쳐보던 내 얼굴이 아니었다. 실제 나이보다 더 늙어 보이는, 때에 잔뜩 절어있는 낯선 사내의 얼굴이었다.

옷차림도 허름하니 촌스럽게 비쳐졌다. 그래도 제일 잘 맞고 좋다고 여겨지는 양복으로 입었는데 말이다.

나는 흑경에 비쳐지는 내 모습을 관찰하며 구부정한 허리를 곧추세웠다. 구부정하게 굽히고 있을 땐 편했으나 허리를 바로 펴려고 힘을 주면 허리며 등골 쪽으로 심한 통증이 오고 걷는 데도 부자연스럽다. 어쨌든 녀석에게 아픈 구석은 보이지 말아야 한다.

'에잇! 내가 뭐 취직 때문에 면접 보러왔나? 까짓 차림새야 어떻든 간에……'

Chapter 04 | Epilogue

똥꼬녀석은 내게 있어 친하게 지냈던 몇몇 친구 놈들과는 달리 그다지 친했다고 볼 수는 없지만, 어쨌든 함양초등학교에 입학했을 때부터 함양중학교를 졸업할 때까지 장장 9년간 같은 학교를 다닌 친구임엔 분명하다.

당시 친구 놈들 대부분이 녀석을 무턱대고 때리고 구박했지만, 난 그래도 녀석을 친구로 대했고 녀석의 집에도 몇 번인가 놀러갔었다. 그러니 당시 친구들 간에 녀석에게 그만큼이라도 대했던 놈은 없을 거라 여겼다.
초등학교에 입학하고 나서 역시 같은 반에 배정된 녀석을 그때 처음 보았다. 녀석의 하도 괴상망측하게 생긴 모습 때문에 눈에 더 잘 띄었는지 모른다.
"얼레? 점마 희한하게 생겼뿟다."
"뭐가?"
"점마 있잖아. 조기 점마 말이다. 원숭이처럼 생긴 놈 말이다."
"아하, 저기 저놈 말이가?"
녀석은 얼마 지나지 않아 학교의 명물이 되었다.
물론 공부를 잘 한다거나 특별한 재능이 있어서가 아니라 그 생긴 모습만으로도 명물이 되기에 충분했다. 더군다나 남이 따라할 수 없는 특이한 행위까지 펼쳐보였으니, 나 아닌 그 누구라도 녀석을 한번 구경한 이상 평생 그를 잊을 수는 없을 것이다.

녀석은 같은 또래에 비해 늘 한 뼘 정도 키가 더 컸다. 그리고 제대로 먹지 못해서인지 비쩍 곯았으며 체형이 버들가지처럼 가늘고 낭창거렸다. 그러나 몸이 어찌나 유연하고 날렵한 지 민첩하기론 따를 애들이 없었다.
녀석이 우리를 놀라게 하는 것은 자신의 신체를 엿가락처럼 자유자재로 굽혀 사람의 몸으로서는 전혀 불가능해 보이는 이상한 자세를 취할 수 있다는 것이다. 그중 가장 충격적인 자세는 선 채로 뒤로 눕듯이 허리를 활처럼 굽혀 머리를 땅바닥까지 내려오게 하고는 가랑이 사이로 머리를 쏙 밀어 넣는 행위인 것이다. 그런 행위는 어쩌다 장터를 찾아오는 떠들썩한 서커스에서도 볼 수 없었던 진귀한 모습이었다.
난, 녀석이 연출한 그런 자세를 볼 때마다 위태위태하게 휜 녀석의 허리가 도중에 뚝 부러지지 않을까 조마조마하여 늘 가슴을 졸였다.
처음 한동안은 녀석의 이상한 생김새도 그렇지만 더욱 그가 보인 괴상한 체위로도 녀석을 감히 깔 볼 수가 없었다. 뭔가 특별한 것이 녀석을 함부로 대할 수 없게 한 것이다.
그러다가 조금씩 녀석을 파악하게 되면서 녀석을 만만하게 여겼고 그로부터 못 살게 굴기 시작했던 것이다.
녀석은 그때부터 이미 키로서는 같은 반 애들 가운데 그 누구보다 컸다. 그리고 몸이 유난히 유연하여 달리기도 잘 했고 철봉도 잘 했다. 그럼에도 공부는 지지리도 못 했을 뿐더러 말수도 없었다. 말을 더듬기까지 하여 제 딴엔 그것이 그리 창피했던지 말을 아꼈다.
녀석을 상대로 아주 사소한 시비가 벌어졌는데 녀석은 코피까지 터지고서도 마치 제 잘못이기라도 한 것처럼 대거리를 하려들지 않았다. 그것도 반에서는 덩치도 작고 못 생긴 편이라 평소 애들한테 은근히 따돌림을 받던 아이한테 쥐터지고서도 말이다.
처음엔 작은 아이한테 참아주는 것이려니 생각했으나 그게 아니었음을 영악한 아이들은 간파했던 것이다.
그때부터 녀석에 대한 차별도 점점 심해졌으며 그에 대한 학대도 점차 심해졌다. 나중엔 아무리 작고 힘없는 아이들일지라도 녀석에게 함부로 대하려는 경향이 짙어갔다. 그리고 녀석은 그 누구한테든 대거리하는 법이 없었고 때리면 때리는 대로 맞았고, 욕하면 욕하는 대로 참고만 있었다.
결코 당하기만 했던 녀석이 그리 바보라 여겨지지는 않았지만 그가 왜 그리 참고만 있었는지 어린 우리들로서는 이해할 수가 없었다.

"니 죽을래?"

녀석의 어깨에도 미치지 않던 작은 아이들까지 녀석에게는 마치 폭군처럼 행동했다.
"아니……."
"니 죽고 싶지 않음 내 시키는 대로 해라. 알긋제?"
버릇은 자주 되풀이하는 과정에서 형성되는 것이다. 특히 남을 괴롭히는 것은 짜릿한 쾌감마저 동반하는 것이기에 아이들의 녀석에 대한 학대는 날이 갈수록 강도를 더해갔다.
처음에는 담임선생도 이를 눈치를 채고 아이들을 나무랐으나 아이들이 쾌감을 얻는 행동을 멈추기에는 그만큼 철이 덜 들었을 것이다. 그리고 무엇보다도 녀석이 아이들의 행패에 자신을 제물로 바쳐가며 동참하고 있었는지도 모를 일이었다.
지나치면서 이유 없이 머리를 쥐어박고, 뛰어가던 녀석의 발을 걸어 넘어뜨리고, 녀석의 뒷자리를 차지하고 앉아 녀석의 잔등이를 연필심으로 피가 배어나오도록 콕콕 찔러대고, 여자애들마저 녀석을 보면 은근히 다가가 꼬집고는 내 뺄 지경이었다.
그러면서 시간이 지날수록 학년이 오를수록 학대의 강도는 아이들의 짓이라 생각할 수 없을 정도로 잔혹해지기 시작했다.
주먹으로 머리를 쥐어박더니 나중엔 돌멩이로 머리를 찍기까지 했으며, 연필심이 아니라 아예 송곳을 구해다가 녀석의 예민한 부위를 찔러대기까지 했다.
죽은 생쥐를 주워다가 녀석에게 억지로 먹이질 않나, 똥 반 모래 반 반죽하여 억지로 먹이질 않나, 녀석의 눈에다 고춧가루를 범벅으로 밀어 넣기까지 했다.
그러니 녀석의 온 몸은 상처가 가실 날이 없었고 피멍이 사라질 날이 없었다. 모진 매질이나 가학적 폭력에도 불구하고 녀석의 입에서는 아프다는 신음소리도 뱉지 않았다. 오히려 알 듯 모를 듯 묘한 미소마저 떠올리며 덤덤하게 참아내기까지 했으니 그렇듯 지독한 녀석이 만만하기는커녕 마냥 두렵게 여겨질 때도 있었다.

초등학교 4학년쯤 되었을 때의 일이다. 단짝처럼 몰려다니던 친구 놈들 몇몇과 방과 후 학교운동장 스탠드에 모여앉아 별난 놀이를 탐색하던 중 때마침 운동장 한쪽 구석에 웅크리고 앉은 똥꼬녀석이 우리 눈에 띄었다. 녀석도 집에 갈 생각을 않고 우리의 일거수일투족을 눈여겨 지켜보고 있었을 것이다.
덩치가 산山만 하고 미련하게 생겼지만 엉뚱한 구석도 있던 지철우란 놈이 녀석에게 해괴한 짓을 시키자는 제안을 했다. 철우는 큰 덩치를 믿고 오로지 힘으로만 밀어붙이기 때문에 별명이 떡대였다.
"점만, 지 자지…… 지가 빨 수 있을거여."
"뭐?"
"떡대, 니 방금 뭐라캤노?"
애들이 흥미롭다는 듯 떡대 곁으로 모여들었다.
"점마는 말이다. 몸띵이를 엿가닥매냥 꾸부려서 지가 지 좆을 빨 수 있을거란 말이다."
똥꼬녀석같이 몸이 엿가락처럼 유연하다면 자기 똥구멍도 들여다 볼 수 있을 것이고 자기 고추도 얼마든지 빨 수 있을 거란 생각에서였다. 구미가 당겨졌다.
"우메, 참말이가?"
"뭐……, 그렇다는 말이지."
"그람, 떡대 니는 니 자지 몬 빠나?"
한 놈이 지껄인 그 말에 떡대가 불끈하여 자리에서 벌떡 일어섰고 얻어

터질 낌새를 눈치 챈 놈이 잽싸게 도망가자 놈을 맹렬히 쫓아가는 떡대의 모습을 지켜봤다.
"지가 지 자지를 우예 빠노?"
"……?"
저마다 허리를 굽혀 안간힘을 쓰기 시작했다. 그러나 아무리 허리를 깊숙이 숙여 움찔움찔 사타구니 쪽으로 입을 가져가려 해도 한 뼘도 넘게 벌어진 간격은 좀처럼 좁힐 수가 없었다.
"봐라, 내 자질 내가 빨라케도 택도 엄따 아이가. 자지가 딥따 크담 모를까……."
"아이다. 자지가 짝더라도 허리만 점마처럼 꾸부릴 수 있다카면 될끼다."
언제 돌아왔는지 떡대가 새로운 사실을 찾아내기라도 한 듯 우쭐거리며 대안을 제시했다.
"내 말이 맞다 아이가. 저 똥꼬라면 지 자지 지가 얼매든지 빨 놈이다. 그런게…… 천석이 니가 똥꼬를 함 꼬셔봐라."
우린 떡대 말대로 똥꼬녀석이 웅크리고 앉아있는 곳으로 몰려갔다. 녀석의 활처럼 휜 자세를 지겹도록 눈여겨 봐왔던 우리는 녀석이라면 얼마든지 가능할 것이라 여겼고 녀석은 틀림없이 내가 시키는 대로 따라줄 것이라 믿었던 것이다.
"니, 말이다."
"뭘?"
녀석은 내가 진지한 표정으로 말을 건네자 따라서 진지한 표정으로 나를 응시했다. 이미 다 짜놓은 각본인데도 나머지 친구 놈들은 '킥킥' 거리며 그런 난리가 아니었다. 덩달아 나 또한 웃음부터 터져나오려고 하여 다음 말을 잇는데 한참 애를 먹었다.

"니…… 말이다. 그…… 그렇게 꾸부려 가지고…… 니 자지 빨 수 있것나?"
녀석에게 그 질문을 퍼붓듯이 던지고는 대답을 들을 새 없이 배를 움켜쥐고 나뒹굴 수밖에 없었다.
"……?"
첨엔 녀석도 내 말의 뜻을 못 알아들었던지 우리가 웃는 대로 따라서 웃었다. 평소 그렇게 깔보고 함부로 대했던 녀석일지라도 빤히 마주보고 있는 녀석의 안면에 대고 '별 거지같은 질문'을 해댈 때는 얼굴이 빨개지고 웃음보부터 터지게 마련이다.
"니 말야…… 킥킥…….."
"뭔데?"
"쌔캬! 내 말 몬 알아들었나? 빙신같은…… 킥킥킥…….."
허리를 접고 데굴데굴 굴러갈듯 웃어젖히자 녀석도 부쩍 궁금증이 일었던 모양이다.
"뭔데…… 그케쌌노?"
"니, 요렇게 뒤로 해서…… 하는거 있잖아?"
내가 뒤로 몸을 젖히는 흉내를 내자 녀석도 따라서 몸을 젖히며 대꾸했다.
"요렇게?"
"그래 임마! 그래갖곤 니 자지를 빨란 말이다."
녀석은 몸을 도로 일으키며 정색을 했다.
"가스나들 보는데선 안 할란다."
녀석의 말에 주위를 둘러보니 하긴 계집애들이 듬성듬성 눈에 띄었다. 우린 녀석을 학교 인근의 야산 으슥한 곳으로 데리고 갔다. 녀석도 신바람이 났던지 잘만 쫓아왔다.

사방이 잡목들로 둘러쳐진 데다 잔디까지 적당히 깔린 한 무덤가에 자리하곤 녀석에게 바지를 벗으라 했다. 녀석은 시키는 대로 너덜너덜한 바지를 벗어던졌다. 팬티를 입었을 리 없는 녀석은 수줍은 듯 고추를 두 손으로 감싸 쥐었다.

"쌔끼, 꼴엔 디게 창피한갑따. 그 손 치워뿌라."
"그 몬 쌩긴 자지 볼라카는 게 아이다. 푸딱 뒤로 몸땡일 꾸불라가지곤 다리 밑으로 대갈을 빼선 니 자지 함 빨아봐라."
"시키는 대로 어여 몬 하나?"

따라나선 애들마다 한마디씩 주문을 외웠다. 똥꼬녀석은 배실배실 웃기만 할뿐 선뜻 애들의 요구를 들어주려 하지 않았다. 하긴 녀석이 웃는 것인지 원래부터 웃는 상이라 그런지 구분이 되진 않았다.
우리가 녀석에 대해 알아 온 사실은 녀석의 얼굴이 원숭이와 분간 못할 정도로 아주 흡사하고 그 때문인지는 몰라도 여태껏 녀석의 찡그린 상을 한 번도 본 적이 없다는 것이다.

"야이 시끼야, 푸딱 빨아봐라. 얼렁!"
"뒤로해서 어떡케 빠노? 봐라."

마지못해 녀석은 뒤로 허리를 굽혀 다리사이로 머리를 빼낸 다음, 나를 빤히 쳐다봤다.

"그래, 그리구선 뒤를 돌아보드끼 고개를 돌리봐라."

녀석은 고개를 좌우로 약간씩 돌려보였다. 녀석의 가늘고 기다란 고추는 뒤통수에 가려 녀석이 움찔거릴 때마다 좌우로 흔들거렸다.
그때 한 놈이 녀석에게 다가가 그의 머리를 움켜쥐고는 얼굴을 엉덩이 쪽으로 돌리려 안간힘을 썼고 그 바람에 녀석은 균형을 잃고 나뒹굴었다.

"다시 함 해봐라."

"시려!"
"다시 함 해보라니깐!"
"시려!"
"이 시키, 증말 말 안 들을끼가?"
"시려!"
"그람, 수월케 하자. 앞으로 수그려선 빨 수 있것나?"
녀석은 허리가 유연하고 고추도 길어 충분히 빨 수 있으리라 여겼다.
"내가 내 자질 우에빠노. 추잡게스리……."
"어라? 이 새끼가 꼴에 추잡은 건 다 아네?"
살살 꼬셔보다가 윽박질러보다가 별별 해코지를 다해도 녀석은 끝내 요지부동이었다. 그때 녀석에게도 은근히 똥고집이 있다는 것을 처음 깨달았다.

녀석은 아이들한테서 호감을 얻으려는지 이상야릇한 행위들을 펼쳐보이길 마다 않았다. 녀석이 보여준 행위는 일일이 열거할 수 없으리만큼 종류가 다양했다. 길쭉한 손가락들을 손등 쪽으로 꺾어 팔뚝에 닿게 하는 재주도 있었고, 그 외에도 신체의 온갖 부위의 뼈 관절을 굽혀 못해 보이는 동작이 없었다.
요즘은 요가다 하여 또는 진기명기란 프로에 나오는 출연자들이 연출하는 그런 장면들을 간혹 텔레비전을 통해 볼 수 있다지만, 그 당시엔 녀석의 그런 행동이 경이롭다 못해 녀석이 괴물처럼 여겨졌다.
"식초 많이 묵으면 몸이 엿가락처럼 자유자재로 꾸부릴 수 있다 카드라."
"그럼 점마도 식초 마이 묵었겠네?"
"그럼. 식초가 뼈를 억수로 무르게 한다 카드라."

녀석의 그런 고무인간 같은 행위를 보고 식초를 많이 먹으면 그리 할 수 있다는 소문이 애들 사이에 떠돌았으나 언젠가 녀석이 내게만 귀띔해 주기를 식초는 전혀 먹지 않았다고 했다.

녀석은 체형이 전체적으로 가늘고 길었으며 피부는 햇볕에 잔뜩 그을린 듯 유난히 가무잡잡했다.
그리고 하관이 가파른 검은 얼굴은 죽은 깨마저 깨알같이 촘촘히 박혀있고 가뜩이나 좁은 이마의 절반을 뻣뻣한 머리털이 다 차지하고 있었다. 그뿐이랴, 작으면서 납작하게 눌린 코와 뻥 뚫린 콧구멍, 그 밑으로 얇은 입술과 길게 찢어진 입 등은 원숭이를 그대로 빼다 박았다.
게다가 녀석이 쪼그리고 앉아 긴 두 팔을 휘저으며 폴짝폴짝 뛰면서 원숭이 흉내라도 낼 양이면 진짜 원숭이를 보는듯 했다.
녀석은 그 짓도 딴엔 재주라고 여겼던지 걸핏하면 그 짓으로 우리의 환심을 사려 했다. 어쩜 그런 이상야릇한 행위들이야말로 녀석이 친구들의 흥미와 관심을 끌어 모으는 유일한 재주였을 것이다.

Chapter 05

8층에 도착되었음을 알리는 전광판에 빨간 불이 들어오고 이어 새소리 같기도 한 경쾌한 시그널송이 잠시 울리더니 엘리베이터 문이 양 옆으로 스르르 미끄러지듯 활짝 열렸다. 그리고 전혀 예상치도 않았던 광경이 눈앞에 펼쳐졌다.

'허걱~!'

마치 큰 식물원에라도 들어선 듯 양 옆으로 아름드리 수목들이 울울창창 우거진 너른 통로가 나타났다. 뿐만 아니다. '졸졸졸졸……' 물 흐르는 소리도 들려왔다.

야자수 사이로 인공폭포며 인공연못이 조성되어 있고 연못 속 무성한 수련 사이로는 팔뚝만한 황금색과 빨간색, 그리고 희고 빨간색 등 제 각각의 색채를 두른 잉어들이 떼를 지어 쏘다니고 솥뚜껑만한 거북이들도 듬성듬성 눈에 띄었다.

게다가 그 연못을 가로지르는 구름다리와 두 사람이 앉아 담소를 나눌 수 있을 만한 크기의 아담한 정자까지 눈에 띄었다. 소위 고전영화 속에서나 보았음직한 무릉도원이 아니던가.

'무릉도원 안에 회장실이 있다?'

선뜻 믿어질 수도 없으려니와 더군다나 건물 안에 이렇듯 드넓고 드높은 공간이 있으리란 생각을 전혀 해보지 못했다. 머뭇거리며 자연잔디로 꾸며진 폭신한 통로를 따라 걸었다.

10여 미터쯤 걸어들어 갔을 때 'WELCOME TO ILSUNG SHIPPING GROUP'이란 영문이 부식된 반투명 대형 유리문이 발길을 막아섰다. 못 올 데를 온 듯 괜히 두려운 생각이 들어 되돌아갈까 망설여졌다.

'똥꼬가 정말 일성해운그룹 회장이 맞긴 맞나?'

이 빌딩의 그 엄청나게 거대한 외형도 그렇지만 로비를 들어서면서 질려버린 그 엄청난 넓이의 탁 트인 공간이며 거기에 이 인공적으로 꾸며진 정원이 모두 똥꼬녀석같이 꾀죄죄한 인간이 회장으로 있는 회사 소유라는 게 믿어지지 않았다.

'어쩌면 회장이란 사람이 나오는 전혀 상관없는 생면부지의 낯선 사람은 아닐까' 라는 의문이 드는 한편 '설마 똥꼬가 이런 회사의 회장일리 만무하다' 라는 의구심마저 들었다.

어쨌든 나는 내게 있어 적잖은 돈을 투자하여 먼 길을 마다않고 달려왔다. 아무런 성과 없이 맨 손으로 되돌아 갈 수는 없잖은가.

선택의 여지가 없다는 생각에 다시 전열을 가다듬고 유리문 앞으로 다가섰다. 그리고 유리문에 손을 갖다 대려는 순간 가운데 부분이 쩍 벌어지면서 스르르 미끄러지듯 양쪽으로 갈라지는 것이다.

'흠칫!'

유리문을 손으로 열려다 헛짚는 낭패감과 함께 나도 모르게 무슨 죄를 짓다 들킨 사람처럼 움찔거렸다.

'이런, 바보같이……'

상황을 재빨리 파악한 나는 수치스러움을 느끼면서 얼굴부터 벌게졌다

'자동문을 처음 본 촌놈처럼 이게 뭔가?'

마치 뭔가에 단단히 홀린 기분이 들었다. 이런 더러운 기분은 처음이다.

'백화점이다, 호텔이다 하여 자동문을 숱하게 통과해 봤음에도 왜 바보처럼 자동문이라는 것을 깨닫지 못했을까'

어느 장소에서든 누굴 만나든 난 언제나 떳떳했고 당당했다고 여겨왔다. 그런데도 이런 촌놈된 기분은 처음 겪어보는 기분이다. 그러니 분명

홀린 것이다. 아님, 지금 꿈을 꾸고 있는지도 모를 일이다.

망연하게 정신을 놓고 있는데 어느 겨를에 다가왔는지 상냥한 미소를 띤 아가씨가 마주보고 서있는 것이다. 얼핏 보아도 예사 생김새가 아닌, 방금 천상에서 하강한 선녀인 듯 눈부신 미모를 지니고 있는 것이다. 짙은 감색 유니폼에 목에는 풍성한 볼륨을 넣은 언핫 핑크빛 머플러를 멋스럽게 둘렀다. 키는 백칠십 센티는 훌쩍 넘을 듯 늘씬한 각선미까지 지닌 여성이다.
"어서 오세요. 그렇잖아도 회장님께서 기다리고 계십니다."
"그래요? 그럼……."
'오호라, 똥꼬녀석이 기다리고 있다니? 그럼 그렇지'
엉뚱한 곳을 찾아온 게 아니고 제대로 찾아왔다는 안도감에 한숨을 돌렸다.
미모의 여성은 야트막한 칸막이로 살짝 가려진 대기실로 안내했다. 칸막이 자체가 반투명 유리요, 높이가 채 1미터도 되지 않기에 소파에 걸터앉았어도 비서실로 여겨지는 실내 공간 전체가 한 눈에 들어왔다.
"저, 잠시 여기에서 기다려주세요. 회장님께서는 지금 손님과 면담 중이시라……."
"예, 감사합니다. 그럼 잠시 기다리지요."
대충 곁눈질해 가며 둘러 본 비서실이 워낙 분위기가 낯설게 느껴지리만치 으리으리하고 번듯하여 괜히 주눅부터 드는 것이다.
회사 건물이야 똥꼬 것인지 알 수 없다지만, 비서실이 이 정도이니 회사의 규모도 제법 거창할 것이란 생각이 들었다.

나 딴엔 때 빼고 광까지 내보려고 새벽부터 안간힘을 썼고 그중 나아 보이는 양복으로 갈아입고 왔다. 그런데 얼핏 훔쳐 본 비서실 사람들 차림새가 하나같이 워낙 세련되고 깔끔하다 보니 내 행색이 왠지 변변찮고 초라하게 느껴져 호기롭게 굴어야 한다는 생각과는 달리 주눅부터 드는 것을 어찌지 못했다.

마치 내가 있어야 할 자리가 아닌 듯 괜히 눈치만 보이고 따라서 스스로 느껴지길 몸놀림부터가 어색해져 '바늘방석이란 바로 이런 것이로구나' 라는 의미를 새삼스레 되새김질하고 있었다.

잠깐만 기다리라 한 것이 10분이 지나고 20분이 지났다. 그리고 또 그렇게 기다리길 30분이 지나도 여전히 아무런 소식이 없었다.
탁자 위에 놓인 신문과 잡지 등속을 뒤적여 보면서 시계를 자꾸 들여다 봤다. 그러다 응접탁자와 조금 떨어진 곳에 위치한 브로슈어 진열대가 눈에 들어왔다. 외국잡지 같은 것들이 여러 가지 꽂혀있어 그중 두툼해 보이는 책자 한 권을 뽑아들고 다시 소파로 돌아왔다.
책자는 희고 광이 유별나게 나는 로열아트지에 컬러로 인쇄 되었고 사진마다 에폭시 코팅까지 되어 있어 입체처럼 볼록 튀어나오고 반들거렸다. 거기에 은분 등 별색 인쇄가 추가된 100쪽 정도 지면을 가진 호화판 카다록이었다.
표지는 세계지도 바탕 위에 인공위성이며 컨테이너 선박이며 석유화학 플랜트, 그리고 마이크로칩 등이 컴퓨터그래픽으로 정교하게 합성된 화려한 이미지 배경에 'To Beautiful Future'란 영문 제호가 박혀있어 응당 외국잡지려니 했다.

몇 장을 넘기다 보니 똥꼬녀석이 정면 자세로 팔짱을 끼고 여유롭게 웃는 상반신 사진이 한 면 그득 채워져 있고 그 옆면엔 'The Chairman Massage'란 영문 인사말이 실려 있어 녀석 회사의 홍보용 카탈로그임을 알 수 있었다.

'짜식, 누굴 사기 치려고 카달록은 하여튼 거창하게 만들었구먼'
보노라니 은근히 배알이 뒤틀려왔다. 몇 장을 더 넘기다 보니 똥꼬녀석의 회사가 제법 규모를 갖춘 그룹인 듯 모그룹 산하에 여덟 개 가량 되는 자회사들이 소개되어 있는데, 몇 개 회사는 익히 알려진 제법 규모가 큰 회사들이었다.
인쇄관련 계통에서 상업 스튜디오를 10년 넘게 운영해 봤기에 웬만한 인쇄물의 제작비를 유추해 보는 것은 그다지 어려울 게 없었다. 대충 이 정도의 카탈로그를 제작하는 데에만 몇 천만 원에서 어쩌면 1억은 족히 들었으리라 짐작했다.

'기껏 이따위 카달록 제작비가 얼마나 들었을까, 그런 것이나 따지려 들다니……. 어이그…… 이 몬난아 언제 철들래?'
스스로 생각해도 내 자신이 한심하게 여겨져 정신 차리라는 의도로 뒤통수를 후려쳤다. 그렇다고 다른 이들이 눈치 챌 만큼 '철썩' 소리가 나도록 세게 친 것은 아니다.

'똥꼬같은 놈은 지놈 잘난 거 알리려고 아무렇지도 않게 몇 천만 원, 몇 억씩 제작비 들여가며 카달록이나 만들어 쌌는데, 그 인쇄밥 먹었다는 근성 때문에 카달록 만들어주고 남겨먹을 돈이나 계산하고 있으니……. 어이그…… 빙신이 따로 없지'

이제 녀석이 어느 정도인지 충분히 짐작이 갔다. 녀석이 얼마나 대단하게 성공했는지를 두 눈 똑똑히 뜨고 확인했다. 막연하게 짐작해 왔던 그렇고 그런 회장이 아니라 명실공히 대한민국 재계에선 몇 번 째 순위에 끼일 법한 대그룹 회장이란 것이다.

'그런데 나는 왜 여태 그런 걸 모르고 지냈을까? 그리고…… 형철이나 달현이, 덕만이, 철우는 왜 몰랐을까? 아님 알고도 모른 체 한 건가, 무관심해서 모르고 지낸 것인가?'

이 정도의 사세社勢라면 언론이나 매스컴을 통해서라도 익히 녀석의 존재를 간파했을텐데 여태껏 전혀 모르고 지냈다는 것이 믿어지지 않았다.

'똥꼬 자식은 뭘 해서 이렇게 돈을 많이 벌었다냐?'

갑자기 녀석이 부럽다 여겨지기도 했지만 은근히 배알이 꼴려오는 것을 느꼈다.

들여다 보던 녀석의 카다록을 신경질적으로 확 덮어버렸다. 녀석이 그처럼 성공가도를 달리고 있었을 때 도대체 난 뭘하고 지냈던가, 은근히 부아가 치밀었다. 다시 내 시선은 주위를 둘레둘레 살펴보기에 이르렀다.

'하나 둘 셋 넷 다섯……, 그리고…… 여섯 일곱…… 여덟……. 모두 여덟이네?'

그렇다면 비서실엔 도대체 몇 명이나 근무하는가 싶어 고개를 숙여 얕은 칸막이로 가려져 보이지 않던 머리까지 헤아려 보니 비서실 직원은 모두 여덟 명이었다. 남자 직원이 세 명이고 나머진 모두 여자 직원들이다.

직원 모두가 꼿꼿한 자세로 잠 자는지 아니면 뭣들 하고 있는지는 알 수 없지만 한마디 말도 않고 침묵을 지키고 있어 사무실 안은 그야말로 적막강산이나 다를 바 없었다. 이따금 걸려오는 전화를 받더라도 내 쪽에서 듣기엔 '소곤소곤' 정도로 그나마도 고즈넉하게 들릴 뿐이다.
 '사람이 좀 떠들어가며 일 해야지. 이게 절간인지 아님 호랑이 같은 선생이 지켜보는 자습시간인지…… 원, 어디 겁나서 일 하겠어?'
도 닦는 것이 아니라면 이런 분위기에서 근무하는 것 또한 고역일 거란 생각이 들었다.
 '쪼매만 기다려라. 내가 이 회사에 몸담게 되면 똥꼬 닦달해서라도 이따위 분위기부터 확 바꿔볼란다'
이제 곧 이 비서실 직원들 또한 내 수하 사람이 될 거란 생각이 들자 직원들 하나하나가 마냥 어여쁘다 여겨졌다. 뿐만 아니라 만만하게 여겨지기도 했다.
 "아, 참!"
시계를 들여다보니 세 시가 다 되어간다. 비서실에 들어오고 나서 한 시간이 지나도록 아직까지 커피 한 잔을 못 얻어 마신게 분명하다.
보기에 직원들 모두 꽤나 세련됐고 매너도 있음직한데 손님에 대한 에티켓은 제대로 모르는 듯 보였다. 그렇지 않고서야 무료하게 기다리는 손님에게 차 한 잔 대접할 줄도 모를 리 없지 않겠는가.
 "저기……, 거기 안경 낀 아가씨! 나 커피 한잔만 부…… 탁…… 해요."
내 느끼기에도 분명 목소리가 제법 우렁우렁하게 나왔다. 난 그때 비로소 원래의 자신감을 되찾은 기분이 들었다. 때문에 '부탁해요' 부분은 나도 모르게 유명 탤런트 이덕화의 목소리를 흉내 내고 있었다.
비서실 안은 일순 적막감이 깨지며 그에 놀란 시선들이 내게 집중된 것을 의식했다.

안경 낀 여자는 화들짝 놀라 일어서려는 짙은 감색 유니폼에 연한 핑크빛 머플러를 두른 미모의 여성을 한 손으로 살짝 제지하여 자리에 도로 앉히더니 지체하지 않고 내게로 달려왔다. 아니, 달려온 것은 아닌데도 달려온 것처럼 느껴졌다. 너무 조용하게 사뿐사뿐 그러면서도 재빠르게 걸어왔기에 그리 느꼈던 것이다.

"손님, 부르셨어요?"

그녀는 두 손을 젖가슴 바로 밑 부분에 다소곳이 포개고 서서 옅은 미소를 띠었다. 가까이서 보니 어려 보임에도 불구하고 범할 수 없는 위엄이 도사리고 있는 인상으로 미모 또한 감색 유니폼의 아가씨에 비해 전혀 손색이 없어 보였다. 도수 없는 안경을 낀 것으로 보아 안경은 더 나이 들어 보이기 위해 일부러 착용한듯 했다.

그중 만만하게 보인 것이 안경 낀 아가씨였기에 일부러 지칭했던 것인데 그녀의 분위기를 보아하니 비서실 내에선 말단이 아닌 것이 분명했다. 그렇다한들 뭐 어떠랴.

"커피 한잔 달라고요."

"아! 저희가 깜빡 했네요. 죄송합니다. 손님, 금방 가져다 드리겠습니다."

"참, 제가 좀 달게 마시는 편인데요. 설탕을 두 스푼만 더 첨가해 줬으면 해요."

"네, 그리하겠습니다."

나를 이렇듯 진득하니 기다리게 만든 그 회장이란 녀석을 못 본 지도 햇수로 십삼 년 가까이 되었으니 어떤 몰골로 변했을 지 자못 궁금하기도 하지만 학교 다닐 때만 해도 진짜 별 볼 일 없던 놈이 어느새 이런 으리으리한 회사를 소유할 만큼 엄청난 돈을 벌었는지 그게 여간 궁금한 게 아니다. 하필 내가 더 이상 뭘 어찌해 볼 수 없을 만큼 된통 짜부라져 있을 때 반면에 그 생김새부터 괴상망측하게 생긴 무식한 촌놈이 이렇듯 번듯한 회사의 회장이 되었다는 사실을 실감하기에는 내 감정이 용납지 않는다. 다디달게 타 온 커피를 홀짝거리며 생각했다. 언제부터 똥꼬녀석이 이렇게 컸더란 말인가. 녀석을 생각할수록 '세상 일은 정말 알다가도 모를 일'이라고 혼잣말로 궁시랑 거렸다.

Chapter 05 | Epilogue

우리 집은 한의원과 한약방을 겸하였기에 비록 시골일지언정 인근에선 제법 떵떵거릴 정도로 잘 살 수 있었다. 하지만 똥꼬녀석네 집은 함양 읍내에서도 한참 떨어진, 그것도 주변 일대엔 얼라 대갈빡에 핀 기계충처럼 공동묘지가 듬성듬성 위치한 데다 소나무와 잡목들이 뒤엉킨 야산의 산자락에 자리했다.

게다가 다 쓰러져가는 허름한 흙벽돌집에서 가마떼기나 거죽을 둘러치고 살았다. 사람이 살 수 있는 집이라기보다는 겨우 비바람이나 피할 수 있을 정도의 날림이었다.

난, 당시 똥꼬네 집안사정도 훤히 꿰뚫고 있었기에, 그 골짜기의 버려진 자갈밭을 일구며 겨우겨우 감자나 옥수수를 재배하여 주렁주렁 달린 일곱 식솔들 입에 근근이 풀칠하기도 힘겨웠을 당시 사정을 눈을 감고도 그릴 수 있었다.

다른 놈들은 몰라도 난 똥꼬의 집에 어쩌다 놀러갈 기회가 몇 번 있었는데 나만 놀러 가면 녀석의 아버지는 '도련님 오셨다'라며 그리도 황송하게 여기고 어쩔 줄 몰라 했다. 그러니 똥꼬는 물론 나머지 그의 식솔들조차 나를 귀히 여길 수밖에 없었던지 내 앞에선 큰소리도 제대로 내지 못하고 사타귀에 꼬리 감춘 개새끼처럼 다소곳이 내 눈치만 살피려들었다.

"느그 누이들은 학교도 안 가고 맨날 일만 하나?"

"당연하제. 가스나가 뭔 공부다냐?"

녀석 여동생 가운데 한 둘은 학교 갈 나이가 되었음직한 데도 학교에는 언제나 녀석 혼자만 왔기에 그리 물어봤던 것이다.

"여자라고 공부 안 하면……?"

"가스나 공부 시킬 돈이 어딧냐?"

녀석은 제법 어른 같은 걱정까지 했다.

녀석은 오 남매 중 맏이로 밑으로 넷은 모두 여동생들이었다. 아마 찢어지게 가난하여 녀석만 학교란 델 보내고 나머지 동생들은 초등학교조차 다녀보지 못했을 거란 생각이 들었다.

녀석의 집을 드나들면서 한 가지 이상한 점을 발견했다. 학교에서는 같은 동기들뿐만 아니라 선배나 후배들로부터도 괴물 취급 당하며 구박만 받아왔던 녀석이 의외로 저희 집에서는 깍듯한 상전 대접을 받더라는 것이다.

녀석의 어머니나 여동생들은 물론 심지어 녀석의 아버지란 사람까지 녀석이 뭘 하든 전혀 간섭하려 들지 않을뿐더러 아들이라고 대접 받는 녀석만 유일하게 일을 안 하고 빈둥거렸지 나머지 가족들은 땡볕 아래에서 비지땀을 흘려가며 밭일에 매달리고 있음을 종종 보았다.

겨우 걸음마를 뗀 그 어린 배불떼기 막내 계집애까지 자갈밭의 돌멩이를 골라내는 데 동원되었음은 물론이다.

그것까지는 그러려니 했다. 더 나아가 녀석이 어머니나 동생들에게 대하는 태도를 보면 의아한 생각이 들지 않을 수 없었다.

아마 초등학교 6학년 여름방학을 맞아 녀석의 집에 놀러갔을 때 목격했던 광경이었으리라. 녀석이 나를 일부러 저희 집에 초대했을 리는 만무하고 방학이 시작된 이래 며칠 동안 못 봤던 녀석이 뭘하고 있을지 궁금하여 사전 예고 없이 녀석의 집을 찾았던 것이다.

녀석은 내가 멀찍이서 저를 발견하고 '똥꼬야!' 라고 부르는 소리를 듣지 못했던지 또한 내가 가까이 다가가는 것도 낌새를 못 챘던지 마침 그 시각에 제 어미에게 못할 짓을 저지르고 있었던 것이다.

"야이 씨발년아! 니 내 말 할 때 귓구녕 틀어막았나? 내가 뭐라카드나. 니 죽을래?"

"내 잘 몬혔어…… 잘 몬혔어……."

녀석의 어미는 땅바닥에 쪼그리고 앉아 두 팔로 머리를 감싸쥐고 녀석의 발길질을 피하려고 움찔거렸다. 가뜩이나 너덜거리는 웃저고리도 반쯤 찢겨져 있고 그 찢겨진 사이로 말라비틀어진 젖가슴이 훤히 드러나 있었다.
더욱 놀라운 사실은 녀석이 제 어미를 상대로 그런 행패를 부리는데도 여동생들은 물론 그 아비 되는 사람도 딴청을 부리고 있다는 것이다.
처음에 나는 내 귀와 눈을 의심할 수밖에 없었다. 바보처럼 친구들로부터 늘 당하기만 하고 그러면서도 마냥 좋다며 '헤헤' 거리던 녀석이 갑자기 돌변하여 자기 어미에게 대놓고 그런 행패를 부리리라곤 상상도 못했기 때문이다.
"야, 임마 똥꼬…… 니 지금 뭔 지랄하냐?"
그때 똥꼬는 느닷없는 나의 출현에 꽤나 놀란 눈치를 보였다. 그리고 좀 전의 그 포악하던 모습은 순식간에 사라지고 언제 그런 일이 있었더냐란 듯 나를 보고 또 '헤헤' 거렸다.
그 일을 목격하고부터는 똥꼬에 대한 인식을 달리하기 시작했다. 녀석이 결코 만만하기만 한 놈이 결코 아니라는 것을, 어쩌면 그동안 녀석을 무자비하게 괴롭혀왔던 그 어떤 놈들보다도 더 야비할 수도 있다는 것을 깨달았던 것이다.
나는 그 일을 겪은 이후부터 녀석을 괴롭히지 않았음은 물론, 녀석과 어울리려 들지도 않았고 녀석의 집을 찾지도 않았다. 그리고 녀석의 그런 패륜행위를 그 어느 누구에게도 귀띔해 주지 않았다.

똥꼬는 공부도 지지리 못해 늘 꼴찌를 도맡아 할 만큼 공부와는 담 쌓은 놈이다. 그런데도 묘한 것이 초등학교 졸업식에서는 6년 개근상을, 또 중학교 졸업식에서는 3년 개근상을 받을 정도로 결석은 물론 지각 한번 한 적이 없을 정도로 학교를 부지런히 오갔다.

뿐만 아니라 수업시간에 졸거나 한눈을 팔거나 한 적도 없었기에 그런 점에선 그가 꼴찌를 도맡아한다는 것이 이상하다 못해 수상쩍고 또 고의적일 수도 있겠다는 생각조차 들었다.

생각해 보라. 일부러 매번 꼴찌를 도맡아하려 해도 그게 과연 가능한 일이겠는가.

성적이 하위권을 맴도는 그룹, 예컨대 꼴통들은 공부를 하든 안 하든 대개 그 하위권 내에서의 성적은 몰라도 석차는 오르락내리락 할 수도 있는 것이다.

이미 공부에 흥미를 잃은 꼴통들에게는 시험기간이라 하여 특별히 공부를 해야겠다는 각오가 생길 리 만무하고 또한 성적이나 석차를 올려야 할 까닭도 없다. 그러니 꼴찌인들 어떻고 또 꼴찌를 면한들 그게 그다지 즐거워해야 할 일이 아니라는 것이다. 따라서 일부러 꼴찌만 도맡아 한다는 것이 어쩌면 1등만 도맡아 하는 것 이상으로 결코 쉬운 일이 아니란 것이다.

그런데도 똥꼬는 그 쉽지 않은 꼴찌를 도맡다시피 해왔던 것이다. 그가 아무리 지능이 낮은 돌대가리일지라도 수업 전과정을 그렇게 멀뚱하게 지켜보고도 수업시간 내내 졸거나 한눈 판 다른 놈들보다 성적이 뒤져 한결같이 꼴찌를 도맡는다는 것이 과연 납득할 수 있는 일이겠는가.

하여튼 똥꼬는 그런 놈이었고 그 때문에 녀석에게서 이상한 쪽으로의 불가사의함을 느낀 적도 있었다.

똥꼬녀석과는 초등학교와 중학교를 같은 학교에 다녔으나 고등학교부터는 내가 서울의 경복고등학교를 다니게 되면서 이후로 녀석과는 볼

기회가 없었다.

방학 때마다 어김없이 고향을 찾긴 했으나 학원과 과외수업 일정 때문에 기껏해야 하루나 이틀 머물고는 급히 서울로 되돌아가야 했다. 따라서 똥꼬를 오랫동안 보지 못했다 하여 문득 똥꼬 생각이 난다거나 하지도 않았다.

똥꼬는 내게 있어 유년기 때에 잠시 스쳐지나간 요상한 녀석으로 기억되었을 뿐이고 더 이상 관심의 대상이 될 수 없는 녀석일 뿐이다.

똥꼬의 그런 부진한 성적 때문에라도, 또 똥꼬의 그렇듯 찢어지게 가난한 가정형편 때문에라도 고등학교나 제대로 다녔을까 의문스럽기도 했다.

Chapter 06

'끙……'
좀 전엔 장딴지에 쥐가 나서 한참 주물러 겨우 진정시켰더니, 이젠 온몸의 근육들이 뒤틀려 '파르르르……' 경련마저 일었다.
 '아이, 씨발…… 좆같은 새끼……'
똥꼬를 향한 욕지기가 혓바닥을 맴돌기 시작했다. 똥꼬와의 맞대면을 위해 진득하니 기다리길, 벌써 1시간 40분 가까이 지났다.
소파에 주저앉아 굽어진 허리가 남들 눈에 띌까 봐, 그것이 그리 흉해 보일까 봐 허리를 꼿꼿이 세우려고 자꾸 추스르는 바람에 이젠 등골까지 뻐근하다 못해 바늘로 콕콕 쏘는 듯한 통증이 엄습했다.
이놈의 소파가 고급 쿠션에 고급 우핀지 양피진지는 모르겠으나 하여튼 그런 걸로 감싼 여간 고급스러운 소파가 아니다. 푹신푹신한 것이 마치 물풍선 같아 처음엔 온몸이 푹 잠기면서 엄청 안락하게 느껴졌었다. 그런데 시간이 지날수록 자세를 바로잡기 힘들게 하더니 꼿꼿하게 앉으려 안간힘을 쓸수록 자세를 흩뜨려지게 하려는 괴상한 자력을 지닌 듯했다. 아니, 보들보들한 감촉들이 찐득찐득한 찰떡처럼 온몸을 감싸며 수렁처럼 깊숙이 제 안으로 빨아들이려는 것이다.
 '에잇! 젠장맞을……'
남들은 어떨지 몰라도 내겐 이런 널따랗고 푹신한 소파보다 그냥 평범한 소파나 의자가 더 나을 성 싶었다. 그러니 이 찰거머리 같은 소파가 비싸고 고급스럽다는 것이 무턱대고 좋은 것만은 아니란 것을 깨닫게 해줬다.
얼마나 더 기다려야 하는 것인지 감감무소식이라 불끈불끈 짜증이 자꾸 솟구쳤다. 이러다간 울화가 치밀어 나도 모르게 큰 소리로 욕지거릴 내뱉을지 아님 소동이라도 부릴지 모르겠다.
자리에서 벌떡 일어나 소파 주변을 서성거렸다. 일어선 김에 가벼운 체

조라도 하고 싶었지만 비서실 안의 정경이 지나치리만큼 숙연하다 못해 엄숙하기까지 하여 그럴 엄두는 내지 못했다. 그래도 귀는 활짝 열어놓고 회장실 안에서 들려오는 아주 작고 미세한 소리 하나도 놓치지 않고 들으려 청각을 곤추세웠다.

'도대체 똥꼬 저 자식은 저 안에서 뭣하고 있길래 두 시간 가까이 되도록 얼굴 한번 내밀지 않고 저럭하고 있는 거야? 도대체 저 안엔 어떤 놈들이 와 있길래 돌아 갈 생각도 않고 저렇게 뭉그적거리고 있지?'
생각은 조금 더 비약했다.
'혹시 저 안에서 고스톱 치는 것 아냐? 고스톱이 아니라면 마작이나 홀라 같은 거라도 말이다'
갑자기 회장실 안에 있을 놈들이 수상쩍게 여겨졌다.
'남은 밖에서 초조하게 기다리고 있는데 저 빌어먹을 똥꼬녀석은 느긋하게 입에 좆담배까지 꼬나물고 게슴츠레한 눈빛으로 화투짝을 쪼으고 있는 것이 분명해'
생각이 이쯤 이르자 의혹이 솟구쳤다.
'이것들 말야, 보자하니 억대 판돈을 걸고 도박이나 하는 전문도박꾼들이 틀림없어……'
정말 내가 생각해도 황당하다는 생각이 들었다.
'그렇다면……? 신고를 해?'
생각이 그쯤 미치자 불현듯 '피식' 웃음부터 새어나왔다. 내가 지금 한가하게 전문도박단이나 신고하러 올라 온 것은 아닐 터, 괜히 분란만 일으켜 좋을 게 없다는 생각이었다.
그렇지만 회장실 안에서 뭔 일이 있는지는 궁금했다. 문 앞까지 걸어가서 문짝에 귀를 기울여 살펴볼 수는 없지만 하여튼 귓바퀴 연골근육을 발기시켜 소리의 정탐에 나섰다.

'사각 사각 사각 사각……'
　'타닥타닥 타닥타닥……'
　'톡톡 톡톡 톡톡 톡톡……'
무거운 침묵이 흐르는 그 적막감 속에서도 내밀한 소곤거림이 들려왔다. 볼펜을 굴려 뭔가를 끼적이는 소리, 컴퓨터 키보드를 두드리는 소리, 손가락 끝인지 뭔지로 가볍게 내리치는 소리 등이 들려오는 가운데 회장실에서 울려나오는 미세한 소리를 엿들을 수 있었다.
　'킬킬킬킬킬킬킬……'
분명 누군가가 웃는 소리였다. 그것도 내겐 아주 기분 나쁠 정도로 들리는 음흉한 웃음소리였다. 저 안에서 지금 무슨 엄청난 음모를 꾸미느라 내는 웃음소리임에 분명했다.
내겐 분명 그렇게 느껴졌다.
　'아이, 씨발놈……. 뭐가 좋다고 웃고 난리야?'
이번엔 '두런두런' 속삭이는 듯한 소리가 들려왔다. 무슨 말인지는 도통 알아들을 수 없으나 가끔씩 헛기침 소리가 들리고는 계속 이어졌다. 알아들을 수 없다는 것에 대해 열이 뻗쳤다.
　'씨발놈……, 역적모의 하냐?'
그때 갑자기 회장실 문이 벌컥 열렸다. 똥꼬녀석의 대가리인듯 싶은 시커먼 게 툭 튀어나오더니 두리번거렸다가 다시 쏘옥 움츠러들듯 닫혀지는 문짝과 함께 사라졌다.
　'이건…… 또 뭐야?'
순간 반가운 마음이 일었다가 금방 허탈한 기분으로 돌아섰다.
다시 소파에 푹 파묻히듯 걸터앉았다. 될 대로 되라는 기분이었다.

탁자 위에는 그간 여기저기서 끌어다 모아놓은 각종 읽을거리들이 수북

하게 쌓여 있고 그런 것들을 뒤적거렸으나 더 읽으려 해도 눈알이 시큰
거려 읽을 엄두도 나지 않았다.
 "아직도 멀었습니까? 제가 시간이 별로 없어서요."
내 쪽에서 가장 가까운 자리를 차지하고 앉아 정신없이 컴퓨터 자판을
두드리고 있는 감색 유니폼에 연한 핑크빛 머플러를 두른 미모의 여성
에게 재차 재촉했다. 눈치로 보아 이것들이 나를 별 볼일 없는 인간으로
은근히 깔보는듯 싶었다.
 나란 사람은 당신들이 보기에 그리 할 일 없이 마냥 빈둥거리며 놀고 있
는 사람이 아니라 당신들의 회장인 똥꼬녀석 못잖게 엄청 바쁜 사람이
란 걸 다시 재확인시켜 주려고 언성을 조금 높였다.
 "예, 잠시만 기다리시면……."
늘씬한 키에 감색 유니폼과 연한 핑크빛 머플러 차림이 아주 잘 어울리
고 탤런트 뺨칠 만큼 어여쁜 그 아가씨는 손님을 기다리게 한 잘못이 마
치 자신에게 있기라도 한 듯 얼굴을 붉히며 어쩔 줄 몰라 했다.
 "이보세요, 아가씨. 내가 그리 한가한 사람이 아니거든요. 지금 두 시
간째 이러코고 있거든요. 나 더 이상 이러코고 마냥 기다릴 수 없거든
요."
 "죄송합니다. 손님……."
 "말로만 죄송하다, 죄송하다 그래서 될 일이 아니지요. 저 안에 똥꼬,
아니 회장님더러 빨리 나오라카든가 아님 내가 들어가든가……."
그때 그 아가씨 책상 위에 놓여있는 인터폰의 벨이 '딩동~!' 소리 내어
울렸다. 아가씨는 내 말이 끝나지 않았는데도 황급히 일어섰다. 그리고
회장실 문을 노크하더니 문을 열기 무섭게 그 안으로 빨려 들어갈듯 흡
수되더니 이내 문이 닫혀버렸다.
 "뭐가 어쩌구……."

잠시 고함소리 비슷한 소리가 들렸다. 그리고 아가씨가 문을 열고 다시 나타났다. 아가씨의 얼굴은 그새 발그레하게 홍조를 띠었다.
정황으로 보아 불려들어가서는 야단을 맞은 게 분명했다. 필경 나 때문에 야단 맞았으리라. 그렇게 느껴지자 은근히 부아가 치밀었다.
'어쭈? 이 자식 많이 컸구나. 내 이걸 그냥……'
주먹을 불끈 쥐었다. 그러나 그게 어디 실행에 옮길 일이던가. 그냥 속마음으로만 그렇다는 것이지. 아가씨가 괜히 내 자그마한 소란 때문에 야단까지 맞을 줄은 몰랐다. 그래서 머쓱하기도 하여 잠자코 있을 수밖에 없었다. 그렇지만 참는 것도 아주 잠깐 동안이었다. 좀이 쑤셔서 견딜 수가 없었던 것이다.
"아가씨, 미안하지만…… 회장님께 시간이 없어 마냥 기다릴 수 없겠다고 전해줄래요?"
그렇게 연한 핑크빛 머플러를 두른 아가씨가 잦은 내 재촉에 못 이겨 회장실 문을 빠끔히 열고 들어서서 녀석에게 '손님께서 꽤 오랜 시간을 기다리신다'라고 아뢰길 여러 차례, 그 때마다 큰 소리가 비서실까지 흘러나왔다.
"지금 중요한 얘기 나누는 중이니 손님께 잠시만 기다리시라 캐라."
그러면서 이쪽 사정은 도무지 안중에도 없다는 듯 내다 볼 생각은 않고, 가뜩이나 불편해진 속을 긁으려는지 간혹 자지러질 듯 앙칼진 여자의 웃음소리에 섞여 그의 한껏 과장된 너털웃음이 밖으로 새어나올 뿐이었다.
"깔…… 깔깔깔, 깔…… 깔깔깔깔……"
"핫…… 하하하하, 핫…… 하하하하……."
그리고 예의 그 '킬킬킬킬킬킬킬……' 거리는 소리까지 말이다.
그 때문에 한 가지 분명하게 간파한 사실은 회장실을 차지하고 앉아 돌아 갈 생각을 않는 빌어먹을 인간들이 알고 보니 놈들이 아니라 웬 계집 년이라는 사실이었다.
"아이 좆같은 기집년······. 말은 디게 많네······."

널찍하고 푹신한 쇠가죽인지 양가죽인지 모를 소파에 푹 파묻혀 태연스레 탁자 위에 놓인 신문이나 잡지 나부랭이 따위를 몇 번씩 되풀이 읽기엔 이제 진력이 났다.
'도대체 이놈의 인간은 사람을 오라 해놓고 거의 두 시간씩이나 기다리게 할게 뭐람'
은근히 부아가 치밀었다. 생각 같아서는 당장이라도 회장실 문을 발칵 열어젖히고 큰 소리를 질러대야 속이라도 풀릴 것 같았다.
'아니, 이 사람아! 사람 오라 캤으면 얼굴이라도 내비쳐야 할 게 아닌가?'
따져 묻고 싶기도 했지만 차마 그러지도 못하고 속앓이만 해댈 뿐이었다. 그렇게 두 시간을 무료하게 기다리다 보니 그래도 주위를 둘레둘레 살펴 볼 여유나마 생겼다.
비서실은 대략 육십 평이 좀 넘을 듯 보였는데 천정이 어른 키로 네 배는 실히 될 만큼 높았고 바닥은 검은색 바탕에 연한 회색 줄무늬가 박힌 대리석이 깔렸으며 벽면은 조금 짙은 회색의 발포 벽지로 마감되었다. 천정 전체는 가로세로 한 자 정도 되는 규격의 사각 연분홍빛 칼라알루미늄 샷시틀로 기하학적 무늬를 이룬 면에 일자 노출형 삼파장 오스람 램프들로 멋을 냈다.
그리고 비서실 안의 사무가구나 집기들은 검정에 가까운 다크브라운 일색이었다. 때문에 전체 분위기는 아주 깔끔하고 아늑할 뿐만 아니라 제법 고급스러워 보였다.

사실 천정을 빼면 벽면의 분위기나 가구들이 어두운 색 일색이요, 어두운 색은 밝은 색에 비해 수축하려는 성향을 보인다. 더구나 천정까지 그리 높다랗다면 비서실 면적은 실제 느낌보다 더 넓으리라 여겨지는 것이다. 그런 것들을 감안해 본다면 비서실은 육십 평이 아닌 팔십 평은 족히 될 것이다.

비서실 정경은 대충 그렇게 눈여겨 봤고 이번엔 직원들이 어떤 사람들인지 호기심이 생겨 하나하나 세심히 뜯어보았다. 비서실에 근무하는 직원은 좀 전에도 세어 보았듯이 모두 여덟 명이다.

물론 이 수효는 외근 나가 자리를 비운 직원이 있다면 더 늘어날 수도 있겠는데, 책상의 배열 형태로 보나 책상의 수효를 세어보나 딱히 외근 나간 직원이 있을 것 같지는 않았다. 이는 모든 직원이 마치 회장의 일과에 맞춰 스탠바이 상황으로 대기하고 있는 듯 여겨졌다.

차근차근 훑어보려고 먼저 저 구석진 곳부터 살폈다. 대개 구석진 곳의 은밀한 장소는 그 방에선 가장 높다는 사람이 차지하게 마련이다.

그렇듯 가장 구석진 곳의 얕은 칸막이 안쪽을 차지하고 앉아 어쩌다 고개를 들 때마다 머리 뒤 꼭지만 살짝 보일까 도통 뭘 하는지 짐작할 수가 없는 50대 초반으로 보이는 칼칼한 인상의 남자가 비서실 우두머리인 실장쯤 될 것이고 그 앞쪽으로 별도의 칸막이 공간을 차지하고 있는 30대 중반의 자그마한 체격을 지닌 온화한 인상의 여자가 과장쯤 되려나? 그 여자는 수시로 자리를 비우거나 전화통을 쥐고 여기저기 전화질하는 것으로 보아 아마 회장의 수행비서로 스케줄을 관리하는 듯 보였다. 그리고 입구 쪽을 약간 비껴 자리한 공간에는 건장하고 잘 생긴 외모를 지닌 20대 후반의 남자와 30대 초반으로 보이는 주걱턱을 지닌 조금은 신경질적인 인상의 남자가 다른 직원들 보다는 조금 작다 여겨지는 책상을 하나씩 차지하고 앉아있었다.

20대 남자는 뭘 하는지 컴퓨터 모니터만 들여다 볼뿐 내가 들어온 내내 꼼짝 않고 있었다. 추측컨대 그 건장한 체격으로 미루어 운동깨나 했으리란 생각이 들었고 분명 보디가드를 겸한 운전기사쯤 될 것이다.
그리고 30대 남자는 여러 종류의 신문들을 펼쳐놓고 한 자 한 자 꼼꼼히 읽는 듯 무척 공들여 읽다가는 가끔은 어떤 서류에 뭔가를 기록하곤 했다. 책상의 위치나 크기로 보아 20대 남자처럼 보디가드 내지 운전기사쯤으로 보였다.
 '내가 잘못 알았나? 운전기사가 뭐 때매 신문을 저다지도 정성들여 읽는다냐? 그리고 신문에 난 뭔가를 꼼꼼하게 기록까지 해놓을 이유도 없잖은가? 그렇다면 모니터링 역할을……?'
그들 옆 조금 안쪽으로는 40대 초반으로 보이는 여자가 눈에 띄었다. 아, 그 여자는 생긴 것이 다른 여자들보다 훨씬 못했다. 아니, 못 생긴 편이었다.
 "아따 디게 몬 생겼네…… 뭐 저런게 다 있노?"
얼굴형은 둥근 편인데 눈이 좀 작고 가늘게 찢어졌으며 코도 작은데다 약간은 들창코였다. 일어선 모습은 볼 수 없어 잘은 몰라도 보나마나 작은 키에 똥배도 좀 나왔으리라.
하여튼 비서실 분위기엔 전혀 어울리지 않을 여자로 판단되는데 뭔가 특별한 것이 있겠기에 자리를 차지하고 있는 것이 아니겠는가.
그리고 보니 아까 언뜻 들리기론 누군가가 '박 과장 어쩌구……' 지칭하는 소리로 보아 혹 똥꼬랑 어떤 연관된 사람이 아닐까 싶었다. 똥꼬랑 연관된 사람은 뻔하다. 대략 그 나이에 그처럼 미모를 갖추지 못한 여자라면 당연히 녀석의 여동생밖엔 더 있겠는가.
똥꼬녀석의 여동생들을 차례로 떠올렸다.
하나같이 헐벗고 못 생긴, 그것도 임산부처럼 배만 볼록 나온 모습이었다. 이름은 당시에도 물어보지 않아 알 수도 없거니와 똥꼬 이름이 '박봉달'이니 못 생긴 저 여자도 박 씨임에는 틀림없을 것이다.
40대 여자가 보다 예뻤더라면 그녀가 같은 박 씨라도 이런 추측은 떠올리지 않았을 것인데 너무 못 생긴데다 박 씨라니까 이런 추측도 가능한 것이다.
 '그렇다면 똥꼬 여동생이 왜 이곳에 있을까? 아무리 똥꼬가 큰 돈을 벌었기로 전혀 배우지 못했을 동생을 이곳 비서실에 찜 박아 놓을 이유가 없을 텐데……'
40대 여자를 다시 찬찬히 뜯어봤다. 똥꼬랑 닮은 데가 있는지, 그녀가 비서실에서 하는 일이 뭔지, 정말 똥꼬의 여동생이 맞긴 맞는 것인지…….
결론은 '똥꼬의 여동생은 결코 아닐 것이다'라고 잠정 지었다. 그 이유는 아무리 못 생겼더라도 똥꼬를 닮은 데가 전혀 없다는 것이고 그녀가 하는 일이 회장의 대외지출경비라 할까 판공비라 할까 그런 것을 다루는 일종의 비서실 경리업무를 담당하는 듯한 데 똥꼬 여동생들은 학교조차 다니지 않았을 터이니 '그런 업무를 처리할 능력이 있기라도 하겠는가'라는 판단 때문이다.
그보다 똥꼬가 엄청난 돈을 번 그룹 회장의 신분으로 여동생을 도와주겠다고 작정했다면 집에서 편안하게 먹고살도록 해줄 것이지 굳이 부려먹기 위해 회사 비서실에 발령할 이유가 없다는 것이다.
내 추리가 제법 그럴듯하다는 생각이 들었고, 공연히 엉뚱한데 신경 쓴 것 같아 웃음이 나왔다.
생각은 엉뚱한 데로 번져 똥꼬의 네 여동생들은 물론 그 부모는 지금 어떻게 살지 궁금해졌다. 아마 네 여동생들은 무식하고 못 생긴 중년의 여편네들로 바뀌어 온갖 호사를 다 누리며 살 것이다. 더 나아가 못 배우고 못 생긴 만큼 옛날 지지리 궁상을 떨던 때를 생각해서라도 더 게걸스럽고 더 추접스럽게 살 것이란 생각이 들었다.

허여멀건한 속살을 드러내놓고 '한번만 더…… 한번만 더……' 라며 젊은 수캐더러 핥아달라고 안달하는 중년 여인의 정사 장면을 떠올리고는 머리를 절레절레 흔들었다. 더 이상 생각하고 싶지 않았기 때문이다. 그리고 똥꼬의 어미나 아비 따위도 더 이상 생각 않기로 했다.

나머지 여직원 셋은 20대 초반의 아가씨로 하나같이 빼어난 미모를 지니고 있었다. 그중 안경 낀 아가씨는 그 안경으로 인해 첨에는 서른 살 쯤으로 보긴 했었다. 그렇지만 내 눈은 못 속인다.

아무리 나이를 속이려 안경을 꼈다지만 그녀는 기껏해야 스물넷밖엔 안 됐을 것이다. 아마 직책은 과장이 아닌 대리일 것이다. 그 나이에 과장을 따기란 쉽지 않을 테니까.

나도 회사란 델 다녀보지는 않았지만 숱한 회사들 사진촬영을 했던 경험이 있기 때문에 회사 직제에 대해선 어느 정도 안다.

또 한 아가씨, 안경 낀 아가씨와 마주보고 앉아있는 아가씨도 여간 멋쟁이가 아니다. 머리는 귀밑까지 오는 숏커트를 했고 양쪽 귓불에는 은행 열매 크기의 보랏빛 구슬이 박힌 귀걸이를 하고 있었다. 그리고 손톱에 발린, 그게 매니큐언지 뭔지 하는 것도 보랏빛이었다.

그러고 보니 투피스 차림의 정장도 보랏빛을 띠고 있었다. 보랏빛 옷차림은 웬만한 여자에게는 잘 어울리지 않는 옷차림이라 들었다. 그리고 그녀를 멋쟁이라 여긴 것은 동전 크기의 샛노란 점이 박혀있는 붉은 머플러를 둘렀기 때문이다. 참으로 과감한 코디라 여겼다.

아마도 핑크빛 머플러를 두른 아가씨가 비서실에선 나이도 제일 어리고 직위도 제일 낮으리란 생각이 들었다. 다른 직원들을 어려워하는 눈치도 그렇지만 내가 비서실에 들어설 때도 나를 맞이했던 직원이 그녀요 회장실을 드나드는 일도 그녀가 도맡았다. 그런 일들은 대개 신입자가 도맡아 하기 마련이다.
안경 낀 아가씨와 붉은색 머플러를 두른 아가씨는 번갈아가며 오는 전화를 받고 그중 선별하여 회장실에 연결시켜 주는 한편 뭔가를 서류에 긁적이거나 모니터를 들여다보며 키보드를 두드리곤 하는데 간혹 저희 둘이 소곤대며 뭔가를 의논하는 듯 여겨졌다. 그 둘이 친한 것으로 보아 입사 동기거나 직급이 같을 것이다.

이제 비서실 상황을 어느 정도 파악했겠다 싶어 예의 그 핑크빛 머플러를 두른 아가씨에게 말을 걸었다.
"저 혹시…… 아가씨 존함이 최현주 씨 맞지요?"
핑크빛 머플러를 두른 아가씨가 자리에서 일어나 내게 다가왔다.
"뭐…… 일부러 자리에서 일어날 필요까진 없는데……."
"네, 전 전옥주라고 합니다. 최현주 대리님은 저쪽에 빨간색 머플러를 목에 두르신 분이시고요."
핑크빛 머플러는 그런대로 예의 바르고 싹싹하게 느껴졌다.
"그래요? 아가씨 목소리가 귀에 익은듯 해서…… 최현주 씨라 생각되었는데……."
"네, 혹시 뭐 필요하신 거라도 있으시면……."
"아니요. 그냥 궁금해서 물어 본 거요."
"네, 너무 오래 기다리셨죠? 죄송합니다."
"뭐…… 할 수 없지요. 회장님께서 저렇게 바쁘시다는 데 뭘 어쩌겠어요."
"……!"
"참, 전옥주 씨는 이 회사에 근무한지 오래됐나요?"

"네, 전 오늘로 2년 3개월째 됩니다."

"그래요? 내가 보기엔 제일 막내로 보여서……. 들어 온 지 얼마 안 된 듯 싶어서 물어 본 거요."

"네, 여기선 제가 제일 막내랍니다."

"그럼…… 올해 몇이나 되셨수?"

"네, 스물넷입니다."

"참 좋을 나입니다. 꿈도 많을 때고……. 미안해요. 일하는 사람한테 말 걸어서……. 어서 일해요."

괜히 일하는 사람 붙잡아 놓고 수다 떠는 것처럼 여길까 봐 무안해졌다. 체면이고 뭐고 따질 계제가 아닌데도 체면이라니…….

"네, 그럼 부탁할 일 있으시면 언제고 말씀하세요."

시간은 어느덧 4시35분을 가리켰다. 자그마치 두 시간하고도 삼십오 분을 기다렸다는 얘기다. 그런데도 회장실 안에 틀어박혀 있는 여자는 나올 기미를 보이지 않고 있는 것이다. 이젠 될 대로 되란 기분이 들었다. 다시 똥꼬녀석의 회사 카다록을 들여다 봤다. 온통 영문으로만 작성되어 있어 그 뜻을 분명하게 해석할 수는 없으나 대충 이해는 했다. 그런데 문득 의문이 생겼다. 학교 다닐 땐 꼴찌란 꼴찌는 몽땅 도맡았던 녀석이 '고상한 척은 디게 해쌌는다' 라는 것이다.

'어럽쇼? 똥꼬 임마 보레이. 공부도 지지리 못했던 놈이 지 카달록은 온통 영문으로 만들었네? 웃긴다. 짜식. 있다 만나면 이것 좀 해석해 달라 캐야지. 흐흐흐흐……'

나도 번역이 잘 안 되는 부분을 동그라미 쳐놨다. 나를 기다리게 한 것만큼 녀석을 골려주기로 작정한 것이다. 그때 비서실 유리문이 활짝 열리며 중년의 신사 둘이 나란히 들어섰다. 007가방을 하나씩 든 것으로 보아 무슨 외판원쯤으로 보였다.
 '아, 니기미……. 저 씹쌔끼들은 또 뭐야?'
괜히 긴장되면서 곱지 않은 눈초리로 쏘아보았다.
핑크빛 머플러를 두른 전옥주가 그들을 맞았다. 그리고 그들을 저쪽 반대편에 위치한 손님 대기용 응접실로 안내하는 모습을 멀거니 지켜봤다. 그 응접실 또한 야트막한 반투명 칸막이로 되어 있어 그 내부를 훤히 들여다 볼 수 있었다.
중년 신사 둘은 가방에서 서류 뭉치들을 끄집어내어 탁자 위에 올려놨다. 그리고 곧이어 뭔가 이견이 있는 듯 다투고 있었는데 목소리만 낮췄다 뿐이지 격론을 벌이고 있는 듯 심상찮게 보였다. 그들은 비서실에 들어오기 전부터도 다퉜던 모양이다. 그중에 멀대처럼 생긴 한 놈이 아가씨를 찾는듯 했다.
 "여기…… 담배 좀 피우게 재떨이 좀 갖다 줘요."
전옥주가 재빨리 그들 탁자 위로 재떨이를 갖다놓는 모습이 보였다. 그러고 보니 담배 골초인 내가 거의 세 시간 가까이 지나도록 여태껏 담배 한 대 못 피웠다는 사실을 떠올렸다. 불현듯 담배 생각이 났다. 아무렴 어떠랴.
 "여기도 담배 한 대 피우게 재떨이 하나 갖다 줘요."
일부러 멀대와 똑같은 억양으로 재떨이를 청했다. 그런데 그 말이 떨어지기가 무섭게 갑자기 똥이 마려운 것이다.
 '아이고 똥 마려. 똥……, 똥부터 눠야 쓰것다. 근데…… 화장실은 대체 어데고?'

Chapter 06 | Epilogue

학교 수업이 파하면 아이들은 으레 어울려 다니면서 읍내 장터에 가서 살다시피 했다. 장터에는 수많은 먹거리도 풍부했지만 눈요기 거리가 무척 많았다.
여기저기서 심심치 않게 벌어지는 싸움 구경에 신바람이 났고, 이런저런 것에 정신이 팔려 시간 가는 줄 모르고 장바닥을 종일 배회하기도 했다.
특히 5일장이 서는 날은 마치 마을 축제가 벌어진 듯 장터가 유난히 시끌벅적했다. 또한 이들 시골 장엔 어김없이 장돌뱅이 약장수들부터 떼거리로 몰려들게 마련이다. 그런 장돌뱅이 약장수도 여러 종류였다.
정력에 좋다는 이상야릇한 물건들을 진열해 놓고 파는 약장수가 있는가 하면 만병통치약을 판다는 약장수도 있었다. 그리고 무엇보다도 아이들한테 인기 있는 약장수는 회충약만을 전문으로 판다는 약장수였는데, 아이들을 쫓아내기 바쁜 다른 엉큼한 약장수들과는 달리 오히려 아이들을 대환영했다. 뿐만아니라 풍성한 볼거리마저 제공했다.

회충약만 팔러 다니는 약장수는 다른 약장수들과 달리 등장부터가 확실히 달랐다. 마치 양극(洋劇)에 등장하는 피에로처럼 요사스럽게 분장하고 발로는 큰 북을 둥둥 울리는가 하면, 입으로는 턱 밑에 매달려있는 하모니카를 연신 불어댔다.
그 뿐만이 아니다. 양손으로는 꽹과리나 징을 울려대는 일인다역 합주를 펼쳤다. 온몸을 움직여 갖은 악기를 다루는 것도 볼만했지만, 그 뻑적지근한 음률이 사람들의 귀청을 사로잡았다.
그렇게 약장수가 요란한 풍악을 울려가며 시장통을 한 바퀴 삥 돌고나면 어느새 아이들은 물론 어른들까지 그 신기한 재주에 이끌려 또는 좋은 구경거리 생겼다싶어 만사를 제쳐놓고 따라붙었다.
쇼가 펼쳐지기 이전부터 벌써 아이들이 몰려들어 앞자리를 죄다 차지하고 앉았으면 어른들도 은근슬쩍 뒷자리 하나씩을 차지했다.
아이들은 눈깔이 빨간 원숭이를 보는 신기함에 그리고 구성진 풍악을 울려가며 진행하는 원맨쇼를 구경하는 재미로…… 그 뿐인가, 잠시 후면 입이 저절로 떠억 벌어지는 진기한 쇼도 구경시켜 준다, 했기에 도무지 물러설 줄 몰랐다.
약장수는 구경꾼들이 어느 정도 모여들었다 싶으면 먼저 앞자리에 옹기종기 모여 있는 아이들을 힐끗힐끗 훑어보고는 그중 가장 비실비실하고 배도 남산 만하게 불거져 나온 아이 하나를 살살 꼬드겨 구경꾼들 앞으로 불러냈다. 물론 원숭이똥꼬는 아니었다.
"니 이름이 뭐제?"
"……!"
아이는 멋쩍은 듯 한동안 몸을 배배 꼬아대며 대꾸조차 하지 않았지만, 약장수가 선심 쓰듯 막대사탕 하나와 동전 몇 닢 쥐어주면 좀 전과는 달리 괜스리 으스대기 마련이었다.
"니, 이름이 뭔지 큰 소리로 말해 보그라."
"배…… 똥…… 이……!"
"어이그, 그넘 목소리 디게 크다. 화통을 삶아 묵었나 보다. 이름이 배똥이?"
"……!"

아이는 대답 대신 고개를 크게 주억거렸다.
"그려, 니 배를 보니 배똥이가 맞는 갑따."
"나이는 몇 쌀?"
아이는 손가락을 꼼지락거리더니 두 개를 내밀었다.
"두 살?"
아이는 고개를 절래절래 흔들었다.
"그림 몇 쌀?"
아이는 왼손으로 다섯 손가락을 펼쳐 보이고 나서 다시 오른손으로 두 개를 내밀었다.
"아하~! 일곱 쌀?"
아이는 그때서야 고개를 까딱했다.
"하이고 이넘 봐라. 일곱 쌀이 뭐꼬? 일곱 쌀이…… 내 보기엔 다섯 쌀도 안되보이구먼…… 자…… 여러분덜, 이 넘 쫌 보이소. 글씨 이 넘이 일곱 쌀이라지 뭡니꺼. 지대루 몬 묵어서 몬 자라 그렇겠능교? 아님 지대루 묵고도 몬 자라 그렇겠능교? 여하튼…… 니도 엥간하다."
약장수는 안됐다는 식으로 말은 그렇게 하면서도 마치 대어를 낚은 듯 표정은 한껏 흐뭇해 보였다. 약장수는 한쪽 구석에 세워져 있던 커다란 사진틀을 사람들이 잘 보이도록 한 가운데로 옮겨왔다.
"이것 쫌 보이소. 이게 거 뭐시라……."
약장수는 쇼를 진행하기에 앞서 기생충들이 사람 몸 안 구석구석 돌아다니며 파먹어서 생긴 볼수록 섬뜩한 장면이 담긴 사진들을 보여주고 혐오감과 공포심을 충분히 조장했다.
"이럴 땐, 뭐니뭐니 해도 이 약이 최곤 기라."
침이 마르도록 회충약의 효능을 한껏 자랑한 다음, 아이에게 회충약을 양껏 먹인 후 별도로 마련된 의자에 왕자처럼 떠받들었다.

"자…… 이제부턴…… 여러분덜이 기달리고 기달렸던…… 쑈우…… 쑈우가 시작될 껍니더. 자…… 거시기…… 박수…… 박수덜 안 치나?"
이들 돌팔이 약장수들의 레퍼토리는 거진 비슷했다. 으레 백지장같이 하얗게 분으로 칠갑하고 색동옷을 차려 입은 열 살 남짓의 여자애가 마이크를 쥐고 구슬픈 가락으로 몇 소절 부르고 나면 다음 순서로는 다소 무거워 뵈는 쇠사슬로 목을 꽉 옭아맨 쥐방울만한 원숭이 한 마리가 저보다 큰 고무공을 열나게 굴리며 인파의 울타리 안을 뱅글뱅글 돌았다. 원숭이는 역시 어딜 가든 아이들한테는 단연 최고의 인기를 끌었다. 여기저기 둘러앉은 조막만한 손바닥에서 박수소리가 터져 나오고 어떤 철부지들은 원숭이를 가리키며 '음마, 나 저거주라' 지어미를 엔간히 닦달하기도 했다.
번갈아가며 여자애가 출연하여 머리를 땅바닥에 박은 채 엉덩이를 높게 치켜올리고는 두 발로 접시돌리기며 항아리 굴리기를 위태롭게 선보이거나 약장수 차례가 되어 스피커가 찢어질 듯 요란스런 노랫소리에 맞춰 어설픈 팬터마임을 펼치거나 했다.
그렇게 몇 가지 마술쇼를 더 펼쳐보이며 관중의 넋을 빼놓고 때가 되었다 싶으면 북과 징을 동원하여 요란한 팡파르를 울렸다.
"드뎌…… 여러분덜이 애타게 기달리고 기달렸던 오늘의 하일라이트…… 오늘의 하일라이트를 보여 드리겠씸더. 자…… 기대하시고…… 기대하시라."
잔뜩 기대감에 들뜬 사람들의 시선이 약장수를 따라 의자 위에 모셔졌던 아이에게로 옮겨갔다.
"자, 우리 똥배…… 아니 우리 배똥이, 이번엔 니가 나설 차례다."
약장수의 칭찬 몇 마디에 아이는 일견 머쓱해 하면서도 자랑스레 바지를 훌러덩 까내렸다. 사람들의 시선은 아이의 앙상하고도 허연 엉덩이로 쏠렸다.
 약장수가 아이의 똥구멍이 사람들 눈에 잘 띄도록 사람들 쪽으로 정조준 시키고 투명한 유리병과 젓가락을 꺼내들었다. 일순 긴장된 시선들이 약장수의 다음 행동을 기다렸다.
 "자, 여러분덜 이리 주목 하이소. 지금 똥꾸녕에서 뭐가 나오기 시작했씸더. 자, 보입니꺼?"
 아이의 똥구멍에선 가늘고 허연 벌레들이 꿈틀거리며 연신 기어나오려 안간힘을 쓰는 것이 보였다.
 "이그……, 드러버라. 이기 뭐꼬?"
 약장수는 젓가락으로 그 벌레들을 하나하나 유리병에 주워 담으며 큰 소리를 질러댔다.
 "에……, 요넘이 바로 똥구녕을 간지럽히는 요충이라요."
 그 때문에 구경에 흥미를 잃고 지나치려던 사람들까지 괜히 끼어들게 마련이다.
 조금 더 시간이 지나자 이번엔 가늘고 기다란 벌레들이 슬슬 기어나오기 시작했다. 약장수는 그 십이지장충인가 뭔가를 꽉 틀어쥐고는 조금씩 감질나게 뽑아내어 역시 유리병에 소중히 담았다.
 그리고 이어서 허옇고 길쭉한 것들이 기어 나오기 시작했다.
 '한 마리…… 두 마리…… 세 마리……'
 그 조그만 아이 뱃속엔 얄궂은 벌거지들로만 그득 찼었던지 그 수를 헤아리기 어려울 만큼 연이어 나오는 것이었다.
 물론 약장수는 그럴수록 신바람 난다는 듯이 큰 소리로 마릿수를 세어 가며 병 속에 주워 담았다.
 "자, 서르은…… 서르은하나…… 서르은 두울……, 아따메 많이도 싸질러 놨네이. 자, 이렇게 해설라무니 모두 서른두 마리. 요놈이 바로 회충이란 놈들임다. 얼라들이 먹는 거 없이 배만 뽈록 나오게 하는 게 바로 요놈들임다. 자, 요놈헌테도 이 약이 직빵임다. 이래도 이 약을 안 사시겠씸꺼?"
약장수는 개선장군이나 된 양 의기양양한 표정으로 좌중을 쭈욱 둘러봤다. 물론 구경꾼들 사이에선 비명소리도 들려왔고, 시시덕거리는 소리도 들려왔다.
"아이고 망측혀. 뱃속에 저런 징그러운 벌레들이 버글버글 하다니……"
"그러게 말여. 웬 벌거지들이 저리 많이 기어나온다냐."
어찌나 징그러운지 모인 사람들마다 눈살을 찌푸리며 입을 다물지 못했다.
백문이 불여일견이라고 눈앞에서 유리병에 수북하게 갖가지 벌레들이 담겨지는 광경을 직접 확인한 어른들로서는 그 약의 효과를 의심할 여지가 없었다.
너도나도 약을 사려고 다투듯 팔려나가는 바람에 약은 삽시간에 동이 났고 엉덩이를 드러냈던 아이는 약장수가 쥐어준 몇 닢의 동전이 손에 들려져 있어 매우 흡족한 표정을 짓게 마련이었다.

기생충 얘기는 그것만이 아니었다.
초등학교에 입학하고 얼마 지나지 않았을 때다. 한번은 같은 반 여자애가 수업 중에 입에서 허옇고 기다란 회충이 기어 나오는 것을 보고 무척이나 놀란 적이 있었다.
처음엔 여자애가 국수를 먹고 토하여 퉁퉁 불은 국수 가닥이 삐져나온 것으로 알았다. 그때 나온 회충은 한동안 꿈틀거렸는데, 길이가 30센티는 너끈히 되어보였다. 그것을 가리키며 담임선생은 아이들에게 엄포

놓는 것을 잊지 않았다.

"이 회충이란 놈은 말이다. 온몸을 뚫고 요리조리 돌아다니다가 말이다. 입이나 똥꾸녕을 통해 몸 밖으로 기어 나오기도 하지만 말이다. 뇌 속까지 파고 들어가면 죽게 된다 이런 말이다."

그래서 아이들은 겁에 질려 울상을 짓곤 했다. 그리고 아이들이 똥구멍이 간지러워 수업 중에도 엉덩이 속으로 손을 집어넣고 항문을 자꾸 긁적이는 것을 가리켜 그에 대한 장황한 설명을 늘어놓기도 했다.

"요충이란 놈은 말이다. 대장 속에 숨어 있다간 말이다. 똥꾸녕을 통해 기어 나와 꾸물거리면서 말이다. 똥꾸녕 주변에 알을 낳기 때문에 말이다. 똥꾸녕이 억수로 가렵단 말이다. 똥꾸녕을 후볐으면 물에 자주 씻그라. 알것나?"

그러면 애들은 일제히 '예~!' 라며 화답했다.

요즘엔 약이 좋아 한 알만 먹어도 회충이니 요충이니는 물론, 십이지장충이니 편충이니 하는 것들을 한꺼번에 몽땅 일망타진할 수 있어 좋고 또 그들 기생충들이 독한 약 기운 때문인지 뱃속에서 녹아 없어져 똥을 눠도 흔적이 없다. 하지만 예전엔 약이 신통치 않아서인지 기생충들이 똥 속에 섞여 나와서도 꽤 오랫동안 계속 꿈틀거렸다.

그리고 회충이나 촌충 등 굵고 기다란 놈들은 반쯤 나오다가 항문 괄약근에 꽉 조인 채 빠져나오려 하질 않아 이를 옆엣놈이 대신 손가락으로 쭉 뽑아내야 할 때도 있었다.

"이크…… 냄시야."

그리고 손가락에 묻은 똥 냄새를 맡곤 했는데, 그땐 그것들이 징그럽기는 했지만 더러운 줄은 몰랐다.

초등학교 1학년 여름방학을 며칠 앞둔 어느 날 아침이었다. 담임선생은 등교하는 반 아이들을 모두 운동장으로 불러 모으고는 조그맣고 하얀 회충약 열두 알씩 나누어주며 그 자리에서 먹게 하더니 두 시간동안 운동장에서 신나게 놀고 있으라 했다.
그리고 두 시간 후에 아이들을 다시 불러모아 운동장 가에 가서 대변을 보라 일렀다.
"너거들 말이다. 밖으로 내뺄 생각 말고 지금부터 운동장 가에 흩어져서 똥을 누란 말이다. 똥 다 누었으면 내게 얘기해란 말이다. 아마 똥 속에 뭔가 벌레들이 있을 끼다. 그라이, 벌레들 몇 마리나 나왔나 고걸 조사할 끼란 말이다. 알긋나?"
"예."
"근데, 선생님요."
"와?"
"지는 예, 똥이 안 마려운데 우짜면 좋겠능교."
"임마야, 안 나와도 억지로 싸뿌라."
"예, 알겠심더."
아이들은 운동장 여기저기 흩어져서 똥 누기 좋은 장소를 찾아 똥을 누었다. 똥을 다 눈 아이들은 '선생님예, 똥 다 눴는데예'라며 선생을 불렀고, 선생은 그 애가 눴다는 똥을 대나무 막대로 뒤적이며 유심히 살폈다.
그렇게 해서 아무개는 회충이 몇 마리 나왔고, 촌충이나 기타 기생충은 몇 마리 나왔다고 기록부에 일일이 표기했다.
그때 똥꼬녀석의 똥에서는 회충만 무려 마흔세 마리나 나와 단연 최고 기록을 세웠다. 녀석이 싸놓은 똥은 누런색 똥이 아니라 허연색 국수다발로 보일만큼 아예 회충 덩어리를 쏟아냈던 것이다.
"박봉달, 니가 뱁뱁 꼴은 이유를 이제사 알 것 같다."

"하모…… 봉달이 최고다."
그때 담임선생은 모여 있던 아이들에게 똥꼬녀석이야말로 회충약을 가장 실속 있게 사용한 사례라며 극구 칭찬했다. 그리고 그게 대단한 칭찬으로 착각한 똥꼬녀석은 한동안 꽤나 우쭐댔던 것이다.

Chapter 07

"호호호호…… 아셨죠, 회장님? 하여튼 회장님만 굳세게 믿고 있겠습니다요. 그럼, 빠…… 빠이…… 호호호호…….”
참으로 오랜 기다림 끝에 회장실 문이 벌컥 열리는가 싶더니 짙은 선글라스에 요란한 원색 머플러를 맵시 있게 두른 40대 중반의, 여자로선 덩치가 산만하게 큰 여자가 스케일이 큰 보디랭귀지와 함께 호들갑스러운 너스레를 떨며 나타났다.
시계를 흘끗 들여다 보니 벌써 오후 5시 13분을 가리키고 있었다. 도대체 무슨 구구절절 할 얘기들이 그리 많다고 그룹 회장으로서의 공식 일정마저 제쳐가며 세 시간도 더, 어쩌면 내가 들어오기 훨씬 전부터 수다를 떨었을 걸 생각하면 앙다문 이빨이 빠드득 거릴 정도로 치가 떨려왔다.
'저…… 저…… 생긴 모습하곤……. 하이고…… 저런 것도 기집이라고…….'
저게 여잔지 아님 비계덩이인지, 하여튼 저런 여자와 정담을 나누느라 시간가는 줄 모를 정도로 옆에 끼고 있었을 똥꼬녀석이 같잖아도 한참 같잖다는 생각이 들었다.
그리고 녀석에 대해서도 '하필 늙은 년이냐? 그것도 여잔지 괴물인지 분간도 못하는, 똥오줌도 못 가리는 빙신 같은 새끼'라고 실컷 욕해주고 싶었다.
뿐만 아니라 생긴 건 그렇다 치고……. 도대체 저런 수다스럽고 말 많은 여자를 누가 데리고 사는 지는 모르겠으나 그놈 또한 한심한 놈일게 분명하다 여겨졌다.
'저년 서방이란 놈도 뻔하지 뻔해. 틀림없이 저 여편네한테 맞고 살지 싶다. 아니, 걸핏하면 저 어마어마한 덩치에 깔려 허덕거리다가 비명이

나 지르는 것을 낙으로 삼고 살 지도 모른다'
있을지 없을지도 모를 저 40대 비계덩이의 병약한 남편을 상상하여 떠올리며 욕지거리를 내뱉었다. 물론 입 밖으로 내지르지는 못하고 입 안에서 맴돈 욕이다.

부산에서 열나게 쫓아올라 온 나를 문밖에서 자그마치 3시간 13분씩이나 기다리게 만든 장본인이 꼴란 이깟 여자 때문인가 싶어, 그 꼴사나운 낯짝이 어떠한지 유심히 들여다봤다. 눈알에 독기를 잔뜩 품고서 말이다.
보아하니 생긴 걸로는 여걸이 따로 없었다.
살집이 두툼하고 허여멀건 하여 얼굴은 달덩이처럼 마냥 훤했으나 붉은 립스틱이며 손톱에 칠한 분홍색 매니큐어며 양쪽 귓불에 늘어뜨린 둥근 원형의 큰 가락지며 어찌 보면 부티나면서도 촌스러운 것이 무슨 일류 요정의 유한마담처럼 보이기도 하고, 또 어찌 보면 남의 시선 따위는 전혀 개의치 않는 대담하고 거침없는 차림새로 보아 돈푼께나 주무르는 이른바 큰손 같아 보이기도 했다.
뒤이어 똥꼬가 열린 문틈 사이로 보이자 나도 모르게 오뚝이처럼 벌떡 일어섰다. 오랜 시간 기다리게 한 녀석이 괘씸하여 화가 치밀기도 했지만 그래도 낯익은 녀석의 모습이 보이자 반가운 마음이 앞섰다.
그런데 그것도 잠깐, 괜히 긴장하다 못해 떨리기까지 하는 것이다. 그런데 똥꼬녀석은 내 쪽은 아예 거들떠보지도 않고 딴청만 피우는 것이 아닌가.
　'허, 참!'
　"어이고 믿다마다요. 당연히 우리 천 여사님께서 시키는 대로 따라야지 별 수 있겠소이까? 핫하하하하…….”
"어멈머? 아잉…… 입에 침일랑 바르시고 말씀하세요."
"천 여사님, 지가 언제 천 여사님께 허튼소리 한 적이 있던가요? 지는 약속 하나만큼은 뭔 일이 있어도 지킵니다요. 지가 누굽니까? 핫하하하하…….”
"아무튼 회장님은 미워할 수가 없네요. 아무튼 이뻐요 이뻐. 이뻐 죽겠어. 깔깔깔깔…….”
"아, 그래요? 지도 천 여사님을 무쟈게 이뻐하는 거 잘 아시죠? 핫하하하하…….”
"그래도 제가 회장님 이뻐하는만큼 설마 절 이뻐하시기야 하겠어요? 깔깔깔깔…….”
들자 들자하니 그런 가관이 없었다. 좀 전까지 적막강산이었던 비서실이 갑자기 장터를 방불케 할 정도로 두 사람의 웃고 떠드는 소리로 그득찼다. 게다가 서로가 서로를 이뻐한다고 너스레까지 떨지 않나, 이런 유치한 코미디가 없을 듯 싶었다.
"그럼 천 여사님, 두루두루 살펴 가이소. 핫하하하하…….”
"그만 들어가세요. 괜히 회장님 바쁜 시간만 축내고 가는 것 같아 죄송하고요. 호호호호…….”
"아닙니다. 언제든 천 여사만큼은 대환영이지요. 천 여사께서 오시기만 하면 우리 회사가 다 훤해지고 저도 기분이 아주 좋아집니다. 그러니 자주자주 들러주셔야지요. 헛허허허…….”

'뭐, 호호호호? 그 덩치에 웃음하난 디게 간드러지네. 그리고 뭐, 회사가 다 훤해진다고? 알랑방귀 하난 능통해 가지고……. 새끼, 누구 엿

먹일락 카나? 하여튼 두 년놈들이 골고루 논다, 놀아'
두 사람이 딴엔 뭐가 그리 이뻐 죽겠다는 것인지, 그따위 너스레를 억지로라도 들어야 하는 입장에서는 부아가 치밀 수밖에 없었다. 남은 열나게 기다린다고 온몸에 쥐가 날 지경인데 저 못난 것들이 껄떡거리며 노닥거리는 꼴이라니…….
년놈은 단 둘이 회장실에 들어박혀 몇 시간씩이나 은밀한 정담을 나눴음에도 불구하고 뭔 작별이 그리도 아쉽던지 회장실 문밖을 나서서까지 장장 5분도 넘게 소란스런 작별인사를 고하지 않나, 하여튼 그런 난리가 아니었다.

녀석은 마지막으로 봤던 13년 전이나 지금이나 변한 게 없어 보였다. 물론 얼굴이 더욱 쪼글쪼글한 것으로 보아 그간 많이 늙었음이 분명하고 머리카락도 반백으로 변해 흐른 세월만큼 모습이 변했으리란 건 당연하다 하겠지만, 그 원숭이상이며 그 마르고 유연해 뵈는 체형은 여전하였다.
다만 몸에 잘 맞는 짙은 곤색 양복과 그 밑에 바쳐 입은 하늘색 와이셔츠, 샛노란 넥타이 등 과감한 코디로 그 만의 독특하면서도 세련된 분위기를 연출하고 있었다. 거기에 가늘고 긴 금테안경을 끼고 있어 언뜻 보기엔 말년의 아인슈타인과 닮은듯 하여 녀석을 잘 모르는 사람은 녀석을 무식한 놈이라 여기기엔 무리가 있어 보였다.
가는 손목엔 어울리지 않게 투박한 금장 롤렉스시계를 찼고 또 가늘고 길쭉한 손가락엔 굵은 다이아가 박힌 금가락지를 끼고 있어 그것만으로도 마치 온 몸을 황금 일색으로 치장한 듯 보였다.

과연 있는 놈이라 뭔가 다르게 느껴졌다. 녀석이 호들갑스런 배웅을 끝 낼 때까지 기다렸다가 서둘러 녀석에게로 다가갔다.
"이봐……, 나…… 배…… 천석이네."
똥꼬녀석이 어리둥절한 표정으로 날 쳐다봤다. 괜한 무안감에 얼굴부터 화끈거렸다.
'아뿔싸! 이게 아닌데……'
조급함 때문에 그랬을까, 미처 생각할 겨를 없이 순간적으로 내 입에서 내 소개를 녀석에게 올린 것이다. 그러니 이게 무슨 쪽이란 말인가. 서울로 올라오기 직전에 집에서 '여보게, 박봉달이. 이렇게 만나니 정말 반갑네, 반가워! 어제 티비에서 자네를 보니 너무 감회가 새롭더구먼'이란 녀석과의 첫 대면 순간에 들려주려 했던 멘트를 수십 번, 수백 번씩 외우고 발성 연습까지 했었는데, 그걸 그만 까마득히 잊고 불쑥 엉뚱한 말부터 튀어나올 줄 몰랐다.
행여 녀석이 나를 못 알아볼까봐 괜한 우려감에 나도 모르게 나를 상기시키려고 그랬을까? 아님, 녀석이 나를 무시하고 좀 전에 비서실로 찾아들어 온 그 두 놈부터 만나려 할까 염려되어 나부터 만나달란 하소연일까?
"아! 자넨가? 그…… 배…… 천…… 석이? 맞아, 그 배천석."
녀석은 오랜 기억을 떠올리려는 듯 눈살을 찌푸려가며 내 이름을 기억해 냈다. 왠지 녀석이 내 이름을 기억해 낸 것만으로도 안도의 한숨이 내쉬어졌다.
"응, 나야 배천석……, 잊지 않았구먼?"
"그래 그래……, 기억하네, 아…… 잠시만……."
녀석은 내게서 시선을 거두더니 저쪽 편에 부동자세로 서서 '회장님의 하회와 성총을 기다리고 있사옵니다'란 의미의 표정을 짓고 있는 두 남자를 향해 한 손을 들어 보이며 혼잣말처럼 중얼거렸다.
"손님이 와 계신다고? 저 분들 내 방으로 뫼시게."
내 우려가 방금 녀석의 입을 통해 현실로 굳어지려는 순간 뭔가 싸늘한……, 싸늘하다 못해 차디 찬 그 무엇이 가슴을 훑어 내리며 쏴 하고 냉기를 내뿜는 것을 느꼈다.
무슨 말이라도 해야 한다는 강박감에 짓눌리면서도 막상 입술이 떨어지지 않았다.
"난……, 나는……?"
녀석을 향해 한 걸음 다가서면서 겨우 내뱉는다는 말이 입안에서나 맴돌 뿐 그것도 심하게 더듬거렸다. 나는 스스로 내가 못났다는 자괴감에 몸을 떨었다. 몸에 식은땀이 솟고 다리가 후들거렸다. 그런데 녀석은 괘씸하게도 아니 잔혹하게도 내가 말을 채 잇기도 전에 나를 뒤로 하고 불쑥 회장실로 들어가 버리는 것이다.
순간 처참한 기분이 들어 그냥 이대로 되돌아갈까 싶기도 했으나 마음 한 구석으로부터 '이 정도의 무안이야 참아야지 어쩌겠나'라는 미련의 속삭임이 울려왔다. 겨우 마음을 가라앉히고 다시 소파에 깊숙이 눌러 앉았다.
'참아야지 어떡하나, 참아야지…… 어떡하나, 참아야지…… 참아야지……'
부글거리는 가슴을 진정시키려고 주문처럼 '참아야지'만을 외워댔다.
'괜히 비싼 차비 들여가며 찾아온 게 아니지. 녀석한테 좋은 일자리를 제안 받을 수도 있잖은가. 그러니 참아야지…… 어떡하나, 참아야지…… 참아야지……'

눈알이 시큰거렸다. 눈앞이 뿌옇게 흐려왔다. 눈물이 솟구쳤다.
 '이건 분명 눈물이 아니다. 이건 분명 피눈물이다'
손수건을 꺼내들어 눈물을 훔쳐냈다. 눈가에 맺힌 눈물을 닦아냈다.
 '이 눈물은 내 자존심의 시체다. 아니다, 이 눈물은 내 비루함에서 우러난 처참함이다.'
내 안에선 '구질구질하게 굴 것 없이 이대로 깨끗하게 단념하자'라고 충동하는 오기라는 놈과 '그깟 자존심이 뭔 대수냐? 끝까지 녀석에게 매달려서라도 살길을 찾자'라며 살살 꼬드기는 비굴이란 놈이 치열하게 싸웠다.
잠시 후, 보랏빛 투피스 정장에 빨간 머플러를 두른 최현주 대리가 내게 다가와 나직한 목소리로 전갈을 전했다.
"회장님께서 지금 들어간 손님과는 금방 일을 끝낼 것이니 잠시만 더 기다리시랍니다. 그리고…… 차 한 잔 더 드시겠어요?"
"아니, 차 생각은 없습니다."
"네, 그럼……"
"아니, 혹 커피라면……."
"커피, 한잔 드릴까요?"
"예, 그럼 커피 한 잔 부탁할까요? 대신 설탕 두 스푼 더 타서 주세요. 지가 커피를 달게 마시거든요."
최 대리의 그런 전갈을 듣고서야 '부산으로 되돌아갈까, 말까' 혼란스러웠던 내 안의 내분 수습은 물론 녀석에게서 느꼈던 서운한 감정이나 속으로부터 끓어오르는 처참한 비애감을 가라앉힐 수 있었다.

그때 비서실 자동 유리문이 활짝 열리면서 이번엔 머리가 시원스레 벗겨진 금테안경이 007가방을 들고 들어섰다. 체격도 좋고 키도 컸다. 그리고 대머리지만 허여멀건한 인물이 짙은 초록색 양복에 곧잘 어울려 신수가 훤해 보였다.
왼쪽 양복 깃에 고양이 눈깔만한 누런 금배지가 달려있어 국회의원인지 변호사인지 아님 라이온스인가 뭔가 하는 클럽의 회원인지 하여튼 뭔가 한 자리하는 놈처럼 보였다.
'007가방 없는 놈, 서러워서 어디 살겠나?'
문득 007가방이 그리 유행이라면, 아니 잘 나가는 놈들한텐 007가방이 필수라면 나도 하나 장만해야겠다는 생각이 들었다.
그 놈도 전옥주의 안내로 좀 전에 두 사람이 머물렀던 응접실로 들어갔다. 놈은 웃옷을 벗어 소파 옆에 위치한 옷걸이에 걸어놓고 소파에 풀썩 주저앉더니만 주머니에서 손수건을 끄집어내어 얼굴과 두상의 땀부터 부지런히 닦아냈다.
그 행동거지 하나하나가 거침없고 능숙한 것으로 보아 회장실 출입이 잦은 놈이라 여겨졌다.
차림새나 생긴 것만 봐도 제법 있는 놈이 분명했다. 때문에 그 허여멀건 한 얼굴이 더욱 밉살스럽게 비쳐졌고 지금까지 3시간 34분간 기다린 보람도 없이 괜히 순서를 무시하고 또 중간에 새치기하려는 나쁜 놈처럼 보였다.
'뭐가 그리 바빠서 육수를 뿌려가며 허벌나게 쫓아오셨노? 설마 나를 제치고 저 자식부터 저 싸가지한테 안내되는 것은 아니겠지? 그렇다면 내 참나 두고 봐라'
저절로 이빨이 뿌드득 갈렸다.

Chapter 07 | Epilogue

당시 시골 아이들의 놀이란 뻔한 것이다. 무궁화 꽃이 피었습니다. 아니면 술래잡기, 그리고 자치기니 땅따먹기니 따위가 성행했는데 우린 그런 따위의 놀이는 코흘리개나 하는 놀이라 치부하고 관심 밖으로 몰아냈다.

여자아이들에게 고무줄 놀이가 제일 인기 있었다면 남자아이들은 여자아이들이 갖고 노는 고무줄을 끊고 도망가는 장난 외엔 구슬치기를 제일 재미있는 놀이로 쳤다.

첨엔 그 구슬이란 게 무늬 없는 퍼런 구슬 일색이었는데 어느새 구슬 속에 알록달록한 무늬가 박혀있는 색무늬 구슬이 나왔다. 그리고 얼마 후엔 꽃무늬처럼 방사형으로 네 쪽짜리, 다섯 쪽짜리, 여섯 쪽짜리 꽃구슬이 나오면서 구슬에도 계급이 메겨졌다.

꽃구슬 가운데서 유독 큰 구슬이 있는데 그 구슬을 오야구슬이라 했다. 색구슬은 퍼런 구슬 다섯 개와 맞바꿨으며 꽃구슬은 열 개와 오야구슬은 열다섯 개와 맞바꿨다. 꽃구슬이나 퍼런 구슬은 직경이 1센티 정도였으나 오야구슬은 1.5센티 정도로 크기도 구슬 가운데 가장 컸다.

당시 대개의 시골집들은 먹고살기도 버거울 만큼 궁핍하여 아이들마저 용돈이 궁할 수밖에 없었다. 때문에 웬만한 집구석 아이들은 구슬을 사고 싶어도 살 수가 없었다.

자연히 몇몇 넉넉한 부잣집 아이들만이 부모를 졸라 구슬을 사게 되는데 가난한 집 아이들은 구슬을 얻고 싶은 욕심에 구슬을 가진 아이들이 시키는 일은 뭐든 마다하지 않았다.

구슬 따먹기 놀이로는 땅바닥에 놓인 구슬을 손가락으로 튕겨 상대구슬을 맞춰서 따먹는 구슬치기가 있고 주먹 안에 쥐어진 구슬의 짝짓기로 따먹는 이찌니산과 홀짝이 있었다. 그리고 구슬놀이 중엔 땅바닥에 열십자로 다섯 개의 구멍을 종지 크기로 가지런히 파고 그 구멍을 순서대로 따라 돌며 구멍 속에 먼저 구슬을 넣는 놈이 이기는 걸로 하는 놀이가 있는데 가장 흔한 놀이었다.
또 한 가지는 선을 길게 그은 다음 그 선으로부터 대략 열 보 정도의 거리를 띄어 한 뼘 크기의 구멍을 파놓고 선에서 구슬을 던져 그 구멍에 넣거나 구멍에서 가장 가까이에 던진 놈이 나머지 구슬을 몽땅 갖는 놀이도 있었다.
그 외에도 한 변의 길이가 30센티 정도 되는 작은 세모를 땅바닥에 그려놓고 그 세모 안에 각자 정해진 갯수의 구슬을 넣은 다음 세모 밖에서 구슬을 쏘아 세모 안의 구슬을 밖으로 튕겨내는 만큼 갖는 삼각형 따먹기놀이도 있었다.

그러한 구슬 따먹기놀이도 잘 하는 놈은 계속 따기만 했고 못 하는 놈은 계속 잃기만 했다. 내가 잃기만 하는 놈이라면 똥꼬녀석은 늘 따기만 하는 놈으로 녀석은 구슬이 신발주머니 안에 그득 차기만 하면 애들하고 먹는 것과 맞바꿔 먹었다.
그러한 이유때문인지 평소엔 남의 눈치나 보고 또 심하게 얻어터져도

'헤헤' 거리면서 유독 구슬치기할 때만큼은 전혀 딴 놈으로 돌변했다. 말도 많아지고 대거리도 곧잘 했다. 뿐만 아니라 승부에 악착같았다.

"아이, 씨발놈……. 빙신 같은 새끼가 구슬만 보면 환장했뻔다."

"가라, 이 좆탱아!"

녀석이 원체 구슬따먹기를 잘하자 애들은 구슬치기할 때만큼은 녀석을 쫓아내려 애썼고 녀석이 아무리 빌붙어도 녀석을 절대 상대하려들지 않았다.

"나두…… 쪼매…… 붙여주라."

녀석은 쫓아낼수록 똥파리처럼 둘러붙어 더욱 치근덕거렸다. 그 때문에 몇 번 쌍코피가 터졌고 눈두덩도 시퍼렇게 멍들곤 했는데 그럴 땐 맞지 않아도 될 매를 자청해서 맞는 꼴이 되었다.

"가, 임마! 니랑은 죽어도 안 할 끼다."

한동안 녀석은 구슬치기에 끼지도 못하고 멀찍이 서서 군침만 삼키고 있었다. 그러다 녀석이 생각해 낸 것이 자기 똥구멍 속에 구슬이 몇 개나 들어갈 수 있는지 넣어보라는 제안을 하게 된 것이다.

"니들…… 내 똥꼬녕에…… 구슬이 몇 개 들어가는 줄…… 아나?"

"그게 뭐?"

"그기…… 아이고……, 내 똥꼬녕에…… 백 개는…… 들어간다…… 아이가."

"니 똥꾸녕 속에 뭐 하러 구슬을 집어넣노? 추잡게스리……."

"그기 아이고……. 얼매나 들어갈 지…… 함…… 넣어보란 거여."

"드럽게 똥꼬에 우에 구슬을 넣노?"

"기냥…… 재미로…… 넣는 거지…… 뭐."

"임마, 때리 치라. 냄시난다."

친구 놈들은 녀석의 그런 제안에 화를 벌컥 내며 걷어차기 일쑤였다. 그래도 녀석은 막무가내였다.

"저 시키, 미친놈 아녀? 지 똥꼬에 뭐땜시 구슬을 넣으라고 지랄까는 거여?"

"저 새끼, 지 똥꼬에 구슬 넣으라카곤 지가 가질라 안 카나. 지 똥 묻은 거 지가 가질라꼬."

"에이, 퉤퉤……! 재수 옴 붙었다."

그렇지만 난 녀석의 똥구멍 속에 구슬이 과연 몇 개나 들어갈 수 있을지 그게 궁금해졌다.

Chapter 08

잠깐만 기다리면 된다더니 웬 걸? 잠깐이 아니라 무려 한 시간이 더 지나서야 그 외판원처럼 생겨먹은 두 놈과 똥꼬녀석이 회장실 문을 빠끔히 열고 나타났다.

얼른 시계를 들여다보니 6시 22분을 가리키고 있었다.

'그래, 잠깐이란 게 니네들 시간으로는 한 시간이더냐?'

도대체 이런 시간 관념으로 무슨 사업을 한답시고, 또 어떻게 직장생활을 한답시고 큰 소리들을 빵빵 쳐 쌌는지 이해가 되지 않았다. 이건 거짓말도 보통 거짓말이 아닐뿐더러 신용사회의 근본을 뿌리째 부정하려는 작태가 아닐 수 없다.

시간 또한 돈이다. 중국 놈들인가 아님 유태인 놈들인가, 하여튼 어느 종족 얘긴 지는 모르겠지만 약속시간을 단 일 분이라도 지키지 않은 놈은 담부터는 아예 상종하려 들지 않는다 했다.

이유는 시간이 바로 돈이기 때문에 남의 시간을 훔친 놈은 결국 남의 돈을 훔친 놈과 같이 아주 악질이라는 것이다.

사람을 마냥 기다려야 한다는 것이 얼마나 무료하고 사람을 갑갑증 나게 만드는 것인지 대부분의 사람들도 익히 알고 있을 것이다.

그 정도의 경험들은 '코리안 타임'이란 비속어가 나올 만큼 누구나 흔히 겪게 되는 일들이니까. 하지만 바로 코앞에 만나고자 할 사람을 뻔히 두고도 마냥 기다려야 한다는 것은 그 무료함이 한결 더하면 더했지 덜하지는 않을 것이다.

자그마치 4시간 30분 가까이 꼼짝도 못하고 기다리고 있으려니 좀이 쑤시는 정도가 아니라 온 삭신이 녹아내릴 듯 저려오고 피곤하기까지 했다.

외판원 같은 놈들은 회장실 문을 나서면서 연신 허리를 굽실굽실하며 갖은 알랑방귀를 다 떨었다. 정말 간사하고도 치사한 놈들이라 여길 수밖에 없었다.
"아무튼 저희는 회장님의 하늘과 같은 하회가 내리시길 눈 빠지게 기다리고 있겠습니다요. 헤헤헤……."
"허허……, 이 사람들 보시게? 시간적 여유를 갖고 진행하자니깐……. 그런 식으로 억지로 몰아붙인다고 일이 제대로 풀리것소? 나도 생각 좀 더 해 볼 테니 댁들도 돌아가서 차근차근 검토해 보구려."
"회장님, 그러면 저희는 진짜 죽습니다요. 그러니 이쯤에서 회장님께서 양보를 해주셔야……."
"허허, 이 사람들… 고집은 참 엔간히 부리네?"
녀석은 두 놈의 손을 번갈아 바꿔 쥐며 크게 흔들어댔다.
"저희도 웬만하면 이렇게까지 사정하겠습니까? 그러니……."
"난, 기면 기고 아니면 아닌 게니까, 나머진 댁들이 알아서들 하시고……. 일단 내가 예상하고 있는 금액은 그 범위를 넘어서는 곤란하다는 것만 알아두소."
"회장니~임! 두 장만 더 양보를 해주신다면……."
"뭐, 2억? 아님 20억? 그깟 푼돈 가지고 왜들 그러슈? 괜히 흥정하려 들지 말고 내 하라는 대로 하소. 정 내키지 않으면 아예 없던 걸로 하든가."
"아닙니다요, 회장님. 그렇다고 언짢게는 생각 마시지요."

도대체 뭔 얘기들을 하는지 하나도 알아들을 수가 없었다. 공연히 내가 들으라고 지껄이는 허풍인지 아니면 저희들끼리 찧고 까부는 소리인지 말이다.

'녀석, 뭐? 2억, 20억이 푼돈이라고? 짜식, 꽤나 잘 나가는 척하는구먼'
나는 내게 있어 주식이라 할 수 있는 라면을 살 때마다 라면 중에 가장 싸다는 거…… 안성탕면인지 농심탕면인지 뭔지 하는 라면으로 '한 박스 살까? 아님, 두 박스 살까?' 늘 라면 값 몇 푼 가지고도 이리 재고 저리 재고 그러는데 말이다.
십만 원 백만 원 천만 원도 아닌 이억, 이십억이란 큰 돈을 나 들으라고 '푼돈' 운운하는 저의가 뭔가?

그때 빨간 머플러 최현주 대리가 똥꼬 곁에 바짝 다가서며 중요한 일을 상기시켜 주듯 녀석에게 고하는 것이다. 혹시 대머리의 새치기 사건이라도 벌어질까 염려되어 똥꼬의 일거수일투족은 물론 비서실 여직원들과 그 대머리까지 예의 주시했더니 아니나 다를까…….
"회장님, 정택발 의원님께서 1시간 전부터…….."
"아참! 내 정신 좀 봐. 또 깜빡했네. 어, 정 의원! 오래 기다리셨겠수?"
의원이란 놈은 자리에서 일어 설 생각도 않고 그저 안경을 벗어들고 얼굴에 맺힌 땀방울을 훔쳐내기에 여념 없었다. 비서실 실내온도가 가만히 앉아있거나 조금 움직인다 해서 땀을 흘릴 만큼 무더운 것도 아니요, 내 기분엔 그저 적당하다 여길만한데 저 의원이란 작자는 느끼하리만큼 육수를 끈적끈적 배설해 내는 것이다.
내 보기엔 잘 처먹어서도 그렇겠지만 그보다 정력에 좋다든가 몸에 좋다든가 하는 것들은 뭐든 가리지 않고 처먹어서 열이 뻗쳐 저러려니 했다. 하여튼 한국 놈들은 그런 쪽으론 디게 밝히는 족속들이다. 멀쩡하게 살아있는 곰의 옆구리를 뚫고 호스를 끼어 넣어 그 웅담물인지 쓸개물인지 그런 걸 쪽쪽 빨아먹질 않나 살모사인지 뭔지 멀쩡하게 살아있는 독사도 소주에 쌩으로 담가 홀짝홀짝 마시기를 서슴지 않는데 그게 다 결국은 잠자리에서 여자를 만족시키기 위한 정력보강 때문이라니 미쳐도 단단히 미친 족속들이다.
나라가 통째로 말단비대증을 앓고 있으니 해구신처럼 생긴 개좆이나 웅담처럼 생긴 돼지쓸개가 날개 돋친 듯 팔려나가는 게 아니겠는가.
"이거, 대체 얼마 만인고?"
똥꼬녀석은 나란 인간은 전혀 안중에도 없다는 듯 그 의원인지 나발인지 하는 놈에게 달려가더니 놈의 두 손을 덥석 거머쥐고는 겁나게 흔들어대는 것이다.
"이 안이…… 와 이리 덥노?"
"와? 비서실 안이 덥더나?"
"몰라, 내가 더위를 잘 타서 그런 건지 아님 이 안이 더분건지…….''
의원이란 놈이 한가하게 더위 타령을 늘어놓자 녀석은 누구에게라 할 것 없이 큰 소리를 질렀다.
"이봐, 의원님께서 덥다 안 카나. 어여 에어컨 좀 씬나게 틀거라."
녀석은 꽤나 소중한 보물단지를 다루듯이 의원놈 어깨를 다정하게 끌어안더니 회장실로 안내하는 것이다. 딴엔 내게 조금은 미안했던지 문을 닫으면서 한쪽 눈까지 찡긋해 보였다.
'허참~! 이것들 좀 보게?'
기가 막히다 못해 나도 모르게 쓴웃음이 입가로 배실배실 비어져 나왔다. 녀석도 나란 존재를 마냥 무시할 수가 없어 꼴같잖은 그 얼굴로 윙크까지 보내며 나를 달래려 했던 것이 아니겠는가.

'돈만 벌었다 하면 다 저렇게 변하는 것인가?'
 '개천에서 용 났다'라고 어쩜 이 말은 똥꼬같은 녀석을 두고 하는 말일 것이다. 학교 다닐 땐 꼴찌를 도맡아하다시피 했고 집구석도 똥구녕이 찢어지게 가난했던 녀석이다. 그런 녀석이 어마어마한 기업군을 이끌 정도로 크게 성공했으니 개천에서 아니 시궁창에서 용이 난 것이다.
 '아이…… 씨발…… 좆도, 원숭이 똥꼬…… 저 씨발놈…… 지가 돈을 좀 벌었다고 날 이렇게 괄시해?'
이런 괄시를 받자고 그 먼 길을 단숨에 달려 온 것도 화가 났지만 저런 개망나니 같은 놈을 친구랍시고 뭘 기대하고 쫒아올라 온 것이 더 억울했다.

 녀석에 대한 독한 감정을 무럭무럭 키우고 있을 때, 빨간 머플러의 최현주 대리가 직업상 어쩔 수 없어 짓는 미소인지 아니면 멋쩍어 짓는 웃음인지 모를 그런 미묘한 웃음을 띠면서 내게 다가왔다.
또 뭔 소리로 사람을 갖고 골리려는가 싶어 달갑지 않은 표정으로 쏘아보았다.
 "……?"
최 대리도 그런 내 의중을 지레 짐작했던지 난처함과 미안한 감정이 교차되어 있는 표정을 짓고 잠시 멈칫거렸다.
 "저… 손님, 죄송한데요. 잠시만 더 기다려주세요. 정말 죄송합니다. 방금 회장님 실에 들어가신 분이 이 지역 정택발 국회의원님이신데요. 오늘 다섯 시에 약속을 미리 정하고 찾아오셔서 부득이 안내할 수밖에 없었어요."
 '오라, 니…… 말 잘 했다'

이번엔 뜨아한 표정을 가장하여 최 대리를 뚫어져라 쳐다봤다. 그렇게 1초…… 2초…… 3초…… 대략 10초쯤 지났을 때 최 대리는 나와의 눈싸움에는 졌다는 것을 인정하려는 듯이 제풀에 고개를 떨어뜨렸다. 순간, 최 대리 또한 보면 볼수록 대단한 미모를 지녔고 거기에 섹시함까지 겸한 여자라는 것이 느껴졌다.

'똥꼬녀석 재주도 좋다. 어쩜 한결같이 이런 야시시한 미인들을 비서랍시고 데리고 있을까?'

녀석에 대한 부러움과 질투도 잠깐, 내 음흉한 시선은 고개 숙인 최 대리의 옷꺼풀을 벗겨나갔다. 가녀린 어깨곡선과 잘록한 허리곡선, 그리고 쭉 뻗은 하반신까지 그려 내려가다가 멈췄다.

'잠깐!'

이럴 때가 아닌 것이다. 해서 목통을 높여 애꿎게 여자만 나무랐다.

"이봐요, 아가씨! 이거 너무한 거 아니오? 난 벌써 4시간 반도 넘게 기다렸는데…… 방금 찾아 온 택발인가 족발인가 하는 사람은…… 들여보내고……. 두 시부터 계속 눈 빠지게 기다려왔던 나는…… 더 기다려야 하고……. 대체…… 왜들…… 그래요? 지금…… 모두들 나…… 한…… 사람…… 놓고…… 골…… 리…… 려…… 드는…… 게요?"

썰을 푸는 새 나도 모르게 목소리가 커지고 게다가 말더듬이처럼 말까지 더듬거렸다. 괜히 격앙된 데다가 끝내 설움이 북받쳐오르려 했기 때문이다.

더 이상 말을 이어가다가는 북받친 설움으로 나도 모르게 그만 '으앙~!' 하고 울음이라도 터져나온다면 그 무슨 개망신이겠는가.

"손님, 목소리 좀 낮춰주세요. 여긴 회장님 비서실입니다."

'어쭈? 이건 또 뭐야?'

그쯤해서 날 가만히 내버려뒀더라면 나 또한 꿀 먹은 벙어리처럼 잠자코 앉았을 텐데 이건 또 뭔 귀신 씨나락 까먹는 소린가?
지가 그 잘난 회장님 비서실 실장이면 실장이지 여태껏 저 구석에 처박혀 꼼짝도 않던, 얼굴마저 한번 보여주지 않던 50대 멀쑥한 놈이 벌떡 일어서더니 나지막하면서도 고압적인 목소리로 내게 일갈하는 것이 아닌가.
그것도 공손한 태도를 보이기는커녕 제 자리에 떡하니 버티고 서서 멀찍이 떨어진 내게 독 오른 독사처럼 대가릴 곧추세우고서 말이다.
 '내, 참 드러버서. 즈그들 눈에는 내가 고작 잡상인이라도 된단 말인가? 아님, 내가 즈그들 회장더러 뭐 아쉬운 부탁이라도 하려고 찾아온 불청객이란 말이더냐?'
쥐꼬리 같은 자존심 때문에 그 같은 생각을 했지만, 그들이 내 정체를 몰라서 그렇지 사실 따지고 보면 그럴 수도 있겠다. 깜빵까지 갖다 온, 게다가 하루하루 살기조차 버거운 내가 잡상인보다 나을 게 뭐가 있겠는가. 또한 똥꼬녀석에게 살 길을 마련해 달라는 부탁을 하러 온 것이니 그것도 부탁하러 온 게 아니고 뭐겠는가.
그렇지만 난 엄연하게 이 회사 회장의 친구다. 그것도 유년 시절에 아주 각별했던 친구다. 녀석을 조금이라도 챙기려 했던, 녀석에겐 유일하다 할 수 있는 친구란 말이다. 새로운 전의가 가슴에서 활활 일었다.
 "뭐? 회장님 비서실이라……? 조용히 하라? 웃기고 자빠졌네……. 그 박봉달 회장님이란 사람…… 내 친구요, 그것도 아주…… 오랜 친구."
 "그러니, 친구 분 입장에서 조금만 더 참아주시면……."
 '아니, 이 친구가 지금 나랑 싸우자는 건가?'
그렇잖아도 속에서 분이 부글부글 끓고 있는데 '옹냐, 마침 잘됐다' 싶어 비서실장의 말이 채 끝나기도 전에 냅따 쏴붙였다.

"시끄럽소. 애들 갖고 장난치는 것도 아니고……."

내 목소리도 장난이 아니었다. 비서실이 떠나갈듯 우렁우렁했던 것이다. 바로 그때 회장실 문이 빠끔히 열리더니 녀석이 머리만 내밀고 야단을 치는 것이다.

"왜들 이리 시끄럽나? 손님이 와 계시는데……. 어이 오 실장, 무슨 일이야? 좀 조용히 해라."

어느새 녀석 앞까지 쪼르르 쫓아 간 실장이란 놈은 안절부절하는 기색이 역력했다.

"회장님, 죄송합니다."

그땐 이미 녀석의 반백 머리가 비정하게스리 굳게 닫힌 문 속으로 사라진 뒤였다.

Chapter 08 | Epilogue

"어이! 원숭이똥꼬! 함 엎드려 봐라!"

기껏 놀다 놀이에 어느 정도 심드렁해지면 꼭 녀석을 불러들여 똥구멍을 벌려보라 했다. 그러면 녀석은 잽싸게 내 앞에 엉덩이를 까고 두 손으로 양쪽 볼기를 쩍 벌려 똥구멍이 훤히 드러나 보이도록 하는 것이다. 몇 번인가 그런 짓을 되풀이하다 보니 어언 녀석의 그런 행동도 전혀 거리낌이 없어 보였다.

여름철에 '우르르르……' 개울로 몰려가 물놀이할 때야 너도나도 알몸이 되어 물에 첨벙 뛰어들기 때문에 서로가 수치스러움을 못 느꼈다. 그러나 애들이 뼁 둘러가며 요상한 부위의 구경을 해대는데 어찌 쪽팔리지 않겠는가. 그런데 녀석은 처음부터 그런 것엔 전혀 개의치 않았다. 구경하는 애들 가운데 계집애도 더러 끼어있는데 말이다.

못 먹어서 마르고 까칠해진 양 볼기 사이엔 선홍색을 띠고 자글자글한 주름이 잡힌 녀석의 똥구멍 중심부가 옴찔거리는 것이다. 징그럽게 느껴지면서도 일견 묘한 기분이 들게 하는 모양이었다.

그리고 그 똥구멍 밑으로 두 개의 불알이 누그러진 감 홍시처럼 축 늘어졌고 그 불알의 고불고불한 능선 밑으론 가느다랗고 길쭉한 녀석의 고추가 보였는데 그때까지 까지지 않은 귀두가 유난히 뾰족했다.

"원숭이 저 새끼, 자지는 딥따 크네. 새끼야! 똥꼬 좀 낮춰봐라. 크……, 똥 냄시 나잖아."

녀석은 키도 또래에 비해 한 뼘 정도 더 컸지만 고추 또한 보통 애들 보다 두 배 길이는 실히 되어 보였다. 그 때문에 구슬 넣는 척하면서 느닷없이 녀석의 고추를 잡아 뽑듯이 움켜쥐고 녀석이 비명을 지르며 자즈러질 때까지 잡아 늘리는 재미도 쏠쏠했다.

나는 머리를 땅에 박고 엎드린 채 엉덩이를 하늘 높이 치켜들고 있는 녀석에게 다가가 구슬에 침을 듬뿍 발라 녀석의 똥구멍 속으로 밀어 넣었다. 물론 그렇게 해서 녀석의 똥구멍 속으로 사라진 구슬들은 녀석의 차지가 되었다.

아무리 밀어 넣어도 더 들어가지 않을 지경에 이르러서도 녀석은 웬만해서는 포기하지 않고 '계속 넣으라'며 계속 버티는 것이다.

"한 개…… 두 개…… 세 개…… 네 개…… 다섯 개…… 여섯 개…….”
구슬이 하나하나 녀석의 항문 속으로 들어갈 때마다 아이들은 합창하듯 카운터를 헤아렸다.
그렇게 해서 제일 많이 넣어보길 한꺼번에 마흔 일곱 개까지 넣어봤다.

처음엔 녀석의 똥구멍 속으로 덧없이 사라지는 구슬이 아깝다 여겨 몇 개 정도만 넣고는 포기했다. 무엇보다 그 구슬들이 별반 힘을 들이지 않고도 녀석의 차지가 될 것이라 여겨지자 그게 더욱 괘씸했던 것이다. 그런데 그것도 잠시뿐, 녀석이 일부러 보채지 않아도 옴찔거리는 녀석의 똥구멍이 자꾸 떠올라 결국 구슬을 넣지 않고서는 견딜 수 없게 되었다. 그렇다고 그게 음심淫心의 발동도 아니었던 것이 초등학교 3학년 때쯤이니 요상한 것에 대한 호기심은 있을지언정 음심과는 거리가 멀었던 것이다.
처음 한동안은 똥꼬녀석의 똥구멍 속에 구슬이 몇 개까지 들어갈까 그게 궁금했기에 구슬을 넣기 시작했고 나중에는 악착같이 집어넣어 몇 개까지 집어넣을 수 있는지 시험했다.
첨에는 아이들의 부추김에 기록이란 것을 세워보려고 넣다보니 스물 두 개쨈가부터 더 이상 들어가려 하지 않고 한 개를 밀어 넣으면 오히려 두 세 개씩 괄약근에 의해 자꾸 토해내는 것이다. 그래서 녀석의 기록은 스물한 개로 끝나려는가 싶었다.
그런데 녀석은 구슬을 얻으려는 욕심으로 제 딴에는 어떤 훈련을 어떻게 했는지 자청하여 이번에는 서른 개까지, 또 이번에는 서른다섯 개까지 넣을 수 있다며 자꾸 충동질을 해대는 바람에 결국 그것도 오야구슬로만 마흔 일곱 개까지 넣게 된 것으로 그것이 녀석이 세운 최고 기록이었다. 오야구슬로 마흔일곱 개란 보통구슬로는 거의 백 개에 해당될 만큼 그 양으로는 두 손으로 바쳐 들어도 흘러넘쳤고 무게로는 아마 녀석이 싸질러놓는 똥으로 치면 몇 배의 무게는 실히 될 만했다.
녀석은 그렇게 해서 제 것이 된 구슬을 운동장 한쪽 구석에 가서 배설하듯 땅바닥으로 쏟아내고는 그 구슬들을 낙엽이나 이파리로 닦아내어 신발주머니 속으로 집어넣으며 마냥 히죽거렸다.
녀석이 하도 그런 짓을 마다하지 않기에 똥구멍이 한동안 벌겋게 짓물렀고 어느 땐 똥구멍이 찢어졌던지 뻘건 핏물이 배어있기도 했다.
그때부터 녀석의 똥구멍을 질리도록 들여다 본 친구 놈들은 녀석이 초등학교 입학 당시부터 지녀왔던 원숭이란 별명에 똥꼬를 덧붙여서 '원숭이 똥꼬'라 부르기 시작했던 것이다.
그리고 낱말 끝 글자 이어가기 놀이처럼 '박봉달……' 그러면 '원숭이', '원숭이……' 그러면 '똥꼬', '똥꼬……' 그러면 '빠알개'라는 말이 이놈 입에서 저놈 입으로 멈춰지지 않고 저절로 이어질 만큼 흥겹더니만, 어느새 노랫가락으로 변하더니 다시 새로운 유희로 발전하게 되었다.
그리고 그 유희는 초등학교 졸업할 때까지 지겨운 줄 모르고 되풀이되었다.
따라서 당시엔 '원숭이똥꼬 없이는 무슨 재미로 살아야 할꼬?'란 마치 늙은이나 주절거릴 법한 넋두리가 유행어처럼 번져가는 가운데 녀석만 다가오면 합창하듯 신나게 부르짖던 노래가 있었다.

"원숭이 똥꼬 빠알개…… 빨간 건 사과, 사과는 맛있어…… 맛있는 건 빠나나, 빠나나는 길어…… 긴 것은 기차, 기차는 빨라…… 빠른 것은 비행기, 비행기는 높아…… 높은 것은 백두산, 백두산 뻗어내려 반도 삼천리…….″

Chapter 09

'여러분! 이제는 무한경쟁시댑니다. 따라서 여러분 모두가 예외 없이 각자 자신의 능력을 꾸준히 개발하지 않으면 이 경쟁사회에서는 절대로 살아남을 수가 없어요. 또한 기업은 기업대로 부패하고 무능한 인력을 계속 솎아내지 않고서는 경쟁력을 갖출 수 없다 이겁니다. 경력만 많으면 뭐합니까? 나이만 많다고 인정 받을 수 있습니까? 기업은 경력이 짧더라도 나이가 어리더라도 능력만 있으면 얼마든지 대우해 주겠지만, 그렇지 못할 경우엔 악성 암을 제거하듯 무자비하게 칼로 도려낼 수밖에 없는 속성을 지닌 괴물이라 할 수 있지요'

'……'

'여러분! 지금 세계는 무서운 속도로 변화를 거듭하고 있으며 또한 새로운 체제로 재편되고 있습니다. 종교니 사상이니 조국이니 종족이니 따위에 연연하지 않고 오직 강력한 경제력만을 추구하는 경제 이데올로기 시대를 맞고 있다는 얘깁니다. 오직 강력한 경제력만이 세계를 강점할 수 있다는 건데, 이건 무력이나 사상이나 종교로 세계를 정복하려던 옛날하곤 판이하게 다른 양상입니다. 경제력으로 세계를 지배하려 드는 소위 총칼 없는 전쟁터에서 우리는 살아남아야 한다는 겁니다. 따라서 기업들은 다국적, 즉 글로벌화 하지 않고서는……'

"다국적, 즉 글로벌화 하지 않고서는…… 글로벌화 하지 않고서는…… 글로벌화……."

"손님, 저…… 손님!"

"글로벌화 하지……."

"여보세요, 손님!"

몸이 흔들렸다. 꿈결에서도 누군가가 자꾸 몸을 흔들어 대는 것이 느껴졌다. 귀찮고 짜증스럽다는 듯 나도 모르게 내두른 손 끝에 '물커덩' 이상한 감촉이 감지되었다. 문득 이상하다는 생각에 눈이 번쩍 뜨였다. 그리고 물 먹은 솜처럼 무거워 진 상체를 억지로 일으켜 세웠다.
"대체…… 뭔데 날 귀찮게 굴어?"
나도 모르게 큰 소리가 튀어나왔다.
정말 신경질이 났다. 드넓은 강당에 수백 명도 넘을 그룹사 직원들을 모두 불러모아 놓고 정신교육 시킨다며 한참 열변을 토하고 있는데, 방해라니?
머리가 지끈거렸다. 뒷목도 가누기 힘들만큼 뻐근하게 저려왔다. 그보다도 등골이 욱신욱신 견디기 어려울 만큼 쑤셔댔다.
이럴 땐 평소처럼 몸부터 풀어야 겠다는 생각에 가슴을 쭉 편 다음 양팔을 앞으로 뻗은 상태에서 두 손을 깍지 끼고 위아래로 흔들흔들 흔들어댔다.
'잠깐……, 여기가 어디야?'
비로소 제 정신이 돌아왔다. 모든 것이 명료해졌다. 아니, 딴엔 그렇게 느꼈던 것이다.
아래턱이 서늘하여 손바닥으로 문질러 보니 미끌미끌한 액체가 기분 나쁘게 손바닥에 묻어났다. 자세히 살펴보니 분명 침이었고 탁자 위에도 진득한 침이 흥건하게 고여 있는 것으로 보아 나도 모르게 탁자 위에 엎드려 졸았나 보다.
문득 좋지 않은 예감이랄까, 낌새가 이상했다. 고개를 돌려보니 웬 아가씨 하나가 한 손으로 자신의 젖가슴을 가리고 서 있는 것이 보였다. 머리를 양옆으로 세차게 흔든 다음, 눈의 초점을 맞춰가며 다시 쳐다보았다. 다름 아닌 핑크빛 머플러를 두른 전옥주 대리가 놀란 토끼눈으로 내려다보고 있었던 것이다.
'허걱~!'
소스라치듯 깜짝 놀랄 수밖에 없었다. 내가 뭔 실수라도 했나 싶어 괜한 걱정이 앞섰다. 전 대리와 시선이 마주치자 멋쩍은 웃음이 번져 나왔다.
 "혹시…… 내가 무슨 실수라도……?"
 "네, 잠꼬대를 좀 하신 것 같아서요."
 "잠꼬대를……? 내가요?"
 "네, 피곤하셨나 봐요."
 "예, 어제 잠을 한숨도 못 잤더니……."
 "아주 달게 주무시기에 깨우기가 좀……."
 "미안하군요. 나도 모르게 잠이 들다니……."
 "아녜요, 피곤하면 깜빡 졸 수도 있지요."
 '물커덩' 하던 묘한 감촉을 떠올렸다. 그리고 젖가슴을 가리고 서 있던 전 대리의 모습도 떠올렸다.
그러고 보니 '잠을 깨우려고 나를 흔들던 전 대리의 젖가슴을 비몽사몽 간에 건드렸을 수도 있었겠다'란 생각이 들었고, 그 때문에 미안함보다는 오히려 물커덩한 감촉을 거듭 떠올리고 음미하며 짜릿한 전율을 느꼈다.
그렇지만 모른 척 능청을 떨 수밖에 없잖은가.

시계를 보니 오후 7시 15분을 막 넘기고 있었다. 6시 22분까지 시간을 확인했었고, 오 머시기 비서실장이란 놈과 공연히 다투고 나서 나도 모르게 깜빡 잠이 들었다 깼으니 어림잡아 30분은 족히 탁자 위에 엎드려 잠을 잤나 보다.
 '아차! 내가 이러고 있을 때가 아닌데? 똥꼬녀석은……?'
갑자기 막연한 공포가 엄습했다.
 '똥꼬녀석이 나 졸고 있는 동안 은근슬쩍 퇴근해 버리고 지금 자리에 없으면 어쩌나?'

이건 분명 씨잘 데 없는 푸념이나 걱정이 아닌, 내게 있어선 청천벽력 같은 날벼락이요 예기치 않은 두려움이었다. 똥꼬와의 교섭 일정에 서울에서 하루를 더 묵어야 한다는 계획은 잡혀있지 않았다. 아니, 그럴 만한 경제적 여유가 없었다. 서울에서 하루를 더 묵으려면 밥값이며 여관비며 10만원 돈이 더 들 것이고 그렇다면 지니고 온 돈만으로는 어림없었다.

그런 잡다한 생각들이 번개같이 스치며 마침 자기 자리로 돌아가려고 뒤돌아선 전 대리에게 다급하게 말을 건넸다.

"저, 회장님은……? 회장님은 지금 어디 계세요?"

전 대리는 가려던 걸음을 멈추고 다시 되돌아섰다.

"회장님께선 아직 정택발 의원님과 면담 중이신데요."

"아……, 네…… 그래요?"

'휴…….'

똥꼬녀석이 아직 사라지지 않고 회장실에 죽치고 있다 하니 일단 안심은 되었다.

그런데 불행 중 다행인지 다행 중 불행인지는 몰라도 택발이란 인간이 무슨 할 얘기가 그리 많다고 아직까지 자리를 버티고 있다는 것이다. 비지땀을 뻘뻘 흘리던 놈이 은근히 밉살스럽게 여겨지는 것이다.

'어쨌든 이렇게 된 거, 될 대로 되라' 싶었다. 그래서 여유가 생겨 주위를 둘러보니 아! 전혀 의식하지 못했던 사람들, 비서실 사람들 대부분이 나를 빤히 쳐다보고 있는 것이 아닌가.

마치 동물원 원숭이를 신기한 눈초리로 쳐다보고 있듯 말이다. 혹 잠 잘 때 심한 잠꼬대를 하지 않았나 싶어 멋쩍은 기분이 들었다. 그래서 한 마디 안 할 수가 없었다.

"시간이 벌써 이렇게 됐는데, 아직들 퇴근 안 합니까?"

그 질문에 하나같이 대답들은 안 하고 하던 일을 마저 끝내려는 듯 열심히 일 하는 척 보이지만 실상 책상 위에 대가리 처박는 놈, 컴퓨터 키보드를 하릴없이 두드리는 년, 괜한 부스럭거림으로 서류를 챙기는 년 등 제 각각의 모습으로 분주함을 가장하는 것이 분명했다.

허나, 감으로 느껴지는 것이 있으니 '저 인간 때문에 오늘도 퇴근이 많이 늦어지겠구나'라는 나를 향한 원망어린 눈초리였다.

이런 걸 보면 이 비서실 직원이란 게 겉보기보다 마냥 한량閑良한 직업이 아닌 것이다. 깔끔한 용모와 세련된 차림새로 깨끗하게 잘 꾸며진 장소에서 높은 사람들만을 상대한다고 하여 남들은 비서실에 근무한다면 꽤나 좋은 곳에서 근무한다며 부러워하겠지만 결코 부러워할 게 못 된다는 것이다.

이건 자유가 없다. 옆 자리 직원들과 수다를 떨 수 있나 제 볼 일 있다고 함부로 나다닐 수가 있나, 그렇다고 회장이 퇴근을 하지 않고 버티고 있는데 먼저 퇴근합네 자리를 뜰 수가 있나, 화장실 갈 때나 잠시 자리를 뜰 때나 도둑처럼 소리 죽여 살금살금 걸어야 하니 그것도 죽을 맛일 게다.

무엇보다 쥐 죽은 듯이 숨 죽여 있어야 한다는 것이 고역이요, 회장은 물론 오는 손님들마다 황공惶恐스럽네 떠받들어야 하니 그게 더 고역일 게다.

'느거들 절대 안 부럽다, 안 부러워. 아니, 오히려 불쌍타, 불쌍해'

정말 측은해 죽겠다는 표정을 짓고 직원들 하나하나를 쳐다봤다.

방금 전에 꾸었던 꿈의 내용을 떠올렸다. 무슨 커다란 강당 같은 곳에서 수많은 사람들을 모아놓고 무슨 대단한 강연을 열강熱講했던 것 같다. 꿈속에서의 나는 아주 자신감이 넘쳤고 아주 당당했다. 백만 대군을 선두에서 지휘하는 대장군의 용맹한 모습이랄까.

'그래, 신입사원 오리엔테이션일 것이다. 그렇다. 녀석이 내게 사원들

교육 같은 것을 시키라면 잘 할 수 있을 것 같은데…. 내가 이래봬도 명색이 대학 부교수 출신 아니던가'
고개를 쩔레쩔레 흔들었다.
 '아니다. 그깟 강의를 해서야 되겠나. 명색이 그룹 회장의 오랜 친구라면 그에 걸맞은 직책을 맡아야지. 최소한 계열사 사장 정도는 맡아야 하지 않겠나. 이왕이면…… 그래 부회장이라면 더 좋겠는데……'
그렇게 소파에 죽치고 앉아 혼자 북치고 장단 맞추며 똥꼬녀석을 기다리길 다섯 시간 하고도 삼십 분 하고도 칠 분이나 지났다.
아직까지도 그 금테안경인지 금배지인지가 나오지 않았다. 하여튼 말 많은 인간들이다. 뭔 놈의 말이 그리도 많은가. 기다리는 손님 생각해서라도 빨리빨리 할 말만 주고받고 나오면 될 것을…….
그러니 입속에선 녀석에게 던져 줄 벼라별 욕이 다 맴돌았다. 이젠 악으로 버티는 꼴이 되었다.
 '옹냐, 니가 이기나, 내가 이기나……. 녀석, 한번 두고 보자'란 억하심정도 무럭무럭 자랐다.
 '꿈속에서처럼 사원들 교육 시키는 교수? 아니다. 그깟 강사 짓은 이젠 지겹다. 부회장이라도 맡길까 싶어 이렇게 참는다, 참어'

Chapter 09 | Epilogue

부산대학교 대학원을 졸업하고 그리고 얼마 후 부일여자전문대학 전임 강사로 발령 받았다. 물론 전임강사 자리라고 함부로 얻을 수 있는 자리가 아니다.
대학에 강의를 나가면서 막상 겪어보니 한국의 대학들이 그렇듯 푹 썩었을 줄은 전혀 예상을 못했었다. 실력만 좋으면 부교수도 정교수도 저절로 되는 줄 알았다. 그러나 실력이 좋아도 박사학위를 지녔어도 무턱대고 인정해 주는 게 아니었다.
그저 돈이면 통하고 빽이면 통하는 것이 대학 사회였다. 하긴 썩은 것으로 치면 대학뿐만이 아닐 것이다.
신문이나 텔레비전을 보면 연일 우리 사회가 얼마나 구석구석 가리지 않고 골고루 잘 썩었는지 경쟁적으로 잘 보여주었다. 그러나 그런 데에 관심이 없으면 그런 기사가 아무리 지면을 덮고 화면을 뒤덮어도 실감할 수가 없는 것이다.
대학에 시간 강사로 나가면서 전임 강사로 부교수로 정교수로 올라가는 수순이 실력이나 학위만으로 되는 것이 아니란 것을 인식하게 되었고 한때는 그로인해 크나큰 상실감과 뒤이어 암울한 좌절감에 시달렸다.
가장 썩은 집단으로 흔히들 정치꾼들 집단을 꼽는데 천만의 말씀이다. 우열을 가리기 힘들만큼 썩은 집단으론 공무원이란 집단도 그렇고 법조삼륜이란 집단도 그렇고 군대란 집단도 그렇다. 그뿐만 아니라 의료계니 교육계니 예술계니 문화계니 체육계니 종교계니 도무지 썩지 않은 집단이 없는 것이다.
우리 사회가 더 이상 더 썩을 수 없을 만큼 온통 썩어 구린내가 천지를 진동하고 있지만 우리 사회 구성원 모두가 이미 그러한 악취들로 코가 막혀버려 그 냄새를 맡지 못할 뿐이다. 그런 것에 순수하다는 이유로, 패기가 앞선다는 이유로 일일이 분노하고 타협하려 들지 않는다면 마땅히 설 자리가 없을 것이다.

그래서 사람이란 나이들 수록 순수함과 패기가 사라지고 무사안일에 저절로 빠져들게 마련이다. 어차피 적응하려면 철저히 적응해야 한다. 모난 돌이 정 맞는다고 괜히 나서면 얻어터지게 되어 있다. 그저 좋은 게 좋다고 그저 적당한 것이 좋은 것이라고, 그리 살아야 잘 살 수 있는 것이다.

부일여자전문대학 정민철 재단이사장에겐 딸만 여럿 있는데 그중 큰 딸인 정혜경이란 여자가 학교 운영에 적극 간여하고 있으며 형식적으론 기획실장이란 직함을 지녔다.
어찌나 그 여자의 파워가 막강한 지 교직원 인사권은 물론 학교 운영권마저 그 여자 혼자 독단으로 틀어쥐고 행사하는 것이다.
하긴 말이 기획실장이지 교내에서 서열로 치면 학생처장, 교무처장 등은 물론 학장보다 우위였다. 당연히 재단이사장 다음 서열이라 봐야 옳을 것 같았다.
자그마한 키에 몸매도 날렵하여 뒤에서 보면 영락없는 20대 처녀로 착각할 만 했으나, 얼굴은 가늘고 쭉 찢어진 눈매에 주걱턱이요 광대뼈까지 튀어나와 의외로 드세 보이는 인상을 지녔다.
정 실장은 인상에서 느껴지듯 고집과 성깔도 지니고 있어 무엇이든 제 멋대로 하려들었다.
그러나 단순한 면도 있어 한번 호감을 사면 여간 싹싹하게 대하는 것이 아니었다.
1991년 9월 초가 되었을 때 정 실장의 부름을 받았다. 그때까지는 교내에서 몇 번 마주친 적은 있었으나 말 한마디 나눈 적도 없었고 내게 눈길 한번 건네지 않았다. 따라서 학교에 나 같은 사람이 있는지조차 알 턱이 없는 여자였다.

무슨 일인가 싶어 기획실에 들어섰는데 재단이사장 정민철과 학장 이순만이 먼저 자리하고 있었다. 이 학장이 내게 말을 걸어왔다.
"배 선생, 여긴 어쩐 일이요?"
정 실장이 대신 말을 받았다.
"제가 불렀어요. 우리 대학 심볼을 바꿀까 해서요. 마침 내년도 신입생 모집요강 책자도 제작할 겸, 또 티비 광고 건을 배 선생께 맡기면서 이 참에 대학 심볼도 바꿀까 싶어서요."
"그래요? 심볼을 바꾸면 간판이고 뭐고 다 바꿔얄 텐데, 그럼 돈이 만만찮게 들 낀데요."
"요즘 각 대학마다 심볼 바꾼다고 난리던데요, 뭐. 묵은 이미지를 개선한다나? 그리고 비싼 티비 광고 때리면서 심볼이 유치하면 그것도 좀 그렇고 해서……."
그 둘 사이의 대화에 정 이사장이 끼어들었다.
"정 실장, 그런 일들…… 학장님하고 사전 의논이 없었나 보지?"
"예, 아직까진 구체적인 계획안이 잡혀있지 않아서……. 그래서 지금 배 선생을 부른 거예요. 기획안이 잡히는 대로 이사회에 제출하도록 하지요."
"정 실장, 웬만한 것은 학장과 미리 의논해서 처리해요. 괜히 윗사람 불편하게 하지 말고……."
"예, 잘 알았어요. 그럼…… 학장님도 이사장님도 그만 일어나시죠."
"그래, 학장님…… 우린 그만 일어납시다."
"예, 그러지요."
재단이사장과 학장이 물러가자 정 실장은 나를 기획실 옆에 붙은 별도의 5평 남짓한 회의실로 안내했다.
8인용 회의탁자 위에는 여러 대학들의 '1990년도 신입생모집요강' 책자들이 놓여있었고 별도로 놓여 있는 두 권의 두툼한 바인더에는 각 대학들의 신입생 모집요강에 관한 신문, 잡지광고가 스크랩되어 있었다. 그리고 '대학 TV광고모음' 이란 표제가 붙은 비디오테이프도 한 개 놓여있었다.

잠시 후 아가씨가 녹차 두 잔을 놓고 가고 그녀가 차를 권하기까지 그런 자료들을 들춰보았다.

"자료들을 꽤 많이 모아두셨군요."

"예, 이제부터 배 선생이 나랑 같이 이 작업을 추진하게 될 겁니다. 많이 도와주세요."

"예, 힘 닿는 데까지 열심히 해보지요. 그런데 어찌 학교 심벌을 바꿀 생각까지 하셨는지요?"

"왜요? 배 선생은 디자인에 대해 관심이 없던가요? 제가 알기론 홍익미대 출신이라 들었고, 또 지금은 부산대학원에서 산업디자인을 전공한다고 들었는데……."

"예, 그렇긴 합니다만……. 정 실장님께서 학교 심벌에 관심을 갖고 심벌을 바꾸겠다고 하시니 저로서는 반가운 생각도 들고 해서요."

"사실 전 아무것도 몰라요. 디자인이니 심볼이니 하는 것 말입니다. 단지 서너 달 전인가 부산상공회의소 주최의 어떤 세미나에 참석했다가 기업의 이미지 변신에 심볼의 역할과 중요성을 설명하는 강의를 잠시 들었는데 그때부터 우리학교 심볼에 대해 생각하게 된 거지요. 배 선생 보기에도 우리학교 심볼, 뭔가 구태의연하게 느껴지지 않던가요? 마치 초등학교 심볼처럼…… 뭔가 초라해 보이기도 하고, 또 유치해 보이기까지 하니……."

"그렇지요. 유행이 지난 고리타분한 느낌이랄까…… 그런 모양이지요. 그리고 이런 자료는 어디서 이렇게 많이 모았지요?"

"대학마다 일일이 부탁했지요. 근데 잘 협조해 주질 않아 시간이 제법 걸리더라고요. 또 방송국 친구 도움도 받았고……. 먼저 이런 작업을 위해 필요한 것들이 뭐가 있는지 말해 주세요. 먼저 대략이나마 이런 작업에 대한 설명도 좀 들려주시고요. 전 미술이니 디자인이니 잘 모르거든요."

"먼저…… 설명하자면 좀 장황해 지겠네요. 그럼 먼저 심벌에 대해 말씀 드릴까요?"

"설명할 시간은 충분히 드릴 테니 얼마든지 말씀하세요."

"예, 그럼…… 심벌에도 여러 가지 형태와 기능이 있겠습니다만, 정 실장님께서도 이미 알고 계시듯 심벌의 의미는 하나의 형상만 가지고도 특정 단체나 기업, 학교 등을 시각적으로 대변하는 역할을 하며 크게 심벌마크와 로고타입으로 구성되어 있습니다."

"예, 그렇군요. 계속하시죠."

"예, 그리고…… 여기 보이는 이 마크들이 심벌마크이고…… 이 학교 이름들을 표기하는 특수한 글씨체들이 로고타입이라 하지요. 이것들 외에도 캐릭터란 것이 있는데…… 동물이나 어떤 특성을 의인화하여 보다 친근감을 갖도록 한 것들…… 여기 보시면…… 아 예, 바로 이런 그림들이 마스코트라고 하고……, 또 전용색상이란 것도 있습니다."

"예, 그리고요?"

"예, 디자인 관련 전문 용어가 많아 좀 이해하기 어려울 수도 있겠습니다만……."

"흥미를 끄는 데요, 뭘……."

정 실장은 장황한 설명에도 불구하고 말뿐이 아닌 정말 흥미롭다는 눈빛을 내게 보냈다. 어쩌면 너무 당당한 눈빛이었기에 도도하다는 느낌마저 들었다. 명색이 학교 실세인지라 그녀를 대할수록 긴장감도 더해갔다.

"우리 학교의 경우…… 여자전용 대학이고……, 또 바다를 낀 부산을 상징한다면…… 단연 초록 계열과 청색 계열로 전용 색상을 지정할 수 있겠지요. 이렇게 심벌마크와 로고타입, 그리고 캐릭터니 전용 색상이니 하는 것들을 정하고 나면…… 이러한 것들을 규정에 맞게 사용하기 위한 틀을 만들어야 겠지요. 예를 들어…… 명함에서 간판 유니폼 차량 각종 서식 등에 공통된 룰을 적용시키기 위한 일종의 지침서 말입니다."

"예, 이해가 되요. 중구난방 제멋대로 기분 내키는 대로 명함이나 간판 뭐…… 그런 것들을 만들면 안 된다, 그런 얘기겠네요."

"예, 맞습니다. 바로 그런 규정을 한 권의 리포트로 만들어 사용하게 되는데…… 이러한 작업을 총칭하여 데코마스DECOMAS, 또는 CIPCorporate Identity Program라고 합니다. 그리고 이걸 적용하기 위한 가이드북을 CIP 매뉴얼 북CIP Manual Book이라 하지요."

"예, 제겐 정말 어렵게 느껴지네요. 배 선생께서는 이 방면에 전문가 되시니 어련히 잘 하시겠어요."

나는 부일여자전문대학 CIP작업과 신입생모집요강 책자 제작, 그리고 텔레비전 CF제작 건 등으로 해서 정 실장과 자주 접하게 되었다.

정 실장은 조금은 직설적이고 당돌하기도 하여 가끔은 기분을 언짢게 하는 적도 있었지만 보기보다 싹싹하고 말이나 행동도 활달하였다. 그녀는 내게 조금씩 관심을 갖고 대하는 듯 여겨졌다.

"올해 몇이신데……?"

"예, 올해로…… 서른아홉입니다."

"아이는 몇이나 두셨어요?"

"뭐…… 능력이 없어 아직……."
"예? 아직 아이가 없다고요? 그럼 결혼한지는 얼마나 되셨는데……?"
"아직 장가도 못 갔습니다."
"그럼, 아직 총각이시라고? 아니 몇 살인데 아직까지 결혼도 않고 혼자 지내요?"
"글쎄요……. 괜히 그림 그린답시고…… 그냥 허송세월 보낸 탓이겠지요."
"그럼, 폭싹 늙은 노총각? 호호호……."
"……!"

당시 정 실장은 나보다도 여섯 살 더 많은 마흔다섯의 나이였다. 11년 전쯤 서른네 살 땐가 이혼을 하고 혼자서 남매를 키워왔는데 이젠 아이들도 다 자라서 저마다 외국에 따로 나가 살고 있다고 했다.
그중 큰 아이가 딸인데 영국 캠브리지아카데미에 유학 중 미국인 교수와 결혼하여 영국 캠브리지 시에서 살고 있다 했으며, 그 밑의 아들은 뉴질랜드에서 제법 규모가 큰 농장을 경영하고 있다 했다.
마흔다섯의 나이에 벌써 출가한 딸과 사업을 하는 아들을 뒀다면 스무 살도 안 된 나이에 애를 낳았다는 계산인데……, 아이들은 생각보다 의외로 일찍 낳았구나 싶었다. 너무 조숙했던 것인지, 아님 어릴적부터 발랑 까졌었던 것인지 알다가도 모를 일이었다.
이혼한 전 남편은 그녀보다 나이가 열네 살인가 더 많았고 부산지역에서 두 번인가 국회의원에 출마했다가 떨어진 사람으로 평소 낭비벽이 심하고 여자 관계가 복잡하여 그녀의 속을 무던히 태웠다고 했다.
그런 한량도 오십이 안 된 나이에 고혈압으로 죽었다는 소문을 언뜻 들은 바 있었다.

정 실장과 작업을 위해 만나는 횟수가 늘면서 사적인 만남도 늘어갔다. 대체적으로 그녀의 요구에 의해 밖에서 만나는 경우가 많았다. 그리고 어느 날부터인가 정 실장의 노골적인 성적 요구에 의해 그녀와 관계를 맺기 시작했고 그녀의 성적 노리개로 전락되어 가는 내 자신을 의식할 수 있게 되었다.

그렇다고 그녀를 탐탁지 않게 여기면서 억지로 만나는 것은 결코 아니었다. 그녀는 나보다 나이가 여섯인가 더 많은 때문인지 섹스에 관해서는 꽤나 통달한 듯 섹스에 크게 집착하지 않던 나까지 섹스에 몰입하게 하는 재주가 있었다.

그것 외에도 그녀의 후광으로 얼마든지 정교수까지 오를 수 있다는 나름대로의 계산도 깔려 있었음을 부인할 수 없을 것이다. 그러한 계산이 적중했음인지, 아니면 CIP작업의 성공적 수행 때문인지는 몰라도 1992년 신학기부터 조교수로 발령 받았다.

이는 전임 강사로 발령 받은 지 1년 만에 다시 조교수로 승진한 것으로 유례없는 파격적인 인사 조치였다. 어쨌든 정 실장은 조교수 발령에 대해서는 일체의 말도 언급하지 않았다. 단지 정상 수순대로 발령되었을 거란 말만 했다.

정 실장과의 관계는 은밀하게 그리고 오래 지속되었다. 평일엔 내 강의 시간을 염두에 두고 강의가 없는 오후에 어김없이 만나 성관계를 맺었으며 대부분 토요일 오후가 되면 그녀의 차를 이용하여 멀리 교외로 빠져나갔다가 일요일 오후 늦게 돌아왔다.

아무리 조심하려 해도 비밀은 새어나가기 마련이다. 정 실장이나 나 처음엔 그러한 소문이 떠도는 것에 대해 알아채지 못했지만 우리가 만나는 현장을 목격했었노란 몇몇 사람들의 과장된 소문은 삽시간에 퍼져나가는 것이다. 그런데 정 실장은 막상 그런 소문을 전해 듣고도 전혀 개의치 않는 눈치였다.
"정 실장님, 그런 소문을 듣고도 아무렇지 않아요?"
"뭐 어때요? 유부남과 유부녀의 만남도 아닌 이혼녀가 노총각을 만나기로서니……. 그렇다고 우리가 나이 차이가 많아 흉 될 것도 아니고…."
"아, 예……."
"그럼, 그렇게 묻는 미스터 배는 아무렇지 않던가요?"
"글쎄요……."
"왜요? 혹…… 나 만난 걸 후회라도……?"
"아니요, 그런 뜻이 아니라……."
"내가 이혼녀라 총각인 천석 씨가 손해다?"
"아이고…… 큰 누님, 이제 고만 하이소."
그렇게 지내는 동안 5년 여의 세월이 훌쩍 지나갔다. 그녀가 수시로 찔러주는 용돈도 제법 되었지만 발카스튜디오도 어느 정도 안정권에 들어서면서 수입이 점차 늘어났다. 때문에 수중에 적잖은 목돈을 쥘 수 있었다. 그래서 그녀가 주는 용돈, 사실 용돈이라기엔 적잖은 금액이었지만 몇 번 거절도 했었다.
"왜요? 내가 미스터 배한테 용돈 주는 게 마땅치 않아서요?"
"그런 게 아니라…… 내게도 돈은 충분히 있으니…… 용돈 타 쓰는 게 좀……."
"호호호……. 하여튼 미스터 배는 참 괜찮은 남자야. 작다고 투정부리는 게 아니라 용돈 타 쓰는 게 싫어서? 그런데 어쩌나? 난 선물입네 하며 물건을 건네기보단 돈으로 대신하고 싶어서 그런데……. 내가 좀 유치했나?"
그리고 얼마 되지 않아 그녀는 내게 큰 선물을 준비했노라며 1996년

2학기부터 부교수로 발령했다. 이제 정식으로 교수 대열에 합류한 것이다.
따라서 재단 측에 제안하여 사진학 강의를 신설하고 사진학과 강의실 외 별도로 30평 가까이 되는 전용스튜디오 설치와 촬영기자재 구입을 위한 예산도 책정 받을 수 있게 되었다.
그뿐만이 아니다. 내 나이 마흔다섯 되던 1997년 새 학년도를 맞아 신설된 사진학과장은 물론, 학생과장이란 직책까지 맡게 되어 동료 교수들의 부러움을 한 몸에 받았다. 늦은 나이에 시간 강사로 시작하여 불과 10년 만에 학과장 자리에까지 오른 것이다.

부일여자전문대학은 여자전용 대학이라 캠퍼스 안에만 들어서면 온통 여자들 속에 둘러싸인 기분이 들었다. 그것도 이제 갓 스물 안팎의 한창 물오른 가시나들 뿐인 것이다. 그 때문에 친구들 만난 자리에선 '꽃밭에서 논다'란 우스갯소리도 즐겨했다.
나는 디자인과 외에 사진학과 강의를 맡아오면서 많은 여학생들에게 강의를 해왔다. 따라서 여학생들 가운데 은연 중에 내 시선을 사로잡는 애들도 있게 마련이고 반대로 내게 끈적끈적한 눈길을 보내는 애들도 있게 마련이다.
물론 나이로 치면 내가 그 애들보다 곱절로 나이를 먹었다지만 10년, 20년의 나이 차이를 '그 정도쯤이야 뭘……' 대수롭지 않게 여기려는 애들도 더러 있었다.
그중 인물이나 성격이나 모든 면에서 괜찮다 싶은 애들 중에 사진과 졸업반인 송정아가 있었는데 붙임성이 좋고 서글서글하면서도 꽤 귀염성 있는 얼굴을 지녔다. 그 애는 졸업하면 내가 운영하는 스튜디오에서 일할 수 있도록 해달라고 미리부터 간청해 왔다.

"교수님예, 지가 교수님 스튜디오에서 일 하면 안 될까예?"
"와? 내 밑에서 일 하고프나?"
"예, 지 이래봬도 일 억수로 잘해예."
"그래? 그럼 함 해봐라. 대신에 월급은 엄따."
"피……, 그런 벱이 어딨어예."
"싫음 관 두고……."
"알써예. 대신 일 잘 하면 월급 많이 줘야되예?"
"하모. 일만 잘 한다면야 엄청 주지."

마침 2학기를 맞아 현장실습을 내 스튜디오에서 시켰는데 눈썰미도 좋고 재능도 있어 졸업을 하기도 전인 10월부터 내 스튜디오 기사로 받아들였던 것이다.

정아는 예술적 감각이 유달리 뛰어났다. 따라서 처음부터 촬영 포커스도 완벽하리만큼 정확하게 잡았고 배경 선택이나 소품 처리에도 남달랐다. 그리고 어느 정도 경력이 쌓이면서 스트로브 조명은 물론, 렌즈나 필터의 활용 방안도 폭넓게 익혀나갔다.

그때부터 인화지 현상과 슬라이드 현상 기법을 일러주었고 고도의 테크닉을 요구하는 다중 촬영이나 그 외에 특수 촬영에 관련된 기법도 짬짬이 가르쳐 주었다.

그런데 어느 순간부터 그녀의 나를 바라보는 시선이 예전과는 달리 예사롭지 않다는 것을 눈치 채기 시작했다. 힐끗힐끗 쳐다보는 시선에서도 뭔가 끈적거리는 것이 느껴졌고 막차가 끊길 즈음까지 퇴근 않고 버티려거나 잠시라도 곁에서 떨어지려 하지 않았다.

스튜디오에는 정아 말고도 2년 먼저 들어 온 촬영보조 박진만이라는 스물넷 된 머스마가 있었는데 그 진만이가 진작부터 정아에게 어찌해 볼 것이라는 흑심을 품어 온 것이다. 정아가 스튜디오에서 일을 하기 시작했을 때부터 그런 눈치를 보여 왔기에 진만이를 생각해서라도 정아가 내게 대하는 그런 감정을 나로서는 받아들이기 어려웠다.
더군다나 정 실장과의 내연 관계도 계속 유지되고 있던 상황이었으니까.
"교수님요."
"와?"
"할…… 얘기가 있는데요."
"뭔데? 함 해 보그라."
"딴기…… 아니고요. 저……."
"뭔데? 짜슥……. 푸딱 해 보그라."
할 얘기가 있다는 놈이 자꾸 뭉그적거리니까 짜증이 버럭 일었다.
"예, 거시기……. 다름이 아니고요."
"그래, 다름이 아니고 뭐야?"
"교수님요."
"그래 듣고 있응께 말 해 보그라."
"아이……, 참…… 얘기 할려니 좀 뭣하네."
진만이는 그 후로도 몇 번인가 더 할 얘기가 있다며 말을 끄집어 놓고 망설이다 물러나더니, 마침내 큰 결심이라도 한듯 내게 따지듯이 물어 왔다.
"교수님요."
"그래, 오늘은 또 뭔 얘기 할려고 그래?"
"저…… 실은…… 교수님은 정아를 어찌 생각하는 데요?"
"새꺄, 어찌 생각하긴 뭘 어찌 생각해? 그냥 일하는 애지."
"참말로요?"
"그럼, 갸가 내 앤이라도 되는갑다 싶어 그게 걱정스러워서 그러냐?

몬난 새끼."
"알써요. 지는 괜히······."
진만이는 비로소 괜한 걱정을 했다는 듯 우거지상을 활짝 펴고 돌아갔다. 진만이가 정아를 좋아한다는 것은 진작부터 알아왔다. 그러나 정아는 진만이에겐 전혀 관심이 없다는 눈치를 보여 왔고 때론 정나미 떨어지게 함부로 대했다.
내 보기엔 진만이 정도면 대개 여자들의 관심을 살만한 외모였다. 키도 헌칠하니 컸고 갸름한 얼굴이 미남형이었다. 게다가 촌놈인지라 순박하기까지 한 것이다.
"정아야, 진만이가 니 디게 좋아하는 갑더라. 진만이한텐 관심 없나?"
정아의 나에 대한 끈적거리는 눈길이 부담스럽기도 했지만, 나 딴엔 둘 사이가 좋아졌으면 하는 생각에서 끄집어 낸 말이었다.
"싫어예."
"와?"
"그런 얘기하려면 당장 여길 그만 둘래예."
"참 희한한 애 다 보것네."
내가 뜨뜻미지근하게 대할수록 정아는 더욱 몸 달아 도발적으로 나오기 시작했다. 그러한 정아의 태도에 늘 불안을 느껴 온 진만이는 정아와 어떤 문제가 생겼는 지는 몰라도 어느 날 술이 잔뜩 취한 상태에서 스튜디오로 들어와 스튜디오 기물을 마구 부수는 소동을 빚었다. 그리고 진만이는 그날 이후로 연락도 끊고 출근도 하지 않았다.
진만이는 술에 취해 난동을 부렸어도 고가의 카메라 기자재는 건드리지 않고 잡다한 물건들과 집기만을 부셨다. 그렇지만 스튜디오 안은 폭탄을 맞은 현장처럼 엉망으로 어지럽혀져 있었다.
그날 늦도록 정아와 단 둘이 스튜디오를 치우면서 여러 상념들로 어수

선해 진 마음을 달래려고 한 잔씩 마시기 시작한 맥주에 취기가 잔뜩 올랐던 것인데, 집에 들어가라고 아무리 다그쳐도 말도 듣지 않고 버티던 그녀와 나도 모르게 대작했던 것이다.

"니가 도대체 우쨌길래 그 진만이가 스튜디오를 이렇게 개차반으로 만들었냐?"

"지도 몰라예."

"뭘 몰라? 니가 진만이 기분 드럽게 만들었으니까, 그런 거지."

"참말로…… 지도 모르겠어예. 참 희한한 놈이네……."

"진만이가 널 디게 좋아하던데……. 니, 와 진만이한테 그리 쌀쌀 맞게 굴었노?"

"지는 진만이 같이……, 그런 타입 별론데……."

"그럼, 어떤 타입이 니 타입인데?"

"지는예…… 지는 말임더…… 교수님 같은 타입이……."

"짜식……. 내 타입이 니 맘에 든다고?"

"예……."

"니보다 스물넷이나 더 나이가 많은 데도 그래도 내가 좋단 말이가?"

"칫~! 그깟 나이가 뭔 상관이라고……."

그리고 그날 밤, 정아와 그만 넘지 말아야 할 선을 넘게 되었다.
그녀와의 첫 번째 관계는 물론 내 본래 의사와는 전혀 상관없이 이루어졌다.

그날따라 심란한 마음을 달래기 위해 마구 들이킨 술로 정신없이 취했고 기분 좋은 대로 본능에 충실히 따랐을 뿐이었다. 그러나 순간적으로 치솟는 욕정에 의해 그녀를 덮쳤다는 것만은 분명히 기억할 수 있었다. 그날 이후 그녀는 그것을 빌미로 지극히 당연한 듯 자꾸 성관계를 요구해 왔다.
"지는예, 교수님께 지를 끝까정 책임지라는 억지를 부리지는 않을 텐께, 지를 멀리 하지는 마이소예."
"야이, 자슥아! 세상을 와 니 기분 내키는 대로 살라카니? 정신 좀 차리그라."
"이게 뭐 어때서예. 지가 좋아하는 사람과 재미 보는 게 무조건 나쁘다는 이유 있어예?"
"참 시상 편하게 산다. 그쟈? 요 맹추야!"
난 나대로 그녀가 꼭 필요한 건 사실이었다. 당장 스튜디오를 맡길만한 사람도 없었고 또 그녀만큼 믿을 수 있고 또 잘 해낼 수 있는 사람을 구하기란 쉽지 않았다. 그리고 그녀에게 점점 마음이 쏠리는 것을 나로서도 어쩔 도리가 없는 것이었다.
그렇게 얼마나 지났는지 4월초 어느 날, 그녀는 내 애를 임신했노라는 그것도 2개월째라는 사실을 알려 왔다. 물론 그런 일이 벌어지지 않을 것이라 예상치 못했던 것은 아니었으나 관계를 맺을 때마다 그녀에게 주의를 환기시켜 주었고 나 역시 자궁子宮 내 사정射精을 극도로 자제해 왔었다.
그리고 그녀에게 '만약에 임신하게 되면, 꼭 지워야 한다'라고 늘 다짐을 했으며 그녀로부터도 '당연히 그리 하겠다'라는 약속을 받기도 여러 차례였다. 그런데 그녀는 애를 지우라고 아무리 설득을 해도 막무가내로 애를 낳아 기르겠다고 우겼고 그뿐 아니라 본격적인 동거까지 요구해 왔다.
"난 니하고는 절대 안 어울려. 닌 이제 겨우 스물둘이고 난 니보다 나이가 자그마치 스물넷이나 더 많아. 그러니 한번 곰곰이 생각해 봐라. 누가 어울린다고 생각하것냐. 니 아부지나 엄마라도 그런 사실을 알아

채면, 니나 날 가만 놔두것냐?"
"그까짓 나이가 뭔 상관이라고……. 서로 좋아하면 되는 거지예. 지는 교수님이 너무 좋고요, 교수님도 지를 좋아하잖아요."
"얌마, 좋아하는 것하곤 사랑하는 것하곤 달라. 난 절대로 니랑 결혼해서 살 수 엄써. 우선 남 보기에 챙피하고 또 내 체면이 뭐꼬? 괜히 남의 구설수에 오르기만 하고……. 또 니도 눈치 챘겠지만 난 기획실장님하고도 끊을 수 없는 사이야. 그 여자 눈 밖에 나면 난 끝장이라고……."
"그럼…… 결혼까지는 하지 않더라도 우리 이런 식으로 계속 관계를 유지하면 안돼예? 이 애도 교수님 애라고 말 안 하면 되잖아예."
"니는 참말로 무책임한 소리만 지껄이는구먼. 나도 니더러 애 떼라는 소리가 쉽게 나와서 무턱대고 하는지 알어? 명색이 내 앤데 난들 왜 아무 잘못 없는 애를 죽이려 하겠냐. 다 그럴만한 이유가 있으니까 그렇지."
"어쨌든 지는 절대로 애를 포기 몬해요. 교수님과 같이 안 사는 한이 있더라도……."
"생각 잘 해 봐라. 니도 좋은 남자 만나서 애 낳고 살아야지 왜 하필 나 같은 늙은 놈한테 매달리냐?"
난 집요하리만치 그녀에게 애를 떼라고 강요를 했고 그녀는 들은 척도 않더니, 결국 6월 중순 그녀는 내 곁을 아예 떠난 듯 한동안 나타나지 않았다.
도대체 어디로 감쪽같이 사라진 것인지 내심 궁금했으나 내막을 전혀 모르던 그녀의 부모 또한 그녀가 어디에 갔는지 전혀 알 수 없다는 것이었다. 그래서 그녀의 부모는 그녀가 실종된 것으로 보고 경찰에 실종신고까지 했노라 했다.

전미경은 정아와 같은 사진학과 동기로 정아와 단짝이었던지 정아가 스튜디오에 근무하기 시작할 때부터 가끔씩 놀러왔었다.
그런데 정아가 스튜디오에 출근하지 않는다는 것을 알고부터는 아예 스튜디오에 출근하다시피 하는 것이었다. 그렇잖아도 마땅한 사람 구하기도 어렵고 하여 미경이에게 잔일이나 심부름 따위를 시켰는데 처음엔 고분고분 잘 따라주는 것이다.
그러더니 어느 날인가 미경이는 정아 대신 자기가 근무하면 안 되겠냐고 하여 그때부터 미경이를 출근하게 했던 것이다.
미경이는 키는 껑충하니 크고 날씬했지만 인물은 그다지 예쁜 구석이 없었다. 사진 일에도 별반 관심을 보이지 않고 행동거지며 말투도 제멋대로였다. 뿐만 아니라 말이 많고 잠시라도 가만 있질 못하여 늘 궂은 말썽만 부렸다. 그리고 궁금한 것이 뭐 그리 많은지 쉴 새 없이 질문하고 또 질문하여 일을 제대로 할 수 없을 지경이었다.
그래도 그녀가 밉지 않은 것이 그녀 역시 내 제자였기 때문만은 아니었다. 쾌활하고 꾸밈이 없는 데다 엉뚱한 짓거리나 말로 사람을 웃기려 드는 것이었다. 가뜩이나 마음이 무겁고 별로 웃을 일이 없는데 그나마 미경이 때문에 웃지 않을 수가 없었다.
"참 철딱서니 없는 것, 그래 기집애가 그리 몬되가지고 우에 시집 갈라카노?"
"남이사 시집을 가든 말든……."
"요놈 보게, 그게 니 스승이란 사람에게 하는 말버릇이냐? 고얀……."
"죄송해요, 샘님."
"그리고 니는 뭘 궁금한 게 그리도 많냐? 학교 다닐 때 그 반만큼이라도 질문했다면 넌 아마 장학금 타가면서 학교 다녔을 끼다."
"피…… 대답하기 싫음 입 꽉 다물고 있음 되지요, 뭐."

"요놈의 가스나가 어른한테 말 하는 꼬라지 좀 봐봐."
"가스나라니요? 숙녀한테 말하는 것 좀 봐."
"요놈의 가스나가 확!"
"메롱……!"
내게 있어 미경이는 마냥 버릇없고 귀엽기만 했지 전혀 여자라고 느껴 본 적이 없는 계집애였다.
그런데 어느 날, 리치마트라는 대형 할인체인점 광고전단에 삽입할 제품 사진들을 촬영하느라 밤 10시가 되어서야 일이 끝났다. 그리고 그녀가 끓여 온 커피를 달게 마시고 있는데 느닷없이 성 상담을 하고 싶다며 의견을 들려달라고 졸라댔다. 그 또래엔 가장 궁금한 게 성에 관련된 것이려니 하여 좋다 하였다.
"저요, 애인이 있거든요. 지금은 대구 쪽 경산인가…… 어딘가에 공사 현장 따라다니며 타일을 까는 일을 하고 있는데 나보담 두 살 더 어려요."
"연하의 남자 친구? 좋것다."
그녀는 그 애인을 3년 전 서면 모 락카페에서 친구들과 어울린 자리에서 만났다고 했다. 처음엔 나이도 두 살이나 적고 인물도 못 생기고 키도 작고 뚱뚱하여 거들떠도 안 봤는데 자꾸 누나라며 쫓아다니고, 그러다 자주 만나게 되면서 그를 좋아하게 되었으며 성관계를 맺어왔다고 했다. 고등학교만 간신히 나오고 또 홀어머니와 단 둘이 살고 있어 집안 형편이 꽤 어렵다고 했다.
"그럼 이참에 시집 가면 되것구먼. 시집 가서 홀시어머니 모시고 둘이 열심히 돈 벌면서 살면 뭐가 그리 걱정되것나."
"그런데요, 그 자식이 내한테 관심이 멀어졌나 봐요. 벌써 몬 본 지도 4개월인가 되었는데……."

"전화는 자주 오고?"
"내가 전화해야 받을까……? 그것도 묻는 말엔 대답도 잘 하려하지 않고……."
"새 애인이 생겼나 부지."
"내도 애인 생겼냐고 물었지요. 그랬더니 그런 일은 없데요, 절대로……. 그냥 내가 부담 되데요."
"애인이 니보담 두 살 쩍으니께, 지금 스물이나 스물하나밖엔 더 됐것냐. 그러니 아직까진 장가 가것다는 생각이 엄쓸 수도 있것지. 그럼 한 번 찾아가 부지 그랬니?"
"4개월 전에 엄마랑 같이 찾아가도 봤어요. 그때도 금마는 내가 싫지는 않지만 나랑 결혼할 맘은 전혀 없대요. 그리고 엄마도 저더러 잊으라 카고……."
"그럼 니도 잊어뿌려. 아직 나이도 얼마 안 됐으니 좋은 남자 얼마든지 나타나것지."
"그런데 내는 이상하게 그 애가 그럴수록 그 애한테 더 맘이 끌리는 거 같아서……."
"그렇게 몬 잊것다면 대번에 쫓아가서 매달리던가……."
그런 얘기들이 오간 끝에 그녀는 애인과 가졌던 성관계까지 스스럼없이 털어놓았다.
"샌님, 나 몇 가지 궁금한 게 있어요."
"뭔데?"
"저…… 남자들은 하루에 몇 번이나 사정할 수 있는지……, 그것도 궁금하고……."
"그거야 나이에 따라 체력에 따라 다르것지……. 근데 신혼 땐 보통 두 번은 한다고 그러더라. 그렇지만 좀 지나면 한번 정도로 끝내겠지."

"내는 하루 세 번이나 네 번씩은 꼭 했거든요."
"하루에 서너 번씩이나? 그렇게 여러 번씩?"
"내는 매일 세 번 이상은 꼭 했어요."
"그 애인이 그리 요구하든가? 아무리 애인이 요구하더라도 니가 싫으면 몬 하는 거지…… 뭐."
"애인도 좋아하지만 내도 좋던 걸요."
"정말 대단하군. 남자는 보통 사정하고 나면 몇 시간은 꼼짝도 몬 하는데……."
"그리고 샌님, 저 정액…… 정액은 먹어도 되는 거지요?"
"글쎄……, 맛은 어떨지 모르겠지만 묵어도 탈 안 난다면야 묵어도 되것지."
"금마는 걸핏하면 내 얼굴에 싸려 하고 또 자꾸 먹이려 해요."
"그래서 묵어 봤어?"
"예, 많이…… 그것도 아주아주 많이…….'
"좋았것다."
"피……!"
"……."

그런 야릇한 얘기들이 자꾸 오가다 보니 자연 내 하초에 힘이 불끈 들어가 있음을 느끼게 되고 거꾸로 그녀의 말에 내가 끌려들어가 내가 오히려 그녀에게 궁금해서 질문을 던지는 꼴로 주객이 바뀌었다.
그리고 그녀가 조끔씩 갖다 주는 맥주를 야금야금 들이 킨 것에 취기가 올랐다. 그 취기를 빌미로 발그스레하게 취기가 오른 그녀를 별 죄의식마저 느끼지 않고 자빠뜨릴 수 있었다.

그렇게 몇 달인가 지났다.

그날도 늦은 시간에 스튜디오에서 미경이와 섹스에 몰입하느라 여념이 없었는데 갑자기 시커먼 그림자 하나가 옆에 버티고 서 있는 것이 보였다. 희끗한 스트로브 불빛을 등지고 있어 언뜻 알아보기 어려웠으나 자세히 보니 정아였다.
언제 어떻게 들어왔는 지는 몰라도 정아가 분을 삭이며 금방이라도 덮칠 기세를 보였다.
"미경이, 니년이 우째 그럴 수가 있니?"
오랜만에 들른 정아한테 미경이와의 정사 장면을 속절없이 들키고 만 것이다. 아무래도 정아의 씨근거리는 낌새가 예사롭지 않게 여겨져 말리려 했다.
그런데 정아는 어느새 미경이의 머리채를 움켜쥐고는 있는 힘껏 그녀를 소파 아래로 끌어내리더니 그 배 위를 깔고 앉았다.
"니, 어떻게 들어왔어?"
"어떻게 들어오긴 뭘 어떻게 들어와예? 지게 있는 키로 지발로 걸어들어 왔지. 그리고 지는 여기 들어오면 안 되는 데요?"
정아한테 뭐라 할 말을 잃고 머뭇거리며 서 있는데, 희끗한 역광 조명으로 둘이 엉겨 붙은 것이 어둠 속에 빛으로 이루어진 실루엣처럼 보였다. 미경이는 전라 상태로 정아 밑에 깔려 비명을 질러대고 있었다.
"이게 뭐하는 짓들이고?"
"뭐하긴 뭐해요? 이년 죽이삐야지."
삵괭이처럼 미경이를 덮친 정아의 상반신을 잡아 일으키려 아무리 용을 써도 둘이 엉겨붙어서인지 요지부동이었다. 참으로 난감하였다.
잠시 혼란스러운 정신을 수습하고 얼른 옷부터 주워입었다. 젠장, 막무가내 힘으로만 올리려다 보니 지퍼마저 팬티에 끼어 꼼짝도 않았다.
정신없는 경황에서도 미경이를 깔고 앉은 정아를 간신히 뜯어냈다. 밑에 깔려 실컷 얻어터진 데다 코피까지 터진 미경이는 한쪽 소파에 엉덩이를 붙이고 훌쩍거렸고 정아는 제풀에 지쳤던지 소파 밑에 널브러져 가쁜 숨만 헐떡거렸다.
"대체 니들…… 왜들 그래?"
"……!"
"미경이, 니는 개얀나?"
희미한 불빛만으로도 언뜻 미경이 얼굴이 짓이겨진 듯 보여 괜히 걱정되어 물어 본 말이었다. 그 말에 자빠져 있던 정아가 씨근거리며 반말투로 말대꾸했다.
"저 년만 안 개얀코 난 개얀탄 말이가?"
"……!"
깜깜해서 뭐가 뭔지 분간이 되지 않았다. 먼저 스튜디오 실내를 밝히기 위해 전원 스위치부터 찾는 게 급선무라 여겨졌다. 언뜻 짚이는 김에 코메트 쪽으로 향했다.
출입구 쪽 벽에 붙은 스튜디오 실내등 스위치를 켜기보다는 코메트의 전원 스위치를 찾아 소파 쪽으로 비추던 조명의 어두컴컴한 밝기를 더 밝게 올리는 것이 낫겠다는 생각에서였다.
순간 코메트와 스트로브를 잇는 굵은 전선이 내 발에 휘감기면서 내 몸은 쓰러질 듯 휘청거렸다. 그 짧은 휘청거림의 순간에 나는 불길한, 아주 섬뜩하리만큼 불길한 전조前兆를 예감처럼 느꼈다.
그 순간의 깃털처럼 가볍고 티끌처럼 아주 미미한 실수가 돌이킬 수 없는 크나큰 빌미가 되어 재앙의 신이 오랫동안 벼르고 벼르며 기다려 왔다는 듯, 내가 지은 과거의 죄과罪科들을 한꺼번에 응징하려고 엄청난 재앙을 내게 쏟아부었던 것이다.
그리고 불행이란 괴물은 어쩌다 하나씩 틈을 들여 찾아오는 것이 아니라 때론 떼를 지어 몰려 올 수도 있다는 것도 얼마 후에 뼈저리게 절감한 사실이었다.
　'콰……당!'
스트로브의 대형 사각 반사 갓을 지지하던 육중한 삼각대가 전선의 낚아채는 힘에 의해 움찟 균형을 잃더니 그 윗부분에 짊어졌던 반사 갓의 무게를 감당하지 못하고 그대로 덮치듯이 정아의 몸 위를 덮쳤던 것이다.
　"아악……!"
단말마의 비명소리가 에밀레 종소리의 파동처럼 긴 여운을 남기며 뇌리를 후벼 파듯 들어와 박혔다. 불길한 예감이 간발의 시각차를 두고 현실로 각인되는 순간이었다.
　"정아야!"
어둠 속에서 찰나에 벌어졌던 일들이 선명하게 그리고 마치 슬로우모션처럼 느리게 눈앞에서 전개되었다. 그것은 악몽이었다. 모든 것이 꿈만 같았다. 이 악몽에서 빨리 깨어나야 한다는 절박감에 몸부림을 쳤다.
　"정아야!"
꿈이었으면 좋겠다란 간절한 소망을 읊조리며 정아에게 다가갔다.
　"정아야! 정신…… 차려!"
정아의 어깨를 잡고 흔들었다.
　"정아야! 내 말…… 들리니? 내 말…… 들리냐고?"
아무리 흔들어도 기척이 없었다.
　"정아야! 이 가시나야, 정신 차려……."
미경이도 울먹이며 정아를 흔들어댔다.
　"샘님, 정아가…… 정아가…… 잘못됐음 어쩌죠?"
　"시끄럽다! 니까지 와 이리 난리고?"

우왕좌왕하는 가운데 정아를 침례병원까지 어떻게 데리고 갔었는지, 또한 정아에게 산소 호흡기를 물리고 응급 처치할 때까지 곁에서 지켜보고도 전혀 기억에 남는 것이 없었다. 그야말로 혼백이 빠져나간 듯 정신이 하나도 없었던 것이다.
어렴풋이 기억에 남는 것이라면 삼각대의 연결 지지봉 모서리 부분이 정아의 복부에 칼날로 내리찍듯이 사정없이 틀어박혔다는 것 하고 그 때문에 피를 철철 흘리며 죽은 듯이 꼼짝 않는 정아의 모습뿐이었다.
정아는 혼수상태에서 수술이 시작되었고 9개월 된 태아는 사산 되고 말았다. 그리고 수술이 진행되는 동안 정아의 부모와 그 삼촌 되는 사람이 헐레벌떡 달려왔던 것이다. 아마 미경이가 그들에게 연락을 했을 것이다.
"그래, 이놈아. 내 딸을 그동안 어디다 숨겨놨다가 이 지경으로까지 만들어놨어? 그러고도 니가 대학교수가?"
"……."
"내 딸애랑 아무 일도 없었던 것처럼 시치미를 뚝 떼더니만 임신을 덜컥 시켜놓고…… 또 이젠 뱃속에 들어앉은 애까지 내 몰라라 하며 이딴 식으로 떼다니 그러고도 니가 인간이가?"
"……."
온갖 험악한 소리를 들으면서도 무어라 할 말이 없었다. 더군다나 철딱서니 없는 미경이까지 '쪼르르……' 쫓아와 여차여차해서 이런 일이 발생했노란 이실직고를 털어놓는 데엔 그대로 머리를 벽에다 '꽝꽝' 부딪혀 죽고 싶은 기분이었다.
"니는 새끼야…… 교수가 아니라 호색한이다. 그래…… 딸네미 같은 애들을 하나도 아니고 둘씩이나 건드렸냐? 이 노무…… 새끼……,

니…… 오늘 나한테 함 죽어봐라."

정아의 삼촌이라는 인간은 마치 태권도나 쿵푸 등 격투기라도 익혔던지 그 사람 패는 솜씨가 보통이 아니었다. 그가 쇠망치 같은 주먹으로 한 대, 한 대 내리칠 때마다 피가 거꾸로 솟는 듯한 지독한 통증으로 정신이 혼미해졌다.

처음엔 때리는 것을 곁에서 지켜만 보며 '얼씨구, 얼씨구……'라고 장단까지 맞춰주던 정아의 부모까지 나중엔 말리려 들었다.

"고만 때리뿌라. 괜히 그러다 죽어뿌면 어쩔라카노. 고만…… 때리라 카이."

그래도 어림없었다.

"이딴 놈은…… 이참에…… 아주…… 죽여 뿌려야 한다요. 이게 사람이여, 개만도 못한 짐승이제."

삼촌은 인정머리라곤 터럭만큼도 없는, 그야말로 독종이었다. 끝장을 봐야겠다며 미쳐 날뛰는 덴 그 누가 와서 뜯어말리려 해도 소용이 없었다.

난, 삼촌으로부터 그렇게 얻어터지며 견딜 수 없는 고통을 겪으면서도 이상하게 내 입에선 그 어떤 비명은커녕 신음소리 한마디 내뱉어지지 않았다.

그렇다고 내 인내심이 초인의 경지에 이르렀다거나 참을 수 있을 때까지 참아야겠다는 결연한 의지가 있어서도 아니었다.

그땐 아무리 비명을 지르려 해도 혓바닥이 굳어버렸던지 아니면 위아래 입술이 봉합되었던지 마치 그런 이유라도 있는 것처럼 그 어떤 소리도 낼 수 없었다. 아마 그래서 삼촌이 더 미쳐 날뛰게 되었는지도 모른다.

결국 뭔가 둔탁한 것에 걷어차여 허리가 부러지듯 접히면서 정신을 잃고 쓰러졌다.

"와…… 나 이런 독종 첨…… 봤다."

그가 쓰러져 정신을 잃은 나를 한쪽 발로 딛고 선 채 더 이상 때리기를 포기했노라며 주위를 둘러보고 내뱉은 말이었다.

하긴 삼촌은 내 맷집의 한계를 훨씬 상회할 만큼 충분히 나를 팼던 것이다. 어쩌면 더 이상 때리기엔 자신도 많이 지쳤을 테고 또 제 주먹이 아파서라도 더 이상 때릴 수도 없었을 것이다.

덕분에 나는 이빨이 네 개나 부러져나갔고 한쪽 종아리뼈에 금이 갔으며 갈비뼈가 일곱 댄가 부러졌다. 그리고 그보다 더한 것은 심한 척추골절로 인해 끝내 불구가 되었다는 것이다.

소용돌이 속에 휘말려 정신없이 돌면서 그 끝을 가늠할 수 없는 깊은 수렁 속에 처박혔다가 다시 헤어나오길 수도 없이 반복했다. 또 자근자근 뼈를 갉히는 듯한 고통을 당하면서 '살려 달라'고 수백 번도 넘게 고함을 지르기도 했다.

뭔지 알 수 없는 시커먼 것들 밑에 깔려 숨을 쉴 수 없어 숨을 쉬려고 허우적거리기도 했다. 아주 섬뜩한 감촉을 느끼게 하는 벌레들이 온 몸에 둘러붙어 살을 갉아먹기도 했다.

그런 지독스런 악몽에서 겨우 깨어났을 땐 숱한 시간이 지나간 것으로 느껴졌다. 그리고 아무 일도 없었을 것이란 생각을 했다.

'그래, 아무 일도 없었던 거야. 그냥 기분 나쁜 꿈을 꾼 것뿐이라고……'

그러나 숨을 들이 쉴 때마다 피 냄새가 물씬 풍겨 왔고 입안에는 날카로운 유리 조각들로 그득 채워 넣은 듯 꽉 찬 느낌은 물론 쓰라려서 혀를 제대로 놀릴 수가 없었다. 끈적끈적한 덩어리가 목에 잔뜩 걸려있어 삼키려 해도 넘어가지 않았다.
뿐만아니라 목도 하반신도 밧줄로 꽁꽁 결박이라도 된 듯 꼼짝할 수 없었다.
억지로 곁눈질해 가며 내 몸 상태를 살펴보니 팔에는 링거가 꽂혀있고 한쪽 다리에는 부목이 대어있는 것으로 보아 이게 꿈이 아닌 현실이며 죽음 직전까지 몰고 갈만큼 두드려 맞고 겨우 되살아 난 것이 확인됐다. 정아 부모나 삼촌은 나를 죽지 않을 만큼 두드려 팬 것으로 끝내지 않았다. 이후 학교는 물론 온갖 관계 기관에 탄원서를 올리고 또 경찰서에 고발을 하는 등 나를 아예 생매장 시키겠노라 장담까지 하면서 사건을 점점 키워나갔다.
그 때문에 성치 않은 몸으로 경찰서다 검찰청이다 계속 불려다니며 혼인빙자간음죄와 과실치사로 조서를 받게 되었고 끝내 구속되는 처지가 되었다. 학교에도 온갖 악성루머가 떠돌았다.
"배 교수가 여직껏 건드린 여학생만 수십 명이 넘는다더라."
"여기저기에 아파트 몇 채씩 사 놓고 그렇게 여러 살림을 차렸다더라."
"여태껏 장가를 안 간 이유도 알고 보니 여자를 밝히는 것 때문이라더라."
"출세를 위해 정 실장을 만났고 또 욕정을 채우기 위해 여학생들을 만났다더라."
따위의 소문이 그러했다. 뿐만 아니다.
'색마 배천석 교수 물러가라'라든가 '호색한 배천석, 살인마 배천석'이라든가 '정의사회 좀 먹는 악질교수 배천석, 학원사회 좀 먹는 저질교수 배천석'이라 쓰인 대자보도 같은 시기에 일제히 교내 곳곳에 나붙었다.

정 실장의 노기怒氣도 여간 아니었다. 그렇게 내겐 곱살 맞게 굴더니만 달라져도 180도로 달라졌던 것이다. 이유고 변명이고 그녀에겐 전혀 통하질 않았다.
"니가 인간이가? 호색한…… 어쩜 어린애들을 둘 씩이나…… 아니다. 드러난 것만 둘이지 숨겨 논 것까지 합치면 열이 될 지, 백이 될 지 어찌 알것노. 천하에 호색한 같으니라고……."
"무…… 무…… 슨…… 소린…… 지……."
"그래, 나 하나론 양에 차지 않는다, 그런 말이지?"
"으…… 내…… 말은……."
"니 말 들을 건덕지도 엄따."
"……."
그녀는 병원을 일부러 찾아 와 꼼짝 못 하고 누워있는 내 뺨을 여러 차례나 거듭거듭 때리고는 내 얼굴에 '에잇…… 퉤, 퉤!' 침까지 뱉었다. 겨우겨우 통증을 참아가며 어눌한 발음으로 '내가 먼저 유혹한 게 아니다'라며 '애들이 먼저 꼬리 친 것이다'라고 말해봐야 '어린애들이 뭘 알겠냐'라며 '입이 째졌다고 그 따위 말도 되지 않는 변명이나 늘어놓다니 알고 보니 여간 음흉한 인간이 아니다'라고 제멋대로 단정 짓듯 쏘아댔다.
"이제…… 당신 같은 쓰레기는 별 볼 일 없어. 내 당신 같은 쓰레기에게 그간 정들인 생각하면 치가 다 떨려. 그러니 일어나는 대로 학교에 사표 쓰고 조용히 떠났으면 해."

정 실장은 시종일관 나를 쓰레기라 지칭하면서 그렇게 모진 말로 결별을 선언했고 단도직입적으로 사표를 종용했다.

정아 사건으로 말미암아 불거진 불행은 내겐 죽음보다 더한 최악의 결과를 가져왔다. 정 실장의 엄포나 종용 때문만이 아니다. 재판이 진행되는 와중에 모든 정황이 더 이상 학교를 나갈 수 없게 악화되어 결국 사표를 쓰고 학교를 물러날 수밖에 없었다.
그리고 정아에 대한 위자료 지급 때문에 나야말로 전 재산을 빼앗기고 거렁뱅이나 다를 바 없는 신세가 됐다. 형사재판 1심에선 징역 3년6월에 벌금 600만원이 구형되었고 이에 불복하여 제기한 항소심에선 징역 2년에 벌금 300만원이 구형되었다.
민사소송에서도 고등법원 합의부는 정아에게 위자료 3억2천만 원과 손해배상금 6천7백만 원 등 총 3억8천7백만 원을 지급하도록 확정 판결하였다.
따라서 형사 벌금과 정아에 대한 위자료는 내가 감옥에 갇혀있는 동안 내가 지닌 모든 자산을 강제 집행, 모두 현금화하여 처리되었다.
게다가 정아 삼촌한테 흠씬 두들겨 맞아 이빨이 부러지고 갈비뼈가 부러지는 등 그런 상해는 그렇다 치고 허리를 크게 다치고도 그 후 치료를 제대로 받지 못해 남은 평생을 허리를 구부정하게 굽힌 채 살아가야 하는 반병신이 되었으니 이게 어디 소설 속에서나 있을 법한 일이지 현실에서 가당키나 한 일이겠는가.

남들은 내가 그런 일들을 겪게 된 것이 대학 교수로서 여 제자를 둘 씩이나 건드렸기에 그로인한 자업자득이라 쉽게들 말한다.

그러나 그녀들은 미성년자가 아닌 이미 대학을 졸업한 어엿한 성인들로서 내가 먼저 관계를 강요했던 것도 아니었다. 그리고 나는 건강한 남자로서 젊은 여자의 유혹을 뿌리치지 못했을 뿐이다.

그런데 그러한 이유만으로 내가 감당해야 할 대가 치고는 너무나 가혹하지 않는가 라며 항변하고 싶기도 했지만 그리 할 수도 없었다. 왜냐하면 아무도 내 입장을 이해하려 들지 않을뿐더러 오히려 비난의 눈길을 멈추지 않는 데에 더 큰 절망을 느껴야 했기 때문이다.

Chapter 10

설마 이 늦은 시각에도 뭔 답답한 일이 있다고 똥꼬녀석을 만나야겠다며 허겁지겁 달려 올 놈은 없을 듯 싶었다. 그러니 저 회장실 안에 틀어박혀있는 금테안경인지 금배지인지 하는 택발이란 의원 놈만 기어 나오면 그 담부터 녀석은 내 차지라 여겨졌다.
머잖아 틀림없이 택발이란 놈도 배가 고파서라도 뛰쳐나올 것이다. 그 비계 값을 유지하기 위해서라도 그렇게 쏟아 붓듯 흘려 댄 육수를 보충하기 위해서라도 놈은 충분히 허기가 졌을 것이 분명하리라.
그렇게 되면 똥꼬녀석은 제 녀석을 만나기 위해 장장 다섯 시간 반을 넋 놓고 기다려줬던 내게 미안해서라도 저녁 먹자며 아니…… 술 한 잔 하자며 내 등을 떠밀 것이고 내게 있어 난생 처음 가봄직한 거…… 뭐라…… 룸살롱? 방석집이…… 아닌 아방궁, 그렇지! 궁궐 같은 고급요정으로 가고자 할 것이다.
뭐 어떠랴, 오랜만에 느긋하니 허리띠 풀어놓고 영계들이 입안에 그득 머금고 '사알…… 살' 입 속으로 흘려주는 고급 양주를 홀짝홀짝 음미해가며 녀석과 밤 늦도록 정담을 나누는 것도 괜찮으리라.
이제, 더 이상 기다릴 일이 없으리란 생각에 마음이 한결 가볍고 개운하다 여겨졌다. 대신에 잠시 술 생각을 했던 때문인지 배가 갑자기 출출해졌다.
　'가만? 내가 점심을 먹긴 먹었나?'
아침으론 새벽 4시쯤에 자리에서 일어나자마자 바로 먹은 것은 기억 났다. 그런데 점심을 먹은 것은?
　'흠……'
기억에도 없었다.
　'어쩐지… 배가 고프더라니……'
새벽에 아침이라고 라면 하나 끓여 먹고 여태껏 밥을 굶고 있었다는 생각에 스스로를 칠칠치 못한 놈이라 여기며 '끌끌끌……' 혀를 찼다. 그런데 이상하다는 생각이 떠올랐다.
　'분명히…… 서울역에 도착하면……, 그때 점심을 먹으리란 계획을

세웠는데, 왜…… 점심을 굶었다지?'
시간을 거슬러 더듬어 갔다. 기차가 서울역에 도착한 시각이 정각 1시였다. 그리고 플랫폼을 빠져 나오자마자 현기증 때문에 쓰러졌다. 그래서 역 광장에 주저앉아 잠시 시간을 지체했다.

'아, 맞다, 맞아. 그리고 나선…… 서부역 쪽으로 돌아가려다… 마침 홍원숯불갈비란 요란한 네온 치장의 간판이 눈에 띄어 그 식당엘 들어갔지. 그리곤…… 5천 원짜리 갈비탕…… 그게 벽에 걸린 메뉴 중에 제일 싸기에 그걸 시켰지. 멀건 국물에 갈비뼈인지 돼지 뼈인지 모를 얄궂게 생긴 뼈 때문에 밥맛마저 떨어진……. 그래, 어찌나 맛이 드럽던지 먹다 말았지. 아니지, 먹긴 다 먹었지. 그게 얼마짜린 데……. 식당은 제법 잘 꾸며놨더구먼, 그러면서 그렇게 지독스리 맛 없는 갈비탕은 첨 먹어봤거든……. 돈 줄 땐 돈이 아깝더라니……'
점심으로 갈비탕을 먹었다는 것을 기억해 내곤 그래도 이상하다는 생각을 떨쳐내지 못했다. 하루 종일 굶었을 때도 더러 있었다. 그땐 라면 살 돈이 없어서가 아니라 배가 꺼부룩하니 식욕을 잃었을 때다. 그리고 그렇게 종일 굶고 앉았어도 배 고픈 줄 몰랐다.

'맞아……, 이렇게 죙일 기다린다는 것도 어쩜 중노동이다. 그러니 배가 고플 수밖에……'
그런데 비서실 분위기가 수상했다. 왠지 술렁거렸다. 아니, 어수선했다. 마치 파티가 끝난 뒤처리를 하는 분위기였다.
서류를 한꺼번에 챙겨 책상 서랍에 넣고는 '콰당!' 소리 내어 닫는 년, 립스틱을 바르곤 입맛을 '쩝쩝쩝…!' 다시는 년, 구두를 '맨들맨들' 닦아대는 놈, 두 팔을 쫘악 벌려 뒤로 젖히고는 '아하악…!' 기지개를 켜는 놈 등등 일하고는 전혀 관련 없는 짓거리들로 보아 퇴근을 서두르는 기색이 역력했다.

이윽고 회장실로 떠받들리어 들어갔던 금테안경인지 금배지인지 하는 인간이 똥꼬녀석의 융숭한 배웅을 받으며 회장실을 나섰다. 시계를 보니 7시37분이다. 금테안경도 한 시간 넘게 회장실에 버티고 있었다는 계산이다.

내 계산으로는 한 시간이면 만리장성을 쌓고도 남을 시간이다. 저렇게 엉덩이가 무거운 놈이 뭔 국회의원이란 말인가. 불알에서 딸랑딸랑 소리가 날 정도로 신발 밑창에서 모락모락 연기가 날 정도로 뛰어다녀도 시원찮을 놈이 말이다.

"여보게, 정 의원……. 언제 당 대표님과 함께 골프나 한 게임 즐길 수 있도록 스케줄 좀 짜 주지 그래?"

"그거야 당연히 박 회장 자네가 장소와 일정을 정해 놓고 초대해야지…… 우리야 뭔 힘이 있나. 아무튼 오늘 정말 고맙네, 고마워. 껄껄껄……."

"그럼, 내가 임의대로 스케줄을 짜 볼까? 대신 펑크 내면 안 되네."

"알았어. 내 미리 대표님께 귀띔은 해 놓지. 그럼 나 가 보겠네."

"잘…… 좀 부탁하네."

"나오지 마."

"아니, 요…… 문 앞까지만……."

녀석이 금테안경을 배웅한다며 엘리베이터 쪽으로 나가자 빨간 머플러를 두른 최 대리가 내게 다가왔다.

"손님, 너무 오래도록 기다리게 해서 죄송합니다. 회장님께선 여간해선 손님을 기다리게 하시지 않는데 오늘은……."

'여간해선 좋아하네?' 란 콧방귀도 생각뿐…….

"괜찮습니다. 이왕 기다린 거……. 그럼 이번엔 제 차례 맞습니까?"

"네, 더 이상 기다리시지 않으셔도 됩니다. 그럼 이쪽으로……."

회장실 안으로 안내되었다.

드디어 오랜 시간, 그것도 장장 다섯 시간 반을 넘게 기다려 왔던 녀석과의 독대가 이루어지려는가 싶었다.

회장실은 과연 드넓기도 했지만 모든 시설이나 집기, 장식들이 화려하고 게다가 엄숙, 웅장해 보였다. 대통령 집무실이라 하여도 이렇게까지 잘 꾸며 놓았으랴 싶었다.
어림잡아 백 평도 더 되어 보이는 공간에 바닥은 짙은 초록색 카펫이 깔려있고 스무 명은 너끈히 앉아 '왈왈왈왈······' 짖어댈 수 있는 대형 응접 탁자 너머로 모서리를 둥글게 가공한 무광의 검정색을 띤 대형 책상이 자리하고 역시 검정빛이 도는 가죽 회전의자가 '이 자리 임자는 따로 있네요'라며 뱰뱰 꼬듯 그 뒤를 떡하니 버티고 있었다.
아마 녀석은 무슨 결재할 일이 있으면 그 회전의자에 떠억 버티고 앉아 도장을 쾅쾅 찍기도 하고 밑엣 직원들에게 불호령도 내릴 것이다.
대형 책상 뒤로는 짙은 자줏빛의 두터운 천이 잘게 주름지어 천정부터 바닥까지 드리워졌고 회전의자 양쪽에는 초대형 태극기와 회사 사기가 황금빛 깃봉과 깃대에 매달려 비스듬히 드리워졌다.
한쪽 벽면엔 전직 대통령들인 노태우 씨와 김영삼 씨, 그리고 김대중 씨는 물론이고 현직 대통령인 노무현 씨 등과 다정한 포즈를 취하며 함께 악수를 나누는 장면의 사진들이 금빛 도금된 대형 액자에 끼워져 걸려 있었다.
그리고 다른 한쪽 벽면을 모두 차지한 고급스런 책장에는 온갖 두툼한 양장 장서와 함께 수백 개도 넘을 온갖 상패와 위촉패, 감사패 등이 빼곡하게 채워져 있어 가히 녀석의 위상을 짐작케 했다.
그런 것들을 둘러보고 있노라니 저절로 한숨이 새어나왔다. 여태까지 녀석을 옛적의 '원숭이똥꼬'라 여기고 지나치게 과소평가해 왔다는 어리석음과 녀석과 나와의 신분 격차가 옛적과 달리 오히려 뒤바뀌어 하늘과 땅만큼이나 큰 격차가 나 있었음을 비로소 실감했기 때문이다.
그런 것도 모르고 난 녀석을 계속 깔보기만 했고 녀석의 성공을 가소롭다 여겨 폄훼했던 것이다.
녀석이 마냥 기다리게 하여 축적된 내 안의 그 섭한 감정과 괘씸하다 여긴 불쾌감이 녀석이 언제나 내 밑에서 빌빌 길 것이란 오만한 착각과 함께 내 안에서 갑자기 증발했다. 대신, 어떻게 해서든 녀석에게 잘 보여

한 자리를 꼭 차지하리라 마음 먹었다.

설혹 녀석이 내게 다소 건방지게 군다거나 오히려 나를 깔보더라도 절대 녀석에게 싫은 내색을 보이지 않으리라 다짐했다.

똥꼬녀석이 어느새 들어왔는지 '잠시만 기다리라'더니 예의 그 회전의자에 앉아 뭔가를 뒤적거리고 있었다. 어울리지 않게 큰 책상과 역시 어울리지 않게 큰 가죽의자에 버티고 앉아있는 녀석을 우러러 봤다. 마치 거인을 올려다 보듯이 말이다.

비록 작은 키는 아니지만 비쩍 마른 체형하며 원숭이를 연상케 할 정도의 괴이한 인상은 차림새만 허름했다면 분명 아무도 거들떠 보지도 않았을 별 볼 일 없는 노인으로 비쳐졌을 텐데, 그가 내뿜는 분위기는 분명 위압적이고 그로테스크하여 감히 내 오금을 저리게 하고도 남음직했다. 녀석이 회전의자에서 일어서더니 응접소파로 다가와 내 맞은편 소파에 걸터앉았다.

"여, 올 만이다. 그래 요즘 어찌 지내고 있노? 참, 니 대학 교수질 여직 하고 있나?"

"응, 오랜만이다. 나……."

"그래 그래, 니 소식은 간간히 듣고 있다. 교수 그거 아무나 하는 게 아니지. 많이 배워야 하는 기라. 나 같은 장사꾼하곤 차원부터 다르지."

"교수란 게 뭐 그리 대단한가, 자네 같은……."

"아냐, 니 뭔가 모르고 괜히 하는 소린 갑다. 니도 알다시피 내가 어디 공부를 시원스레 해 봤겠냐?"

"자네 같은 사업가에 비하면…… 늘 푼수도 없지."

"겸손은 여전하구먼. 아무튼 자넨 수재였으니까, 아마 나 같은 놈 심정 잘 모를 끼다."

"무슨 말이야? 난 단지……."

"그래, 먹고는 살만 한가? 참, 춘부장 어르신과 사모님은 여전하시겠지?"

"응, 그게……."

"나두 한번 찾아봬야지, 하면서도 늘 이 모양이니 허참!"
"아닐세, 그리고…….."
"그런데, 자네도 지켜보아 잘 알겠지만 내가 여간 바쁜 게 아니거든. 그러니 언제 다시 한 번 들러주게. 미리 연락을 하고 말야."
"내가 온 이유는……"
"참, 나 지금 또 나가 봐얄 텐데……, 자네 어느 호텔에 묵고 있나?"
"응, 나 지금 부산으로 내려가 봐야 하네."
"엉, 그래? 그럼 다음에 또 보지?"
'자중하자, 자중하자'란 내 의지와는 달리 조금씩 열이 뻗쳐왔다. 녀석은 내 할 말을 싹둑싹둑 끊고는 지 할 말만 늘어놓는 것이다. 도무지 무슨 말을 끄집어내지도 못하게 하는 것이다.
"짜식, 자네 좀 넘 한 거 아냐?"
"엉……, 내가 기다리게 해서 그런가? 내가 늘 이 모양이네. 하도 사람들이 찾아와서 나도 내 정신이 아니네. 아까 기다리게 해서 미안하네. 어쨌든 내가 좀 바빴고 또 낼부터 캐나다 쪽에 골프 회동이 있어서……"
"아니, 사람을 오라 해 놓고…… 자네만 바쁘다카면…….."
녀석은 당황해 하면서도 불쾌하다는 기색을 역력히 드러냈다. 분위기가 엉뚱하게 바뀌려는듯 하여 긴장이 되었다.
"자네가 한번 들린다 해서 오라 한 거 아닌가? 그리고 얼굴 한번 봤음 된 거 아닌가?"
"그래도 부산서 여까지……"
"어쨌든 만나서 반가웠네. 골프 회동 다녀와서 내 자네에게 식사 한번 대접하겠네. 참, 자네 연락처나 비서에게 알려주고 가게나."
"자네, 좀 심하구먼, 그래도 옛 정을…….."
"나 지금 공항으로 급히 나가봐야 겠네. 참, 자네 어디 들를 때 있는가? 가는 길목에라도 내 차로……"
"난 근처에 들릴 데가 있네."

"그러지 말고 내 근처까지 태워 줄께 그리하게……. 식사 대접도 못 하고……."
절망감이 몰려들었다.
'아무런 성과도 얻지 못하고 이대로 부산으로 쫓겨내려가면, 난 죽는다'

얘기가 의도와는 달리 자꾸 엇나갔다. 아직 내가 온 목적도 녀석에게 분명히 밝히지 못했고 무엇보다 녀석과 이대로 헤어진다면 녀석에게 기대를 걸고 찾아 온 목적이 무색해 지리라.
순간 기지가 발동했다. 먼저 녀석과 함께 할 수 있는 시간을 벌어야 겠다. 그리고 녀석의 차를 얻어 타고 가면서 녀석에게 도움을 요청하면 될 것이다.
"그럼, 나도 공항까지 갈까? 부산으로 바로 내려가지 뭐."
"그럼 그렇게 하세. 대신 내가 부산까지 비행기표 예약해 둘께."
"그럴 필요까지 없네."
"근데…… 자네 허리는 왜 그 모양인가? 허리를 다쳤었나?"
괜히 뜨끔했다. 치부를 드러 낸 기분이었다. 그런 내색을 드러내지 않으려 나름대로 허리를 꼿꼿하게 치켜세우느라 애 먹었는데 녀석은 그걸 눈치 챘다.
"응, 운동을 너무 과하게 하는 바람에 허리에 좀 무리가 있었나 봐. 요즘 치료를 받고 있으니 곧 낫게 되겠지."
"그래? 건강이 최곤 기라. 아무리 돈이 많으면 뭐하겠노? 몸이 아파 비실거리면 돈도 아무 의미가 없는 기라."

녀석은 영종도 국제공항까지 가는 동안 내내 여기저기 전화질한다고 잠시도 말을 건넬 짬을 주지 않았다. 그래도 중간 중간 녀석의 의중을 캐내기 위해 말을 건넸다.
"이봐, 박봉달이! 나 말일세, 실은……."

"아, 여보세요? 추 사장? 나 박봉달이야. 그래 지금 어디쯤이고? 뭐? 아직 출발 안 했다고?"
"이봐! 내 말 좀 들어 봐, 이 사람아!"
"잠깐만!"
"나 말일세. 실은…… 교수 그만 뒀어. 그래서 자네한테 일자리를……."
시간도 얼마 남지 않은 데다 녀석이 자꾸 딴 데 신경 쓰는 것이 거슬려 자존심이고 뭐고 가릴 경황이 아닌지라 적극적으로 매달리기로 작정하고 취직자리를 부탁했다. 녀석은 전화질을 하다말고 고개를 돌려 나를 응시했다. 전혀 뜻밖이란 표정이었다.
"아니, 그게 뭔 소리야? 교수를 그만 뒀다니?"
"응, 실은 그만 두고…… 한 2년 놀았어."
"자네 같은 인재가 그게 먼 말인가? 놀다니……."
"그래서 하는 말인데, 자네 회사일 내가 좀 도와주면 어떨까 해서……."
"그래? 흠….”
녀석은 뭔가를 골똘히 생각하는 표정을 지었다. 내심 녀석한테 좋은 소리라도 들을 수 있을까 하여 녀석의 대답이 기다려졌다.
"내 미력이지만 최선을 다해 자네를 보좌하겠네."
"글쎄…… 자네가 미술을 전공했다지?"
"응, 산업디자인도 전공했네."
"흠, 그런데……."
"……?"
"아무래도 내겐…… 자네가…… 자네 같은 인재가 어디 나 같은…… 그보단 자네를 필요로 하는 데가 많을 걸세. 그러니……."
"왜? 내가 부담스러운가?"
녀석의 대답은 내 귀엔 분명 '노!'로 들렸다. 무너져내리는 기분은 곧 실망감으로 바뀌고 내 입에서는 나도 모르게 볼멘소리가 튀어나왔다.

"부담스럽다기보다는…… 그저…… 더 좋은 데가 얼마든지 많을 텐데, 그래서 하는 말일세."
"글쎄…… 오라는 데는 몇 군데 있어도 왠지 내키지 않아……."
내게 그래도 일련의 자존심이라도 남았던가. 내 입에서는 똥꼬 네 녀석이 아니라도 취직할 데가 있음을 내비쳤다.
"자네는 교수가 젤 어울릴 걸세. 그래도 아직까진 교수만한 직책이 어디 있겠나. 사회적인 지위도 그렇고…… 좀 신선인가? 그러니 교수 그만 둘 생각 말고……."
"그럼 자네가 어디 잘 아는 대학이라도 있으면……."
"아이고 이 사람아! 내가 사업만 할 줄 알았지 어디 대학에 대해 뭘 알겠나? 고등학교도 제대로 못 다닌 일자 무식쟁이가 말이야."
"알았네. 자네를 통하면 더 나은 일거리가 있는가 해서……."

녀석에게 잔뜩 기대를 하고 찾아왔건만……, 어쨌든 녀석에게 치부까지 드러냈는데 나 몰라라 하다니…….
녀석과 헤어지며 녀석에 대한 분통보다는 당장 아무런 대책도 없는 부산으로 내려가야 한다는 생각에 다리가 휘청거렸다.

Chapter 10 | Epilogue

오후 7시경이라 한참 퇴근길을 서두르는 차량들이 밀려 거북이 걸음을 하며 징징거릴 때였다.
언제 어떻게 기어 올라갔는 지는 알 수 없으나 자그마치 100미터가 넘는 높이의 광안대교 주탑 꼭대기에 까마득히 한 사내가 서서 광안대교를 오가는 차량을 향해 한쪽 손바닥으로 주먹부터 팔꿈치까지 껍질 까 듯이 훌떡 까 보이며 소리를 질러대기 시작했다.

"니기미 씨발놈들아, 에잇! 씹이나 처 묵어라!"

"……"

"좆이나 까라, 씨발놈들아!"

"……"

때마침 영업용 택시 기사가 주탑 위에 올라가서 고함을 질러대는 사내를 제일 먼저 발견하고는 재밌는 구경거리라도 생겼다는 듯이 헤벌쭉 웃어가며 갓 쪽으로 차를 대고는 차 밖으로 빠져나와 사내를 올려다 봤다. 그리고 연이어 또 한 대가 멎고 또 한 대가 멎기를 순식간에 수많은 차량들이 멈춰 섰고 모두들 갓 쪽으로 쭉 모여서서 신기한 구경거리나 난 듯 주탑 위의 사내를 올려다 봤다.

"저거 또라이 아녀?"

"미친놈이구먼 뭐……."

"저 사람 저기 올라가 뭐하는 겨? 혹 자살하려는 거 아녀?"

"그런가 봐요. 좋은 구경거리 났네."

"저러다 발을 헛디디면 우짤라고 저런디야?"

"뭔가 징하니…… 흥미진진해 질라카네."

주탑 위의 사내를 올려다 보는 수많은 사람들의 표정은 그야말로 각양각색이었다.

웃겨죽겠다는 표정도 보였고 다음 행동을 흥미진진 기대하는 표정도 보였다. 그리고 호기심으로 반짝반짝 눈빛에 광을 더해가는 표정도 보였고 괜히 안타깝다는 듯 콧등을 찡그려 보이는 표정도 보였다.

"여보슈! 지금 거기서 뭘 하려는 게요?"

"이봐요……! 위험하니 내려와욧!"

"억울한 일 있으면 그러지 말고 내려와서 말로 해욧……!"

밑에서 사람들이 아무리 고함을 질러도 주탑 위의 사내는 아랑곳 않고 그저 혼자서 이상한 몸짓욕설을 쏟아내며 고래고래 소리 지르고 떠들기만 할 뿐이었다.
"이 좆같은 놈들아 씹 먹고…… 개 씹 먹어라!"
"……."
"이 씹좆같은 새끼들아 좆이나 빨다 디지뿌라."
"……."
사내는 세상 사람들에게 어떤 원한이 사무쳤던지 시종 육두문자로 욕을 내뱉었다.
이젠 교량 위를 지나가던 차량들이 모두 멈춰 섰고 사람들이 모두 차량으로부터 빠져나와 광안대교 교량은 금세 시골장터처럼 북새통을 이뤘다.
주탑 위의 사내도 밑에서 들려오는 고함 소리를 들었던지 몸짓욕설을 걷더니 이번엔 납작하게 엎디어 손나팔로 아래를 향해 욕설을 퍼붓기 시작했다.
"너거딜 참말로 좆나발 불어댈껴? 이 좆같은 세상 다 직이뿌고 확 불질러뿔끼다. 에라이 쳐 직일 놈들아…… 니기미 씹할 놈들아!"

그러기를 30분 여, 광안대교 교량의 교통은 마구 뒤엉킨 차량과 인파들로 완전히 통제 불능상태가 되었다. 그리고 어느새 일개 대대급 경찰들이 출동되었던지 수많은 교통 경찰들이 빨간 빛을 내는 손 발광등을 휘두르며 차량 사이를 분주히 오갔고 차량들을 빼라는 호각 소리가 사방에서 울려대기 시작했다.
경찰들의 성화에 못 이겨 차량은 한쪽부터 뜨뜻미지근하게 움직이기 시작했다. 그리고 그 비좁은 차량 틈새 사이를 곡예 하듯 아슬아슬하게 비집고 119구급대가 '삐까 삐까……' 소리 내며 달려오더니 그 뒤를 이어 여러 대의 순찰차와 지휘본부 차량이 왱왱 거리며 달려오고 그 뒤를 이어 텔레비전 위성중계 차량이 몇 대인가 몰려들었다. 그리고 그 뒤를 이어 소방지휘 차량과 대형 소방사다리차까지 동원되었다.
어둠이 서서히 깔리기 시작한 광안대교는 몰려든 차량들로부터 발광하는 온갖 시그널로 불야성을 이뤘다. 뿐만 아니다. 어떻게 알고 몰려들었던지 수영구 남천동과 해운대 우동 인근의 주민들까지 구경꾼으로 가세했고 그 때문에 교량 위는 수많은 인파로 발 디딜 틈이 없어 마치 축제 장소 같이 번잡해졌다.

광안대교가 막히면서 남천동이나 해운대 일대의 교통 혼잡은 물론 그 여파가 문현동에서 서면까지 해운대에서 수영을 지나 온천장까지 연쇄적으로 미쳤고 자칫하면 부산시 전 지역으로 확산될 기미까지 보였다.

출동한 경찰 지휘본부 차량에서 한 경찰 간부가 핸드 스피커를 꺼내어 사내를 향해 말을 건넸다.

"여보세요. 주탑 위의 신사분께 말씀 드립니다."

경찰 간부의 우렁찬 마이크 소리가 끝나기 무섭게 핸드 스피커에서 '삐————————' 귀에 거슬리는 굉음이 터져 나왔다.

당황한 경찰 간부는 핸드 스피커를 몇 번 흔들었다. 그때마다 '딸그락! 딸그락!' 소리가 울려 퍼졌다. 경찰 간부는 마이크에 입김을 후후 불어 대고 이어 마이크 성능을 테스트했다.

"아아! 마이크 테스틉니다. 아아!"

"삐——————————————————"

마이크 소리는 여전히 우렁차게 나왔지만 이어지는 잡음과 굉음도 여전했다. 경찰 간부는 고개를 갸웃거리더니 핸드 스피커를 껐다.

그때 주탑 위의 사내가 소리쳤다. 사내의 목소리는 바람 한 점 없는 날씨라도 밑에서 듣기에는 개미소리처럼 작게 들려 모두들 그 목소리를 듣기 위해 꽤나 귀를 곤두세워가며 들어야 했다.

마침 모든 차량이 시동을 끈 상태이고 모두가 긴장하여 숨을 죽였기 때문에 그나마 사내가 무슨 말을 하는지 알아들을 수는 있었다.

"에라이 쳐 죽일 짭새야! 씨끄럽다. 마이크 꺼뿌라. 짭새 니거들이 뭐 꼬? 씨발아!"

경찰 간부는 다시 핸드 스피커를 켜고 주탑 위의 사내를 향해 말을 걸었다.
"주탑 위에 계신 분, 어떤 사정이 있어 그곳에 올라가셨는지 모르겠으나 우선 진정하시고……."
"삐——————————————, 삐삐삐삐—————, 삐———————, 삐삐삐—————————"
"씨끄럽다 씨발놈아. 마이크 끄라 안 카드나?"
"욕은 그만 하시지요. 점잖아 뵈는 분이 욕은 왜 하십니까?"
"삐————, 삐삐삐 삐————"
"씨발놈아, 내 입으로 내가 욕하는데 니가 뭔 참견이고? 니가 밥술 보태줬나?"
"이제 그만 내려오세요!"
"삐————————————, 삐삐삐삐———, 삐————————, 삐삐삐—————."
"안 내려가면, 안 내려가면 니가 우쩔낀데? 우쩔낀데?"
"그래도 내려오세요!"
"삐삐삐————, 삐삐 삐——————————"
"안 내려가, 씨발놈아!"
"저거 또라이 아녀?"
한동안 경찰 간부의 마이크 소리와 '삐삐' 거리는 소리, 그리고 주탑 위의 사내 고함소리가 간간이 이어졌다.
그런데 얼마 후부터는 인근 주위를 맴돌며 '터터터터……' 거리는 경찰 헬기와 소방 헬기들로 사내의 욕지거리를 더 이상 듣기가 불가능해졌다. 따라서 사내의 모습은 일인 팬터마임처럼 우스꽝스럽게 보였다. 방송 헬기들이 속속 도착하면서 텔레비전 채널마다 시시각각 뉴스 속보로 그 문제의 사내가 광안대교 주탑 위에서 일인 극에 열연하는 모습을 클로즈업하여 흥미진진하게 보도하기 시작했다.
이윽고 고가 소방 사다리차가 쭉쭉 보기에도 시원스레 뻗어 올라가더니 바스켓 안에 든 구조 대원이 그에게로 거의 근접해 갈 무렵이었다. 뭔가가 시커먼 것이 바스켓 안으로 던져졌다. 교량 위의 사람들은 물론 시청자들은 아연 긴장했다.
 "저거 혹…… 폭탄 아녀?"
 "그러게……."
바스켓 안의 소방 대원도 꽤나 놀랐던지 바스켓 안을 살핀다고 우왕좌왕하는 모습이 텔레비전 화면에 잡혔다. 그리고 잠시 후 소방 대원은 시커먼 물건을 들어 보이며 흔들어댔다. 그 던져진 물건은 사내가 메고 올라갔을 배낭이었음이 곧 밝혀졌다.
저녁 8시20분쯤 되자 날이 완전히 어두워졌다. 헬기들이 비춰대는 조명과 주탑 아래에서 쏘아대는 불빛으로 주탑 위의 사내는 연극 무대에 스포트 라이트를 받으며 홀로 서있는 주인공처럼 보였다.
이후 다른 고가 사다리차를 이용하여 PSB방송 카메라 기사와 기자가 사내에게 접근, 단독 인터뷰에 성공함으로서 사내의 실체가 조금씩 드러나기 시작했다.
사내는 먼저 기자가 몇 번인가 시도한 끝에 소형 마이크를 어렵사리 건네 받고는 방송 카메라 렌즈를 응시했다.
사내의 모습은 그때부터 PSB방송 및 SBS방송네트워크를 통해 전국에 생중계되기 시작했다. 더불어 텔레비전 앞으로 모여들기 시작한 전국의 수많은 시청자들도 긴장된 표정으로 그의 모습을 지켜보지 않을 수 없었다.
사내는 카메라만 뚫어져라 응시할 뿐 한동안 입을 굳게 다물고 침묵을 지켰다. 수많은 시청자들도 사내의 입만 응시하고 마른 침을 꼴깍 삼켰다.
그 시간에 텔레비전 화면을 통해 사내를 지켜보던 시청자들 중에 몇몇은 사내를 알아보고 방송사나 경찰에 전화를 걸어 사내가 누구라는 것을 잘 안다며 제보나 신고를 했다.
일부 시청자들은 사내가 엄청난 비리나 부정부패를 폭로하고자 자살을 가장한 고공 해프닝을 벌일 수밖에 없었던 고위 공무원쯤으로 보고 아마 고발과 관련된 중대 발표가 있을 거라 확신했다.
또 일부 시청자들은 사기꾼의 유혹에 빠져 그간 번창했던 사업이 망했기 때문에, 또는 바람나서 집을 뛰쳐나간 여편네 때문에 광안대교에서의 투신 자살이란 극단적인 방법을 선택했을 것이라 보고 그 사기꾼을 잡아달라거나 집 나간 마누라를 찾아달라거나 그런 호소를 할 것이라 확신했다.
또 일부 부산권 시청자들은 사내의 몰골이 추레한 것으로 미뤄 아마 직장에서 쫓겨난 뒤로 오랜 기간 재취업을 못해 결국 생활 무능력자로 낙인 찍혔을 것이고 그로인한 생활고와 가족들로부터의 외면 등 말 못할 고충을 겪어왔기에 이왕 죽을 바엔 마침 부산의 명물로 떠오른 광안대교 교각을 자살 장소로 선택했으리라 봤다. 그리고 죽기 전에 방송을 통해 이런 사회적 부조리 현상에 대한 경고의 메시지를 전하리라 확신했다.
사내의 모습을 텔레비전 화면을 통해 지켜보던 시청자들 가운데 부일여자전문대학 정혜경 기획실장을 비롯 몇몇 학교 관계자들과 사내의 스캔들에 대해 조금이라도 기억하고 있던 졸업생들 가운데서도 몇몇은 사내를 알아 봤다.
사내를 알아 본 시청자들은 사내가 지은 죗값이 워낙 큰 지라 자살로서 자신의 죄를 속죄하기로 결심했으리라 보고 아마 방송을 통해 피해자들에게 공개 사과를 하리라 확신했다.
광안대교 주탑 위의 사내가 오랜 침묵을 깨려는지 손바닥을 입에 갖다 대더니 '쿨럭~! 쿨럭~!' 목청을 다듬는 듯 보였다.
이에 전국의 시청자들 또한 긴장하여 자세를 꼿꼿하게 세웠다. 사내의 말문이 드디어 열리는가 싶더니 누군가를 가리키며 소리를 버럭 질러댔다.
"씨팔……, 지금 뭣하는 짓들이여? 저 헬리콥터들 안 꺼지면 콱 뛰어내릴 끼다. 푸딱 치우라 카소."
깜짝 놀란 PSB방송 기자가 마이크를 자신의 입 쪽으로 가져가려는 순간 방송카메라 기사도 기자의 행동에 맞춰 카메라를 기자 쪽을 향해 급히 돌렸다. 그 때문에 텔레비전 화면이 크게 흔들렸다. 기자는 헬기들을 향해 한 팔을 크게 휘저으며 다음과 같은 멘트를 내보냈다.
"네, 네……. 헬기들 빨리 철수하시기 바랍니다."
기자가 몇 번씩 헬기들을 향해 철수하라는 신호를 보냈으나 헬기들 대다수가 이를 무시하고 한동안 사내 머리 위를 어지럽게 맴돌았다. 비행 반경을 최대한 좁게 잡고 그 안에서 아슬아슬하게 교차하듯 돌고 도는 헬기들이 어떻게 충돌을 피하고 저렇게 떠 있을 수 있는지 마냥 신기할 정도였다. 그것도 깜깜한 한밤중의 비행인데도 말이다.
사내가 말을 하면 기자가 통역을 해주는 듯한 묘한 양상이 한동안 이어졌다. 그때마다 텔레비전 화면은 사내와 기자 사이를 분주히 오가며 비쳐댔고 따라서 방송카메라도 흔들흔들 걷잡을 수 없이 흔들렸다.
"그라고…… 지금 밑에서 열나게 기어 올라오는 새까만 것들도 도루 내려가라 카소. 뭐 깜깜해서 안 보일 줄 알고? 다 보인다, 보여. 뭣 때매 기어 올라오고 자빠졌는지 모르것네. 나 죽을 맘 엄꼬…… 쪼매 있다가 바구니 타고 내려 갈 테니깐 쓸 데없는 짓 고만 하라카소."
"구조 대원들 모두 행동을 자제하시기 바랍니다. 여러분의 행동 하나 하나에 한 귀중한 인명이 달려있음을 상기하시고 신중하게 대처하시기 바랍니다."
"그라고…… 거 생수 있음 한 병만 주시구랴. 목이 말라서 말을 몬하것네."
"생수요?"
기자는 아무리 작은 생수병이라도 들어갈 턱이 없는 제 작은 양복 주머니들을 일일이 뒤적거리더니 카메라 기사에게 말을 걸었다.
"어이, 박 기사. 니 혹시 주머니 안에 마실 물 좀 없나?"
"나도 없는데…….”
"아니 카메라맨이 생수도 안 가지고 다녀?"
"그럼 김 기자님은 왜 생수를 안 갖고 다니는 데요?"
"야 임마! 난 기자잖아."

Chapter 10 | **219**

"그럼 난 카메라맨이잖아요."
"아, 그런가?"
PSB방송 김 기자의 집요한 질문에도 불구하고 주탑 위의 사내는 바다 속으로 몸을 던지기 직전까지 시종일관 육두문자로 일관된 욕설과 해괴한 바디 랭귀지로 텔레비전 화면을 장식했다.
그런데 사내는 마지막으로 바다에 뛰어들기 직전 10여 분 동안 아주 특이한 행위를 선 보였다. 어찌 보면 일종의 퍼포먼스Performance이자 전위예술前衛藝術처럼 여겨졌다.
사내는 두 팔을 양 옆으로 힘없이 드리우고 두 다리를 반쯤 구부려 몸을 낮춘 자세를 취한 다음 폴짝폴짝 뛰기 시작했던 것이다.
그 자세는 원숭이가 발을 동동 구르는 자세와 아주 흡사했다. 그리고 사내는 마치 신들린 무당처럼 '원숭이 똥꼬 빠알개~' 란 이상한 주문을 수십 번, 아니 수백 번을 되풀이하여 외쳐댔다.
"원숭이 똥꼬 빠알개……, 원숭이 똥꼬 빠알개……, 원숭이 똥꼬 빠알개……, 원숭이 똥꼬 빠알개……, 원숭이 똥꼬 빠알개……, 원숭이 똥꼬 빠알개……."
결국 김 기자는 주탑 위의 사내를 상대로 열나게 꼬시고 설득을 하려 했었으나 무슨 이유로 주탑 위까지 기어올라 갔는지, 죽을 맘이 없다면서 뭐 때문에 이런 자살극을 벌이고 있는지, 특별히 시청자들에게 할 얘기가 있을 법한데도 왜 얘기를 안 하고 있는지 그 이유들은 끝내 밝혀내지 못했다.
그러나 PSB방송과 SBS방송 네트워크는 다음날 새벽 4시43분27초되던 시각에 사내가 마치 고공 다이빙을 하듯 멋진 폼으로 바닷물로 뛰어드는 광경을 적나라하게 보여주기까지 무려 7시간30여 분간 동시간대 전국 시청자점유율 73.425%라는 경이적인 기록을 세웠다.
주탑 위의 사내는 추후 수백만 명으로 집계된 전국 시청자들의 바람은 끝내 아랑곳하지 않고 전국 시청자들이 지켜보던 텔레비전 화면을 화려하게 장식하고 장렬한 최후를 마친 셈이 되었다.

텔레비전 방송채널들은 다음 날도 하루 종일 주탑 위의 사내와 관련된 보도로 화면을 장식했다. 특히 PSB방송의 활약이 두드러졌다.

텔레비전 화면은 광안대교의 주탑 부위를 클로즈업했다가 어디서 구했는지 한창 잘 나갔을 때의 잘 생긴 모습이 담긴 배천석 씨 사진을 살짝 비췄고 또 다시 교도소 감방의 내부와 얼굴이 모자이크 처리된 몇몇 죄수들의 모습을, 다시 부산역 광장에 하릴없이 서성거리거나 벤치에 자빠져 코를 골고 있는 노숙자들을 역시 모자이크 처리하여 보여주며 다음과 같은 멘트를 내보냈다.

"116.5미터 높이로 알려진 광안대교 주탑에서 바다로 뛰어들어 투신자살한 사람은 배천석 씨로 나이는 51세, 부일여자전문대학 전직 교수로 밝혀졌습니다. 그는 5년 전, 제자들과의 스캔들로 부산 학장교도소에 1년6개월여 수감되었다가 풀려난 바 있으며 당시 대학으로부터 해고되었을 뿐만 아니라 현재까지 실직 상태로 살아왔기 때문에 최근 극심한 생활고를 비관하여 자살을 택한 것으로 경찰 조사에서 밝혀졌습니다."

텔레비전 화면은 이어서 배천석 씨 사체를 인양 중인 해경 잠수부의 활약상을 담은 동영상을 한참 내보내고 나서 문화병원 영안실 내부 전경을 보여주며 다음과 같은 멘트를 내보냈다.

"그의 시신은 투신 자살 직후 2시간30여 분만에 해경 잠수부에 의해 인양되었으며 현재 문화병원 영안실에 안치되어 있습니다. 그러나 현재까지 연고자가 나타나지 않고 있는 것으로 전해지고 있으니 지금 이 방송을 보고 계신 분들 가운데 연고자가 되시거나 연고자를 알고 있는 분이 계시면 문화병원으로 연락하여 주시기 바랍니다. 다음은 부산시 광안대교 관리사업소에 나가 있는 박일순 기자와 연결하도록 하겠습니다. 자…… 박일순 기자! 박일순 기자 나오세요."

텔레비전 화면은 이어서 광안대교 관리사업소 정문 앞에 서 있는 박일순 기자의 모습을 보여주며 다음과 같은 멘트를 내보냈다.

"네, PSB 박일순 기자입니다. 광안대교를 설계 시공한 부산시 광안대교관리사업소 한 관계자 말을 인용하면 배천석 씨의 경우 보강 트러스에서 주탑까지 이어진 직경 60센티의 스트랜드 케이블에 매달려 기어 올라갔을 거라 추측하며 그 꼭대기까지 올라가기란 보통 사람으로서는 매우 어렵기 때문에 산악 등반을 오랜 기간 숙지해 온 베테랑급이 아닌 가 추정하고 있습니다."
텔레비전 화면은 이어서 광안대교의 휘황찬란한 야경과 불꽃놀이 장면을 그리고 부산시청 전경을 비추고 이어 주걱턱을 지닌 시청 고위공무원의 주절거리는 모습을 살짝 보여주며 다음과 같은 멘트를 내보냈다.
"최근 들어 광안대교에서 잇따른 자살 사건이 발생하자 부산의 명물로서의 광안대교의 이미지 실추를 우려한 부산시는 광안대교 주탑엘 기어오를 수 없도록 하는 방안으로 스트랜드 케이블 면에 기름을 듬뿍 발라놓는 방안과 고압 전류가 흐르게 하는 방안 등 두 가지 안案을 내놓고 시민들의 의견을 수렴하고 있다고 합니다. 먼저 시민들의 반응은 어떠한 지 알아보도록 하겠습니다. 김진순 리포터? 나와 주세요."
텔레비전 화면은 이어서 서면 태화쇼핑 앞 인파 사이를 헤치고 다니는 김진순 리포터의 모습을 비췄다. 김 리포터는 카메라 앵글에 자신의 모습이 비치자 얼굴이 더 예뻐 보이게 하려는 듯 머릿결을 살짝 뒤로 밀어 넘기며 애교미소까지 지어보였다.
"예, 김진순 리포터입니다."
김진순 리포터가 대학생쯤으로 보이는 청년 하나에게 다가가 말을 건넸다.
"이번 배 교수의 광안대교 투신 자살을 놓고 부산시의 걱정이 여간 아니라고 합니다. 자살하기 좋은 장소가 왜 하필 명소로 각광 받는 광안대교냐 하는 겁니다. 그 점 어떻게 생각하시는 지요?"
"글쎄요, 오죽하면 자살을 택했을까를 동정한다면 죽을 장소를 자유롭게 택할 수 있는 것도 당연한 권리라고 생각합니다. 제 생각엔…… 태종대 자살바위와 함께 광안대교도 자살의 명소로 개방해야 하지 않겠어요?"
김 리포터는 다시 40대 중반의 아이를 안은 가정 주부에게 마이크를 들이댔다. 리포터의 질문 멘트는 방송 편집에서 잘려나간 듯 생략되었다.
"자살하겠다고 소동을 피우는 사람도 안타깝지만요, 그보다도 부산시의 그런 안일한 대응이 더 안타깝네요. 차라리 자살 신고센터를 운영하여 자살을 계획하고 실행하려는 사람들의 편의를 도모하는 것이……."
40대 가정 주부의 나머지 멘트는 얄밉게도 도중에 끊기면서 텔레비전 화면은 방송국 데스크로 되돌아왔다. 막간을 이용해 입술에 새빨간 루주를 칠하며 쩝쩝 입맛 다시던 여성 아나운서가 화들짝 놀라며 정색을 하곤 카메라를 응시하며 다음 멘트를 내보냈다.
"다음 뉴스는……."

광안리대교 주탑 위의 50대 사내를 기억하는 많은 사람들은 '원숭이 똥꼬 빠알개……'라는 요상한 주문을 유언처럼 남기고 최후를 마친 사내가 왜 '원숭이 똥꼬 빠알개……'란 주문을 외쳤는지 그게 그리도 궁금해 했지만, 일부 양식 있는 사람들은 그 사내가 자살하기 직전에 '원숭이 똥꼬 빠알개……'라며 외친 것은 세상 사람들을 싸그리 한 통속으로 몰아 '원숭이 똥꼬 빠알개……'라며 골리려 했던 것으로 해석하였다.

그렇지만 캐나다 골프 회동을 무사히 마치고 의기양양하게 돌아 온 진짜 원숭이똥꼬 만큼은 이 같은 뉴스를 접하고는 전혀 다른 생각을 했다.
'아이고 친구야. 내가 쪼매 섭하게 했기로서니 글쎄 죽는 순간까지 내 흉을 그리 보고 내 욕을 그리하고 죽으면 내 속인들 편하것냐?'

2004년 9월 1일

부산 감천동에서

 김영찬(金永燦) 장편소설

초판인쇄	2009년 8월 10일
2쇄인쇄	2018년 12월 10일
지은이	김영찬(金永燦)
주소	48729 / 부산광역시 동구 중앙대로 308번길 7-3 / 부산인쇄조합 3층
휴대폰	010-3593-7131
이메일	sahachanchan@hanmail.net
발행인	김영찬(金永燦)
편집인	김종화(金鍾和)
디자인	월간 「부산문학」 디자인팀
발행처	도서출판 한국인
등록번호	제2014-000004호
주소	부산광역시 동구 중앙대로 308번길 7-3
전화	(051)929-7131, 010-3593-7131
팩스	(051)917-7131
홈페이지	http://www.mkorean.com
이메일	sahachan@naver.com
가격	15,000원
ISBN	978-89-94001-00-5 (03810)

이 도서의 국립중앙도서관 출판예정도서목록(CIP)은
서지정보유통지원시스템 홈페이지(http://seoji.nl.go.kr)와
국가자료공동목록시스템(http://www.nl.go.kr/kolisnet)에서
이용하실 수 있습니다.

 ⓒ 김영찬 2009, Printed in Korea.
이 책은 저작권법에 따라 보호 받는 저작물이므로 무단전재와 무단복제를 금지하며,
이 책 내용의 전부 또는 일부를 이용하려면 반드시 저작권자인 저자와
도서출판 한국인의 서면 동의를 받아야 합니다.
파본이나 잘못된 책은 구입처에서 교환해 드립니다.